기 황 후

1

이 도서의 국립중앙도서관 출판시도서목록(CIP)은 e-CIP홈페이지(http://www.nl.go.kr/ecip)와 국가
자료공동목록시스템(http://www.nl.go.kr/kolisnet)에서 이용하실 수 있습니다.
(CIP제어번호: CIP2013019368)

# 기황후

① 

장영철 · 정경순 장편소설

**작가의 말**


 처음 기황후를 극화하겠다고 마음먹었던 때가 2008년 초입쯤이었다. 대하사극 〈대조영〉 집필을 끝낸 후 지친 심신을 달래고 있을 때 우연히 보게 된 다큐멘터리 한 편이 강렬한 호기심을 불러일으켰다. 지금부터 700년 전 공녀로 원나라에 끌려가 황후가 되고, 그 후 수십 년간 대륙을 경영했던 고려의 여인 기황후에 관한 이야기였다. 그런데 기황후에 관한 기록은 아예 없다는 표현이 맞을 정도로 적었다. 언제 태어나서 언제 죽었는지, 본명은 무엇이고 어떤 과정을 통해 황후가 되었는지 알 수가 없었다.

 원사元史나 고려사高麗史 등에 언급된 그녀는 수많은 악행을 저질렀던 오빠들, 즉 기철 형제들로 인해 부정적으로 묘사되어 있었다. 이민족 출신의 여인에게 주도권을 빼앗겨야만 했던 중국의 봉건적인 시각에서 기술된 역사서가 그녀를 좋게 묘사할 리도 없다. 또한 황후가 된 후 공녀 차출을 금지시키고, 교역을 통해 고려의 문화와 물품을 대륙에 전파했으며, 원나라가 고려의 국호를 없애려 했던 입성론을 막아 낸 결정적인 인물이라는 사실을 부각시킬 리 만무했다.

그녀는 우리 역사의 문제적 인물이다. '기황후'라는 이름 석 자에 명과 암이 공존하고 선악이 혼재되어 있다. 그 베일에 가려진 문제적 인물의 삶이 뜨거운 작가적 호기심을 불러일으켰다. 그러나 사학자들의 논문으로 살점을 붙이기엔 그녀를 둘러싼 역사적 사실의 뼈대가 너무도 앙상했다. 역사를 배경으로 한 숱한 소설과 드라마들이 그렇듯 개연성 있는 작가적 상상력이 무엇보다도 필요했다.

기황후의 영혼을 들여다보는 작업은 녹록치 않았다. 몽골의 초원에서 일어나 세계 역사상 유례없는 대제국을 건설한 칭기즈칸의 후예들과 맞섰던 그녀의 삶을 구현해 내는 작업에는 각고의 노력이 필요했다.

기황후가 가진 에너지의 원천은 무엇일까? 그녀의 어떤 욕망이 세계를 37년간이나 뒤흔든 여인으로 변모시킨 것일까?

 기황후의 영혼에 깊숙이 매료될수록, 그녀의 심장 속 열정의 심연에 빠지면 빠질수록 한 가지 단서가 잡히기 시작했다. 그것은 바로 그리움이었다. 공녀로 끌려갔던 많은 여인들이 간절한 그리움을 안고 고향으로 돌아왔지만 그들에게는 화냥년이라는 오욕의 꼬리표가 붙었다. 역사의 비정한 수레바퀴는 그들의 삶을 철저히 짓밟으며 고통과 신음을 외면했던 것이다.

 기황후 또한 수없이 울고 절망했으리라. 거대한 적들과 투쟁하며 고향에 대한, 일생 동안 사랑했던 사람에 대한 순수한 원형질의 결정체를 은장도처럼 품었으리라. 그것이 바로 그리움이 아니었을까?

 유사 이래 나라가 패망했거나 혹은 제국주의의 악랄한 정책에 의해, 또는 척박한 현실을 벗어나고자 자의든 타의든 수많은 사람들이 고국 땅을 떠나야 했다. 기황후는 그들 중 가장 높고 막강한 지위에 오른 전무후무한 인물이다.

 오늘날 전 세계로 나간 해외 이민자가 천만에 육박한다. 글로벌 네트워크의 중요성이 새삼 요구되는 시대다. 대한민국 국민들뿐만 아니라 세계 각지에서 숱한 고생 끝에 자리 잡은 해외 동포들과의 교감과 신뢰 구축이 작지만 강한 국가의 덕목으로 부각되고 있다. 700년 전, 불꽃처럼 뜨거운 삶을 살다 간 기황후를 오늘날 다시 불러낸 이유 중에 하나다. 역사적 사실은 활발한 연구를 통해 역사학자들이 찾아낼 것이다. 앙상한 뼈대와 빈약한 살점에 스토리를 입히고 생기를 불어넣어 21세기에 요구되는 기황후를 재현해 내는 이번 작업에 형벌과도 같은 무거운 책임감이 느껴지는 이유이기도 하다.

드라마는 동시성의 예술이고 책은 시간성의 산물이다. 스쳐 지나가는 한 장면 한 장면에서 못다 한 이야기들이 이 책에 담겨 있다. 모쪼록 많은 이들이 이 소설을 통해 기황후라는 여인을 새롭게 볼 수 있기를 바라는 마음이다. 드라마 〈기황후〉와 동시에 소설이 출간됨을 기쁘게 생각한다.

2013년 가을 초입 집필실에서
장영철, 정경순

| 1권 차례 |

**작가의 말**

## 제1장 슬픈 꽃, 공녀

운명적인 첫 만남 ········ 13

기습당한 유배 행렬 ········ 22

대청도의 봄 ········ 47

불타는 섬 ········ 59

미끼와 덫 ········ 66

비극의 밤 ········ 95

초야권 ········ 111

끝내 살아야 할 이유 ········ 131

청동거울의 비밀 ········ 154

끝없는 나락 ········ 169

후궁 경선 ········ 182

액정궁에 부는 바람 ········ 195

깊어 가는 애증 ········ 213

폭풍 전야 ········ 227

친정권 회복 ········ 250

사냥 대회 ········ 279

• 공녀는 중국 원나라와 명나라의 요구로 바쳤던 여인을 지칭한다.

제1장

# 슬픈 꽃, 공녀

# 운명적인 첫 만남

"아버지, 조금만 위로. 조금만 더요!"

어린 양이는 아비인 기자오 목에 올라앉아 나무에 걸린 연을 꺼내려 애쓰고 있었다. 양이가 가까스로 연줄을 붙잡은 순간, 누군가 대문을 열고 마당으로 들어섰다. 온몸이 상처투성이인 가녀린 여인이었다.

여인과 눈이 마주친 기자오의 눈빛이 흔들렸다.

"아, 아니…."

기자오를 애틋하게 바라보던 여인의 눈빛이 양이에게로 향했다. 여인의 두 눈에서 검은 눈물이 흘러내렸다. 기자오가 황급히 양이를 내려놓고 대문 밖을 살폈다. 대문을 단단히 잠근 기자오는 여인의 손을 잡아끌고 광으로 향했다. 광문이 닫히는 순간까지 여인은 양이에게서 눈을 떼지 못했다. 양이는 연줄을 손에 꼭 쥔 채 마당에 서 있었다.

얼마 지나지 않아 대문 밖이 말발굽 소리와 사내들의 목소리로 소란스러워졌다. 양이는 광으로 달려가 문을 두드렸다.

"아버지, 아버지!"

기자오가 허둥지둥 광에서 나오며 광문을 단단히 잠갔다. 양이는 기자오의 바지춤을 잡아끌며 대문을 가리켰다.

그때 대문 밖에서 고함이 들려왔다.

"당장 문을 열어라. 열지 않으면 부숴 버릴 것이다!"

기자오가 양이의 손을 이끌고 마당 한가운데로 갔다. 그리고 양이의 눈높이에 맞춰 무릎을 굽히더니 단단히 일렀다.

"절대 아무 말도 해서는 아니 된다."

양이는 입을 앙다문 채 힘차게 고개를 끄덕였다. 순간, 부서질 듯 대문이 열리며 원나라 병사들이 들이닥쳤다. 기자오와 양이는 휘둥그레진 눈을 하고 마당 한가운데 엉거주춤 서 있었다.

제일 앞에 선 당기세가 잔뜩 찡그린 얼굴을 들이대며 기자오를 추궁하기 시작했다.

"어찌 문을 열지 않은 것이냐?"

"그것이… 아이를 목에 태우고 나무에 걸린 연을 내리는 중이었기에…."

당기세가 양이의 손에 들린 연을 노려보며 다시 물었다.

"거지꼴을 한 여인이 이곳으로 들어오지 않았느냐?"

기자오와 양이는 벌벌 떨며 고개를 가로저었다.

당기세는 의심의 눈초리를 거두지 않았다. 성치 않은 여인의 몸으로 이토록 감쪽같이 숨는 것은 도저히 불가능한 일이라 여겼다. 그는 이미 온 동네를 이 잡듯 뒤진 상태였다. 여인이 도망쳤다면 분명 이 마을에 닿았을 것이라 판단했다.

당기세가 병사들에게 호령했다.

"샅샅이 뒤져라!"

병사들이 집 안 곳곳으로 흩어지려는 순간, 양이가 말했다.

"좀 전에 봤어요."

당기세가 오른손을 들자 병사들이 즉시 걸음을 멈췄다. 흠칫 놀란 기자오가 잡고 있던 양이의 손을 더 세게 움켜쥐었다.

'제발, 아무 말도 말거라. 아가….'

당기세가 날카로운 매의 눈으로 양이를 노려봤다.

"지금 뭐라 했느냐. 좀 전에 뭘 봤다고?"

양이가 침을 한 번 꼴깍 삼키더니 말을 이었다.

"연을 날리다, 뒤, 뒷산으로 가는 여인을…."

"여인을 봤다…."

당기세가 다시 한 번 양이를 찬찬히 살폈다. 양이도 당기세의 눈을 쳐다보았다.

'꼬맹이가 내 눈을 똑바로 바라본다….'

당기세는 아이가 몹시 겁에 질린 상태였지만 거짓을 고하는 것 같지 않았다. 아이의 말이 사실이라면 집 안을 수색하느라 시간을 낭비할 필요가 없었다. 지금도 원으로 향하는 행렬에서 많이 뒤처진 상태였기 때문이다.

당기세가 다시 한 번 엄포를 놓았다.

"원의 공녀가 되기를 거부하고 도망친 여인을 숨겨 주거나 돕는 것은 무엇보다 큰 대역죄이니라. 만약 거짓임이 밝혀지면 대신 네 목을 딸 것이다. 이래도 여인을 본 것이 맞느냐?"

양이는 잔뜩 겁에 질린 눈으로 고개만 끄덕였다.

"철수한다. 뒷산으로 가자!"

당기세의 명령에 병사들이 다시 대열을 갖추고 대문으로 향했다. 그런데 대문을 나서려는 순간 당기세의 눈에 피 묻은 문고리가 들어왔다.

'손에 피 묻은 자가 대문 안으로 들어왔음이렷다.'

당기세가 거침없이 칼을 뽑았다. 위험을 직감한 기자오가 온몸으로 양이를 감쌌다. 그 순간 양이의 목을 노리던 칼날은 기자오의 등 한복판을 갈랐다.

"아악!"

동시에 여인의 비명이 천지를 갈랐다. 당기세가 소리 나는 쪽으로 고개를 돌렸다. 분명 광이었다. 당기세가 손짓으로 광을 가리켰다. 그러자 병사들이 일사불란하게 그리로 움직였다.

당기세가 다시 한 번 손짓을 하자 덩치 좋은 병사 서넛이 광문을 향해 몸을 날렸다. 문은 단번에 산산조각이 나 버렸다. 덩그러니 남은 문틀 사이로 겁에 질린 여인의 얼굴이 드러났다. 당기세가 비열한 웃음을 흘리며 다가가자 여인이 바닥에 있던 날카로운 나무조각을 두 손으로 집어 들었다.

당기세가 비아냥거렸다.

"그 작은 나무조각으로 뭘 어쩌겠다는 것이냐. 나를 찌르기라도 할 요량인 게냐?"

여인은 부들부들 떨리는 손을 자신의 가슴께로 가져갔다.

"이런, 이런. 네 목숨이 네 것이 아님을 아직도 모르는 것이냐? 네 목숨은 대원제국의…"

순간 여인이 들고 있던 나무조각을 있는 힘껏 제 가슴에 찔러 넣었다. 그러자 꽃처럼 활짝 피어오른 붉은 피가 순식간에 여인의 하얀 저고리를 적셨다. 그 기세에 놀란 병사들이 주춤거리며 뒤로 물러섰다.

당기세는 죽어 가는 여인을 보며 발을 굴렀다.

"어찌 이런 일이! 되었다. 그만 철수한다. 서둘러 원으로 가는 행렬에 합류하라!"

"예!"

한목소리로 대답한 병사들이 다시 대열을 갖췄다. 그리고 바람처럼 대문 밖으로 사라졌다.

주변이 조용해지자 쓰러진 기자오 품에 안겨 있던 양이가 일어나 기자오를 살폈다. 숨을 쉴 때마다 가슴이 올라왔다 내려오기를 반복하는 것을 확인한 양이는 안도의 한숨을 쉬었다. 기자오는 당기세의 칼에 정신을 잃었으나 다행히 상처는 깊지 않았다. 양이가 곧장 광으로 달려갔다. 그러나 좀처럼 광 안으로 들어서지 못하고 문틀만 붙잡고 서 있었다.

가쁜 숨을 몰아쉬던 여인이 가늘게 눈을 떴다. 그러더니 문틀에 서 있는 양이를 향해 힘겨운 미소를 지어 보였다. 양이가 조금씩 문지방을 넘어 여인에게 다가갔다. 여인은 자신의 앞에 우두커니 서 있는 양이를 향해 힘겹게 팔을 뻗었다. 그러나 여인의 손은 허공을 맴돌다 바닥으로 떨어지기를 반복할 뿐이었다. 양이가 잠시 망설이다 여인의 옆으로 다가가 앉자, 여인이 다시 한 번 손을 뻗어 양이의 얼굴을 쓰다듬었다. 여인의 얼굴 위로 만감이 스쳐 갔다.

여인은 남은 힘을 다해 입을 열었다.

"참으로 곱구나."

양이는 수줍게 웃었다. 여인이 떨리는 손으로 자신의 머리에 꽂았던 은비녀를 뽑았다. 그리고 양이의 손에 꼭 쥐여 주었다. 그것이 끝이었다. 여인의 손이 바닥으로 힘없이 떨어졌다. 양이가 애타게 여인을 흔들어 깨웠지만 그녀는 다시 눈을 뜨지 않았다. 양이는 울음을 터뜨렸다. 그러나 아무리 목 놓아 울어도 그 울음소리는 입 밖으로 새어 나오지 못했다. 양이는 터질 듯 가슴이 답답했다. 땅속으로 꺼져 들어가는 것처럼 마음이 아파 왔다.


병사 복장의 양이가 소리 없는 비명을 토해 내며 잠에서 깨어났다. 온몸이 땀으로 범벅이었다. 아직 동이 트기 전이었기에 군막 안은 어두컴컴했다. 양이는 며칠째 같은 꿈을 꾸고 있었다.

양이가 땀에 흠뻑 젖은 군복을 벗었다. 그 순간 품에서 무언가가 툭 떨어졌다. 꿈속의 여인이 양이에게 건넨 것과 똑같은 은비녀였다. 문득 그 여인의 얼굴이 양이의 눈앞에 스쳐 지나갔다. 마치 거울 앞에 선 자신을 보는 듯 닮은 모습이었다.

'대체 그 여인은 누구일까…. 어찌하여 나와 그리도 닮았을까….'

양이가 남아 있던 홑겹 웃옷을 벗자 가슴을 감싼 무명천이 드러났다. 그날 이후로 10여 년이 흐른 지금까지 양이는 사내아이로 자라 왔다. 하나뿐인 딸이 공녀로 끌려가는 것을 절대 볼 수 없었던 아비 기자오의 뜻이었다.

땀에 젖은 무명천을 풀려는 그때 밖에서 인기척이 났다. 재빨리 옷을 다시 입은 양이는 조용히 입구 쪽으로 다가갔다. 그리고 군막 뒤에 숨은 자의 손목을 낚아채 내동댕이쳤다. 양이는 바닥에 쓰러진 남루한 차림의 사내를 밟고 앉아 주먹을 퍼부었다.

사내는 양이에게 두들겨 맞으면서도 연신 호통을 쳤다.

"무엄하다, 무엄하다!"

"그만두지 못하겠느냐!"

이어진 호통에 기자오가 군막 안으로 들어왔다. 양이는 주먹질을 멈추고 자리에서 벌떡 일어섰다. 그러나 여전히 분을 누르지 못해 씩씩대며 사내를 가리켰다.

"이자가 제 숙소를 훔쳐봤습니다."

기자오는 양이가 가리키는 사내를 쳐다봤다. 행색이 말이 아닌 사내가 바닥에 쓰러져 있었다. 사내는 기자오의 눈빛에 흠칫 놀라는 듯했지만 이내 평정을 되찾았다.

기자오가 차가운 목소리로 사내에게 내뱉었다.

"그만 나가 보시게."

사내는 천천히 자리를 털고 일어났다. 하지만 군막을 나설 때까지 양이에게서 원망스러운 시선을 거두지 못했다. 그 사내는 훗날 원나라 16대 황제의 자리에 오르게 되는 타환첩목이, 곧 순제였다. 아버지의 뒤를 이어 황제가 되어야 했지만 원나라 권신권세를 잡은 신하이었던 연철과 그 세력들의 견제에 밀려 어린 동생에게 권좌를 빼앗기고 고려 땅으로 유배를 가는 중이었다.

유배 행렬의 고려 쪽 주장이었던 기자오는 원나라 쪽 주장인 백안에게 제안해 황태제황제의 자리를 계승할 황제의 동생인 타환을 수레에서 내리게 한 뒤 허름한 행색으로 무리 속에 숨겨 두고 있었다. 혹시 모를 위험에 대비하고자 했던 것이다.

여자의 몸으로 남자 행세를 하며 살아가는 양이와 황태제인 신분을 숨겨야 하는 타환의 운명적인 첫 만남은 이처럼 어이없이 끝나고 말았다.

# 기습당한 유배 행렬

고려 왕궁으로 급보가 날아들었다. 원나라 황태제의 유배 행렬이 압록강을 건넜다는 전갈이었다. 고려의 국왕인 충혜왕은 황제가 되었어야 할 타환이 갑자기 유배를 오는 까닭을 잘 알고 있었다. 원나라의 최대 권신인 연철은 애초부터 타환의 황제 등극을 극구 반대했다. 결국 타환의 동생을 권좌에 앉혔지만 타환의 숙모이자 선왕의 부인인 황태후의 견제가 아니었다면 그를 진작 폐위시켰을 것이었다. 원나라의 실질적인 권력 서열 1위인 연철의 미움을 사고 있는 타환이 하필이면 고려로 유배를 오다니, 충혜왕으로서는 마음이 편치 않았다.

그 시각, 친원파의 거두영향력이 크며 주요한 자리에 있는 사람인 왕고는 경화공주와 밀담을 나누고 있었다. 경화공주는 충혜왕의 아버지 충숙왕의 황후로 충혜왕과는 불과 두어 살 차이밖에 나지 않았다. 야망이 커서 일찍부터 원의 황후가 되고자 했으나 아버지뻘 되는 고려의 왕과 부부의 연을 맺은 날, 그녀는 다짐했다. 용의 꼬리가 되느니 뱀의 머리가 되어 누구보다 화려하게 살겠노라고.

경화공주는 오랫동안 준비해 왔던 거사를 치를 준비가 되어 있었다. 그것은 바로 고려 땅에 들어오는 타환의 목을 따는 것이었다.

경화공주가 왕고를 닦달했다.

"유배 행렬이 압록강을 건넜는데 어째서 아직도 거사를 이행치 않는 것이오?"

왕고가 경화공주를 살살 달랬다.

"하찮은 들꽃도 때가 되어야 피어납니다. 모든 일에는 때가 있는 법, 중한 일을 앞두고 어찌 이리 서두르십니까. 부디 때를 기다려 주소서."

"이제 공께서 날 가르치십니까."

경화공주가 버럭 성을 냈다.

그 모습에 왕고는 손사래를 쳤다.

"당치 않으신 말씀입니다. 부디 놈들이 고려 땅에 들어올 때까지만 기다려 주소서. 그때 일을 치러야 합니다. 그래야만 모든 책임이 충혜왕에게 돌아갑니다. 그리되면 이 몸도 저 높은 용상에 한 번 앉게 될 것이고 말입니다."

'용상이라…'

왕고는 생각만 해도 온몸에 전율이 일었다.

'내가 누구인가. 요동, 심양 일대에 흩어져 사는 고려 유민들을 다스렸던 전력으로 심양왕중국 원나라에서 선양에 인질로 둔 고려의 왕이나 왕족에게 주던 봉작. 고려의 세력을 견제하기 위해 두었던 것으로 충선왕이 그 시초이며 뒤에 심왕으로 고쳐 불렀다이라 불리는 인물이 아니던가.'

왕고는 왕이란 호칭이 자연스러울 정도로 고려에서의 권세가 가히 국왕에 뒤지지 않았다. 그러나 단 한 가지가 부족했다. 진짜 왕이 아니었던 것이다. 하늘에 태양은 하나, 왕 또한 마찬가지였다.

왕고는 진짜 왕이 되어 용상에 앉은 자신의 모습을 그리며 비열한 웃음을 흘렸다. 그때 왕고의 심복이 황급히 아뢰었다.

"폐하께서 황태제 일행을 맞이하러 군사를 직접 이끌고 나간다는 전갈이옵니다."

왕고와 경화공주는 대경실색몹시 놀라 얼굴빛이 하얗게 질림했다. 두 사람은 충혜왕이 만만한 인물이 아니라고 생각했다. 충혜왕의 보령임금의 나이를 높여 이르는 말은 아직 어렸으나 기개며 총기가 선대의 어느 왕들보다 뛰어났다. 충혜왕은 원나라 세력을 몰아내고 자주적인 고려를 만들겠다는 원대한 꿈을 쉼 없이 꾸었다. 그의 시도는 고려 황실을 장악한 왕고를 비롯한 친원파 권신들로 인해 번번이 무산되었지만 좌절하거나 포기하지 않았다. 넘어지면 일어났고, 무너지면 다시 세웠다. 이 과정에서 일어난 과격한 싸움 또한 두려워하지 않았다. 때문에 고려의 조정은 언제 터질지 모르는 화약고 같았다.

'그러나 이미 늦었으리라…'

왕고는 이번만큼은 충혜왕이 꼼짝없이 자신의 덫에 걸려들 것이라며 기대에 부풀었다.

원나라 수도인 대도의 황실 안, 연철의 집무실로 낯빛이 어두운 황태후가 성큼성큼 들어섰다. 연철은 자리에서 벌떡 일어나 황태후를 맞았다.

"태후마마, 이곳까지 어인 걸음이시옵니까."

"내 간밤의 꿈이 불길하여 마음이 영 불편하다오. 고려로 유배를 간 타환에게 몹쓸 일이 생긴 것은 아닌지 모르겠소."

연철은 황태후가 자신을 은근히 떠보고 있다는 사실을 눈치챘다.

원나라를 장악한 연철에게 유일하게 남은 걸림돌은 바로 황태후였다. 제아무리 천하의 연철이라 해도 황태후를 어찌할 수는 없는 노릇이었다.

'황태후가 누구인가. 선황인 문종이 가장 아끼던 황후이자 원나라 최대 명문인 옹기라트 가문 출신으로 권력을 가진 수많은 인맥을 지닌 여걸이 아니던가.'

연철은 황태후를 안심시키려 애썼다.

"비록 먼 고려 땅으로 유배를 떠나셨으나 다음 대를 이을 황태제가 아니시옵니까. 귀하신 옥체에 감히 무슨 일이 생길 수 있겠습니까."

황태후는 영 마뜩잖은 얼굴로 연철의 집무실에서 나갔다. 그러나 연철은 황태후의 표정에나 신경 쓰고 있을 겨를이 없었다.

연철의 두 아들, 당기세와 탑자해가 전갈을 보내왔다. 유배 행렬이 고려 땅으로 들어섰다는 내용이었다. 연철은 다시 한 번 마음을 다잡았다.

'내 이번에는 반드시 타환을 죽여 없애리라.'

타환의 친부인 명종황제를 암살한 사람은 다름 아닌 연철이었다. 그러니 그의 아들이 황제가 되는 것을 막아야만 했다. 게다가 타환이 고려 땅에서 죽는다면 그 책임을 충혜왕에게 뒤집어씌울 수 있었다. 그리된다면 아예 고려를 원나라의 일개 성으로 편입시켜 역사에서 지워 버릴 수도 있을 것이라 여겼다. 그야말로 하나의 돌로 골칫덩이 새 두 마리를 잡는 격이었다.

'고려가 어떤 나라인가. 몽고를 상대로 사십 년 가까이 항전을 했던 바로 그 나라가 아니던가.'

연철은 세상천지에 고려와 같은 나라는 없다고 느꼈다. 대원제국을 상대로 그토록 오랜 세월을 견뎌 냈던 저력의 끝을 가늠할 수조차 없었다. 연철에게 고려는 언제고 자신을 위협할 소지가 충분한, 독하고 몹쓸 족속들이 가득한 나라였다. 그토록 위험한 나라를 연철은 도무지 그냥 두고 볼 수 없었다.

황태제 일행을 마중 나간 충혜왕은 행군의 속도를 늦추지 않았다. 영접이 아니라 마치 출정에 나선 군대처럼 밤잠도 설치며 길을 재촉하는 강행군이었다. 충혜왕의 호위무사 파천이 그를 걱정스런 눈빛으로 바라봤다. 이를 눈치챈 충혜왕이 잠시 말의 걸음을 늦추고 나지막이 물었다.

"어찌 그런 눈빛으로 나를 보느냐. 내가 걱정되느냐."

"황공하오나, 그렇사옵니다."

"나는… 두렵구나."

충혜왕이 낮처럼 밝게 뜬 보름달을 올려다보았다. 만에

하나 연철이 미친 척하고 타환을 없앤다면, 그리고 황태제를 지키지 못한 죄를 충혜왕에게 뒤집어씌운다면, 이는 곧 고려의 멸망으로 이어질 것이었다. 충혜왕은 환한 달빛이 괜스레 야속하게 느껴졌다. 한 줄기 바람이 땀으로 얼룩진 그의 얼굴을 스치고 지나갔다.

"고려의 국운이 바람 앞의 등불이로구나."

'고려의 안위가 그따위 멍청한 원나라 황태제에게 달려 있다니, 참으로 억울하고 딱한 일이로구나.'

그러나 지금은 이것저것 따질 때가 아니었다. 충혜왕은 달리는 말에 더욱 박차를 가했다.

유배 행렬이 어느덧 고려 땅으로 들어서고 있었다. 기자오가 안도하며 백안에게 물었다.

"이쯤에서 숨겨 두었던 황태제를 다시 수레에 앉히는 것이 어떻겠습니까. 개경에 다다를 때까지 황태제를 거지꼴로 놔둘 수는 없는 노릇 아닙니까."

그러나 연철의 속셈을 잘 알고 있는 백안이었다.

"오히려 지금부터가 더욱 위험하오. 경계를 보다 철저히 해야 할 것이오. 조심, 또 조심해야 함을 잊지 마시오."

백안은 연철이 이번 거사를 위해 심어 둔 심복이었다. 하지만 백안은 고심 끝에 타환을 지키기로 마음먹었다. 그리고 지금의 일을 도모한 것이었다. 백안은 타환의 친부인 명종황제에게 큰 성은을 입은 바 있었다. 비록 연철의 휘하에 있었지만 선왕의 은혜를 저버릴 수는 없었다. 하여 황태제의 안전을 위해 가짜 황태제를 수레에 앉히자는 기자오의 뜻에 군말 없이 따랐던 것이다. 백안은 책사이자 조카인 탈탈의 우려에도 아랑곳하지 않았다. 그는 한번 마음먹은 것은 반드시 실행하고야 마는 인물이었다.

타환은 공교롭게도 양이와 함께 말먹이를 주게 되었다. 그는 양이에게 얻어맞은 것이 못내 분하고 부끄러웠다. 타환이 기회를 틈타 애써 자신의 결백을 주장하고 나섰다.

"내가 군막을 들여다본 것은 비명을 들었기 때문이다."

양이가 타환을 매섭게 노려봤다. 그리고 이내 타환을 말먹이통에 메다꽂아 버렸다. 먹이통에 거꾸로 처박힌 타환이 분을 참지 못하고 씩씩거렸다.

"정녕 내가 누군 줄 알고 이토록 함부로 대하는 것이냐."

양이는 물러서지 않았다.

"도대체 네가 누군데? 엉?"

"나는, 나는 대원…."

"대원? 네 이름이 대원이라는 거야? 그래서 뭐? 뭐!"

그 순간 뭔가가 둘 사이를 휙 하고 지나가더니 옆에 있던 기둥에 박혔다. 화살이었다. 이어 사방에서 화살이 쏟아졌다. 겁에 질린 타환은 다시 말먹이통을 뒤집어쓰며 몸을 숨겼고 양이는 칼을 빼어 들고 상황을 살피러 나갔다.

기자오와 부장 박불화가 허둥지둥 달려왔다. 양이를 본 기자오가 다급히 물었다.

"그 녀석은 어디 있느냐?"

양이는 어리둥절한 표정으로 말먹이통을 가리켰다.

기자오가 양이에게 당부했다.

"저 녀석을 지켜라."

기자오는 박불화와 함께 가짜 황태제가 탄 수레로 달려갔다. 유배 행렬을 공격한 자들은 미리 사주를 받은 화적 떼였다. 그들은 순식간에 호위대를 뚫더니 황태제의 수레로 화살을 퍼부었다. 수레에 타고 있던 가짜 황태제가 화살을 맞고 바닥으로 떨어지는 순간, 화적 떼 두목이 말을 달렸다. 그리고 장창으로 가짜 황태제의 남은 숨통을 끊어 놓고는 유유히 사라졌다.

충혜왕이 당도했을 때는 불에 탄 수레에서 검은 연기가 치솟고 있었다. 그는 장창에 찔려 죽은 황태제 앞에서 넋을 잃고 망연자실했다.

'아, 이것으로 끝이란 말인가. 정녕 이것으로…'

그때 기자오가 앞으로 나와 부복고개를 숙이고 엎드림했다.

"폐하! 황태제께서는 안전하십니다."

"그것이 사실이냐!"

"그러하옵니다."

기자오가 충혜왕을 데리고 양이가 있는 곳으로 향했다. 타환은 여전히 말먹이통을 뒤집어쓴 채 벌벌 떨고 있었다.

기자오가 양이에게 명했다.

"양이야, 황태제 전하를 일으켜 드려라."

순간 양이의 두 눈이 휘둥그레졌다. 기자오가 말먹이통을 가리키며 다시 한 번 말했다.

"어서."

양이가 말먹이통을 들고 타환에게 손을 내밀었다. 눈물범벅이 된 타환이 양이의 손을 잡고 겨우 일어섰다. 그러자 모여 섰던 사람들이 부복하며 한목소리로 외쳤다.

"황태제 전하!"

하지만 충혜왕은 여전히 날카로운 눈으로 타환을 노려보고 있었다. 원나라의 황태제가 살아 있다는 것은 분명 다행스러운 일이었다. 하지만 치솟는 분노 또한 감출 길이 없었다.

'저토록 유약한 애송이에게 고려의 명운이 달려 있다니….'

충혜왕은 화가 치밀었다. 그의 곁에 양이가 멀뚱하게 서 있었다. 앞에 있는 사람이 고려의 국왕인 것은 알겠는데 자신이 두들겨 팬 그 얼빠진 녀석이 원나라 황태제라는 것이 양이는 도무지 믿기질 않았다. 박불화가 넋이 빠진 양이를 급히 잡아당겨 자리에 앉히자 그제야 다른 이들처럼 양이도 고개를 숙이며 엎드렸다. 이윽고 충혜왕도 타환 앞에 부복하며 극진하게 예를 갖추었다. 하지만 그 눈빛은 여전히 분노에 차 있었다.

한 운명의 수레바퀴에 오르게 될 세 사람이 처음으로 조우한 순간이었다. 훗날 기황후와 순제로 성장할 양이와 타환, 그리고 충혜왕은 그렇게 서로의 존재를 처음으로 알게 되었다.


거사를 무사히 치렀다는 소식에 왕고와 경화공주는 한껏 고조되어 있었다. 경화공주가 왕고에게 축배를 건넸다.
"그간 고생 많으셨소."
"허허, 무슨 말씀을요. 어쨌거나 경하드리옵니다."
"내 이제야 두 다리 쭉 뻗고 자게 생겼습니다. 하하하."
이제 왕고는 애초에 연철이 약속한 대로 고려의 국왕 자리를 하사 받게 될 것이었다. 그토록 꿈꾸었던 날이 코앞에 다가와 있었다. 왕고는 경화공주가 건넨 술잔을 단숨에 비워 냈다.
'술이 이토록 달았던가. 앞으로 펼쳐질 모든 날이 이처럼 달 터…'
왕고의 입가에 의미심장한 미소가 번졌다. 그러나 기쁨도 잠시, 잔이 채 한 순배도 돌기 전에 낭보가 비보로 바뀌었다.

달려온 왕고의 심복이 차마 말을 잇지 못했다.

"지금 원의… 원의 황태제께서…"

일이 틀어졌음을 눈치챈 왕고가 술상을 박차고 뛰쳐나갔다. 경화공주도 허둥지둥 왕고의 뒤를 따랐다. 그때 충혜왕의 호위 속에서 황태제가 궐로 들어서고 있었다.

왕고는 극진히 예를 갖추었다.

"황태제 전하, 먼 길 오시느라 얼마나 노고가 많으셨습니까. 내 집이다 생각하시고 부디 편히 지내소서."

기쁨에 겨운 얼굴로 타환을 영접하는 왕고였으나 속으로는 이를 갈고 있었다.

'다 된 밥에 이리 재를 뿌리다니….'

왕고가 충혜왕을 노려보았다. 하지만 충혜왕은 여전히 굳은 표정으로 허공을 응시할 뿐이었다.

이들을 맞이한 무리 속에는 환관내시 방신우도 있었다. 어릴 때 환관이 되어 선왕인 충선왕 때부터 충숙왕을 거쳐 지금의 충혜왕까지 삼대를 모신 그였다. 방신우는 큰일을 잘 마무리하고 무사히 궁으로 돌아오는 충혜왕을 맞으니 가슴이 벅차올랐다. 그는 굳게 믿고 있었다. 충혜왕이 머지않아 원나라의 세력들을 몰아내고 고려를 재건할 성군으로 성장할 것임을. 그날을 위해 미약하지만 자신의 몸과 마음을 바칠 각오였다.

 충혜왕의 행렬이 방신우의 앞을 지나자 그는 고개를 조아려 예를 갖추었다. 그리고 곧 행렬의 뒤를 따랐다. 몇 걸음 옮기던 방신우가 살며시 고개를 들어 앞서 가는 충혜왕을 바라보았다. 무겁게만 보이는 왕의 두 어깨가 마냥 안쓰러웠다. 덩달아 방신우는 자신의 발걸음도 천근만근 무거워짐을 느꼈다. 더 이상 걸음을 옮기기 힘들 정도였다. 이상한 일이었다. 그때 무언가 방신우의 눈에 들어왔다. 그것은 다름 아닌 기자오를 따라 걸음을 옮기는 양이였다.

 '아….'

 순간 방신우는 숨이 멎는 줄만 알았다. 누구인지는 알 수 없었으나 그에게서 천하를 뒤흔들 거대한 용의 기운이 느껴졌기 때문이었다. 방신우는 일찍부터 한학을 공부한 탓에 주역과 천문에 능했다.

 '한 하늘 아래 두 마리의 용이 나란히 자리하니 왕의 어깨도 나의 걸음도 그리 무겁기만 했으리라….'

 방신우의 시선이 바쁘게 두 용의 뒤를 따르고 있었다.


 충혜왕이 자리해야 할 상석을 타환이 차지하고 있었다. 엄숙한 분위기 속에서 왕고와 경화공주를 비롯한 문무백관들이 문후를 올리는 동안 타환은 그만 깜빡 졸다가 팔걸이에 턱을 찧고 말았다. 타환은 유배로 인한 긴 여정이 힘든 터였다. 잠시 장내에 웃음기가 돌았다. 그 틈을 놓치지 않고 백안이 슬며시 나섰다.

"그나저나 이 자리에 마땅히 있어야 할 한 분이 보이지 않습니다. 이리 큰 불충이 어디 있겠소. 아니 그렇습니까."

몇몇 고려의 대신들이 나서며 충혜왕을 감싸려 들었다. 하지만 왕고의 서슬 퍼런 기세에 흠칫 놀라 이내 물러났다. 어전 안은 왕고의 주도로 충혜왕의 오만함을 꾸짖는 성토로 가득 찼다.

황태제 일행이 입궁한 후 충혜왕은 단 한 번도 얼굴을 내보이지 않았다. 자신의 거소에 틀어박혀 매일 술을 마셨다. 한낱 오랑캐 놈이라 생각했던 타환이 고려의 용상을 차지하고 있는 꼴을 충혜왕으로서는 볼 수 없었다. 또한 미약하기 짝이 없는 자신의 처지와 초라하기만 한 고려의 위상에 분기를 누를 수가 없었다.

기자오와 양이가 부름을 받고 들어섰을 때 충혜왕은 만취해 있었다. 환관 방신우가 충혜왕에게 알렸다.

"폐하, 부르신 기자오와 그 소생 기승냥이 들었나이다."

기승냥은 양이의 본명이었다. 승냥이처럼 날렵하고 영민하게 살라고 기자오가 붙여 준 이름이었다.

충혜왕이 반쯤 감긴 눈으로 두 사람을 바라봤다.

"어, 이 나라 고려를 지켜 낸 두 사람이 아닌가."

그는 떨리는 손으로 술잔을 채웠다.

"자, 어주를 받으라. 공이 아니었다면 원나라 황태제를 지켜 내지 못했을 것이다."

"성은이 망극하옵니다."

기자오가 두 손으로 어주를 받들고 고개를 돌려 마셨다. 그 모습을 지켜보던 충혜왕이 넋두리를 했다.

"그러나 자식 같은 내 백성들도 지켜 내지 못하고 있거늘. 내가 누구를 위해 그자를 보호해야 했는지 도무지 모르겠군. 모르겠어…."

충혜왕은 옆에 서 있던 환관 방신우를 쳐다보았다.

"그러고 보니 자네 표정이 나보다 더 어둡지 않은가?"

"송구하옵니다."

"무슨 까닭인가?"

방신우가 조아렸다. 사실 헤아리자면 까닭은 수도 없이 많았다. 그래도 꼽자면 근심에 잠긴 충혜왕의 모습을 가만히 보고 있을 수밖에 없는 자신의 미약한 처지가 하나요, 그럼에도 불구하고 충혜왕의 가슴을 미어지게 할 일을 전해야 하는 상황이 또 하나요, 방 한쪽 구석에 서 있음에도 끊임없이 용의 기운을 뿜어내는 기승냥의 존재가 걱정스러운 것이 또 다른 하나였다.

방신우가 어렵게 입을 뗐다.

"폐하, 송구하오나 어전의 분위기가 심상치 않사옵니다. 하여 황태제를 알현하시는 것이 좋을 듯하옵니다."

충혜왕이 두 눈에서 불을 뿜었다. 그러더니 들고 있던 술잔을 집어던졌다. 그 바람에 옆에 서 있던 방신우의 이마에 술잔 파편이 튀어 상처가 나고 말았다.

"무어라, 알현? 지금 알현이라 했느냐? 지금 누구더러 누굴 알현하라는 것이냐! 나는 이 나라 국왕이니라. 나보고 지금 내 용상을 차지하고 있는 저 애송이를 찾아가 조아리라는 것이냐?"

놀란 방신우가 충혜왕에게 깊이 조아렸다. 그의 이마에서는 붉은 피가 흘러내렸다. 그러나 방신우는 전혀 고통을 느끼지 못했다. 찢어질 듯 아픈 것은 그의 마음이었다. 자신의 마음이 그러하니 충혜왕의 가슴은 천 갈래 만 갈래로 찢긴 듯 아플 것이라 여겼다. 방신우의 가슴에는 뜨거운 눈물이 흐르고 있었다.

먼발치에서 이를 지켜보고 서 있던 양이에게도 충혜왕의 울분이 전해졌다. 까닭은 알 수 없었으나 양이는 가슴 한쪽이 아렸다.

황태후의 방을 나서는 연철의 표정이 순간 차갑게 변했

다. 연철은 황태제가 무사히 고려에 도착했다는 소식을 알리고 나오는 길이었다. 황제는 환후가 깊었다. 일곱 살 어린 보령의 황제는 점점 더 깊어지는 병증에 목숨이 경각에 달린 상태였다. 궁 안의 어의들을 총동원해 황제를 돌보고 있었지만 도무지 차도를 보이지 않았다. 그대로 황제가 세상을 떠난다면 그의 형인 타환에게 권좌가 이어질 터였다. 그렇게 된다면 연철로서는 막을 도리가 없었다. 더 이상의 명분이 남아 있지 않았다. 연철 자신의 손으로 죽인 명종의 장남이 황제가 된다면 새끼 독사를 품고 사는 형국일 것이었다. 언제 이빨을 드러내 자신의 심장을 물어뜯을지 모르는 촌각을 다투는 시급한 상황이라 여겼다. 연철은 결단을 내렸다.

'내 직접 두 아들 당기세와 탑자해를 대동하고 고려로 가리라. 황제가 죽기 전에 이 두 손으로 타환의 목숨을 끊으리라. 그리고 그 죄를 또다시 고려에 뒤집어씌우리라. 애초부터 돌멩이 하나로 두 마리 새를 잡으려 하질 않았던가. 이번에는 다른 누구의 손에도 맡기지 않으리라. 내가 직접 진두지휘하리라.'

순간 고심에 빠졌던 연철의 낯빛이 환해졌다. 그리고 이내 살기가 돌았다.

타환이 유배지인 대청도로 떠날 날이 임박하자 충혜왕은 기자오와 양이를 다시 불러 당부했다.

"언제 끝이 날지 모르는 유배 길이 될 것이다. 그러나 원의 황태제가 고려에 머무는 동안에는 무슨 일이 있어도 그의 신변을 보호해야만 한다. 황태제를 보호하는 것이 곧 고려를 지키는 일임을 명심해야 한다. 알겠느냐."

기자오가 부복하며 명세했다.

"신 기자오, 신명을 다해 폐하의 명 받잡겠나이다."

충혜왕의 밀명이 양이에게도 이어졌다.

"너는 황태제를 곁에서 보필하며, 그의 일거수일투족을 감시하라."

충혜왕은 심약해 보이는 타환이 만에 하나 스스로 목숨을 끊는 날에는 큰일이라고 생각했다. 비록 곁에서 타환의 시중을 드는 일이었지만 양이가 맡은 임무 또한 자못 크고 중한 것이었다.

양이는 자신과 악연으로 만난 타환을 따라 대청도까지 가서 상전으로 모셔야 했으니 죽을 맛이었다. 하지만 국왕의 명을 거역할 수는 없었다.

충혜왕의 밀명을 받자 양이가 고개를 들고 당돌하게 물었다.

"황공하오나, 한 가지 여쭈어도 되겠나이까."

옆에 서 있던 환관 방신우의 두 눈이 휘둥그레졌다. 아비인 기자오 또한 마찬가지였다. 감히 왕에게 질문을 하다니 상상치도 못할 일이었다.

기자오가 양이를 호되게 나무랐다.

"네 이놈, 정신이 나갔느냐! 폐하께 어서 용서를 빌거라. 어서!"

머리에 피도 안 마른 녀석이 한 나라의 왕에게 묻지도 않았는데 입을 뗐다는 것 자체가 불충이었다. 그런데 그것도 모자라 질문을 하다니, 충혜왕도 이러한 경우는 처음이었다. 당장 끌어내 물고를 내도 가한 상황이었다. 하지만 충혜왕은 그런 양이가 왠지 괘씸하지 않았다. 한편으로는 무엇이 그리 궁금한지 더 묻고 싶었다.

충혜왕이 양이를 가만히 바라봤다. 양이의 얼굴을 자세히 들여다본 것은 이번이 처음이었다. 황태제의 유배 길에서 처음 마주쳤을 때는 분노에 차 양이를 볼 겨를이 없었다. 그리고 얼마 전 아비와 거소로 불렀을 때는 술에 취해 눈이 흐렸다. 충혜왕은 양이가 마치 계집아이처럼 고운 얼굴임을 깨달았다. 그러나 그 기상만큼은 여느 장수 못지않았으니, 세상 그 무엇도 겉모습만으로 평해서는 아니 될 듯싶었다.

'네, 범의 심장을 가졌구나…'

양이는 궁에 들어온 것도 왕 앞에 선 것도 처음이었다. 그런데 조금도 주눅이 든 낯빛이 아니었다. 벌을 받을까 두려워하기는커녕 당당하기만 했다. 충혜왕은 양이의 당당함이 오히려 대견했다. 자신에게 간절히 필요한 것, 그리고 잃지 않으려 애쓰는 것이 바로 양이의 당당함이라 여겼다. 충혜왕은 양이가 자신과 닮은 듯싶었다. 당당하게 운명을 헤쳐 나가려 몸부림치는 자신이 양이의 모습과 겹쳐져 왠지 더욱 서럽게 느껴졌다.

충혜왕이 기자오를 말렸다.

"괜찮다. 그래, 무엇이 그리 궁금한 것이냐?"

양이는 또박또박 물었다.

"원 황태제와의 만남을 끝내 피하시는 연유가 무엇이신지요."

그때까지 충혜왕은 타환을 알현하지 않고 있었다. 그 때문에 궁 안에서는 호사가들의 많은 억측들이 쏟아졌다. 특히 친원파들 사이에서는 충혜왕이 황태제를 두려워하고 있다는 소문까지 나돌고 있었다. 충혜왕은 맹랑한 양이의 질문에 순간 당혹했다.

아비인 기자오가 말릴 새도 없이 양이는 차분하게 말을 이었다.

"궁 안에 수많은 억측이 난무하고 있습니다. 폐하께서 황태제를 두려워하고 있다는 소문까지 나돌고 있다 들었나이다. 그러나 하늘의 태양은 하나, 고려의 지존은 국왕이 아니신지요."

양이는 자신이 존경하는 국왕을 폄하하는 소문을 참을 수가 없었던 것이다. 양이의 음성에는 충혜왕을 향한 충심이, 고려를 사랑하는 진심이 짙게 배어 있었다. 충혜왕은 그런 양이에게 강한 인상을 받았다. 양이와 그 아비인 기자오가 돌아간 후에도 충혜왕은 그들의 모습을 머릿속에서 쉬이 지우지 못했다.

다음 날, 충혜왕이 황태제를 알현하기로 했다는 소식에 고려 왕궁이 술렁거렸다. 그리고 국왕을 향한 친원파들의 비웃음은 이내 조롱으로 바뀌었다. 기고만장한 국왕의 자존심도 결국 대원제국의 위상 앞에서는 별수 없다며 입을 모았다. 그러나 충혜왕의 마음을 돌린 것은 원나라의 위상도, 고려 대신들의 충심 어린 간언도 아닌 그저 미천한 양이의 말 한마디였음을 아무도 알지 못했다.

충혜왕의 알현을 앞두고 백안은 황태제에게 신신당부했다.

"마마, 절대 황태제의 위엄을 잃지 마시옵소서."

마침내 황태제와 충혜왕의 공식적인 만남이 이루어졌다. 술상을 사이에 두고 양측 중신 몇몇만이 동석한 자리였다.

충혜왕이 빈틈없는 모습으로 타환에게 예를 갖추었다.

"고려 왕, 황태제 전하께 문후 여쭈옵니다."

타환이 건성으로 답했다.

"예, 예."

"먼 길 오시느라 고초가 많으셨습니다."

"예, 아니 별말씀을요."

"지내시기에 불편함은 없으신지요."

"예, 아니 없습니다."

지루한 듯 이리저리 고개를 돌리던 타환의 눈에 시중을 들던 궁녀의 모습이 들어왔다. 순간 타환의 입가에 미소가 번졌다.

타환이 뜬금없이 말했다.

"그나저나 고려의 여인들이 참으로 예쁩니다."

충혜왕이 보일 듯 말 듯 미간을 찌푸렸다.

"부드럽고 온화한 고려의 산천을 꼭 빼닮았더군요. 대원제국의 여인들과는 아주 달라요. 하하하."

충혜왕은 술잔을 단숨에 비웠다.

"반가운 자리, 천천히 드세요. 안주도 함께 드시고요. 고려에 맛있는 것들이 어디 한둘입니까. 이 곶감만 해도 그렇고 말입니다. 하하하."

타환은 곶감을 질겅질겅 씹으며 말을 이었다.

"내 원에서도 여러분이 보내 준 맛있는 음식들을 많이도 먹었답니다. 특히나 고려의 말린 미역과 생선들은 일품이었지요. 그 향 좋은 인삼을 먹고 내 이리 건강한 것 아닙니까. 하하하. 아, 여기에도 있었군요. 이리도 반가울 수가."

타환이 술상에 놓여 있던 유밀과를 집어 들었다. 유밀과는 쌀가루를 꿀로 반죽해 기름에 튀겨 낸 고려의 별식이었다.

"이것을 여기서 먹으니 내 마치 원나라 궁에 있는 기분입니다. 하하하. 아, 이참에 고려가 아예 원나라 말을 씀이 어떻겠습니까? 그러면 참으로 원나라 궁에 있는 기분이 들 텐데요. 대원제국과 고려가 이미 한 나라이거늘 언어가 다르니 이거 영 불편해서 말입니다. 하하하."

원나라가 틈날 때마다 주장하는 입성론과 맥을 같이하는 말이었다. 그것은 곧 고려를 원의 일개 성으로 편입시키겠다는 뜻이었다.

타환이 곶감 하나를 다시 입 안에 넣으며 말했다.

"역시 고려 곶감이 답니다, 달아요. 하하하."

눈빛이 날카로워진 충혜왕이 입을 열었다.

"황태제 전하께 긴히 아뢸 말씀이 있습니다. 주변을 물리쳐 주시지요."

이윽고 두 사람만 자리에 남자 곶감을 하나 더 집어 든 타환이 짐짓 심각한 표정으로 말을 이었다.

"고려의 국호를 포기하고 원나라의 성이 되는 것이 백성들의 고통을 줄이는 일일 터."

순간 충혜왕은 타환의 뺨을 힘껏 후려쳤다. 그 바람에 타환의 손에 들린 곶감이 날아가고 말았다. 깜짝 놀란 타환이 발끈하며 일어섰다.

"네 어찌 감히…."

하지만 타환이 제대로 입을 떼기도 전에 다시 몇 차례 주먹이 빠르게 날아갔다. 이후 충혜왕이 일갈했다.

"경각에 달린 네 목숨을 고려가 구했고, 지금 이 순간에도 고려가 지켜 주고 있다는 사실을 잊지 마라. 그리고 정녕 죽음을 피할 수 없다면 원나라로 돌아가서 죽어라. 절대 고려 안에서 죽어서는 안 된다!"

충혜왕의 서슬 퍼런 기상에 타환은 두려움에 휩싸였다. 대원제국의 황태제였지만 고려 땅에서, 특히 이 밀실 안 충혜왕 앞에서는 고양이 앞의 쥐에 불과했다.

타환은 자신의 처지가 처량하게 느껴졌다. 그동안 살아남기 위해 바보처럼 말하고 행동해야 했던 자신을 돌아봤다. 황태제의 신분이었지만 의문사한 아버지처럼 언제 죽을지 몰라 스스로 몸을 낮추며 어리석고 모자란 사람임을 자처해 온 것이었다. 그러나 타환의 내면에는 뜨거운 분노와 웅지웅대한 뜻가 용솟음치고 있었다. 그 사실을 아무도 알지 못했다. 타환은 우스꽝스런 모습 속에 슬픔을 감춘 채 어린 시절을 보내야 했다. 그러다 보니 바보처럼 행동하는 것이 습관처럼 몸에 배어 이제는 당연하게 느껴질 정도였다.

타환은 슬며시 충혜왕을 바라보았다.

'나보다 더 못한 처지의 그가 아닌가. 헌데 저 당당함은 도대체 어디에서 나오는 것인가…'

충혜왕의 남다른 기개가 대원제국의 차기 황제를 압도한 것이었으니 뱀의 머리가 용의 꼬리를 문 형국이었다.

# 대청도의 봄

 대청도로 가는 황태제의 유배 행렬이 잠시 멈춰 있었다. 주변을 천으로 둘러 만든 간이 화장실 안에서 타환이 끙끙대며 힘을 주고 있었다. 곶감을 많이 먹은 탓인지 타환은 유난히 힘이 들었다. 밖에서 타환을 기다리며 보필하던 양이가 잔뜩 찌푸린 얼굴로 코를 움켜쥐고 있었다. 양이는 얇은 천 너머 낑낑거리고 있는 얼간이 같은 타환이 너무나도 싫었지만 왕명을 어길 수는 없는 노릇이었다.

 고려 왕궁에 당도한 연철과 당기세, 탑자해 무리 앞에 자못 진지한 얼굴의 백안이 엎드려 아뢰었다.

 "고려 측 주장인 기자오가 황태제를 뒤바꾼 사실을 알아채지 못했습니다. 기자오 따위에게 감쪽같이 속은 이놈을 죽여 주소서."

격노한 당기세와 탑자해 형제의 무지막지한 매질이 쏟아졌다. 그리고 평소 백안과 사사건건 충돌했던 당기세가 길길이 날뛰며 외쳤다.

"명을 수행하지 못한 죄를 물어 당장 이놈의 목을 쳐야 합니다!"

연철이 두 눈을 찌푸리며 만류했다.

"그만두어라. 지금은 놈의 죄를 묻는 일보다 타환의 목을 따는 일이 더 중요하다."

"하지만 아버님!"

"시간이 없다. 황제가 숨을 거두기 전 방법을 찾아야만 한다."

백안은 겨우 목숨을 부지했지만 무지막지한 물볼기를 맞았다. 그는 장독에 좋다는 약초를 엉덩이에 붙이며 이를 바득바득 갈았다. 충분히 예상했던 일이었다. 하지만 당기세에게 당한 것이 영 억울하고 분했다. 백안은 당기세와 어려서부터 동문수학한 사이였지만 자신을 유난히 괴롭히고 견제했던 당기세와는 원수지간이었다. 당기세가 타환을 죽이는 데 열을 올리는 연유가 무엇인지 백안은 잘 알고 있었다. 다음 황제 자리를 노리는 것이었다. 그 꼴을 백안은 더더욱 볼 수가 없었다.

'두고 봐라. 이왕지사 이렇게 되었으니 무슨 수를 써서라도 타환을 살려서 원나라로 데려가리라….'

그러자면 백안은 밀실에서 꾸미고 있는 연철의 음모가 무언지 알아내야 했다. 그리고 그들보다 먼저 움직여야 했다.

대청도의 봄은 유난히 평화로웠다. 그러나 타환이 머물고 있는 관사의 경계는 여전히 삼엄했다. 기자오는 사방이 바다로 둘러싸인 대청도에 들어온 이상 더 이상의 위험은 없을 거라 생각했지만 한시도 긴장을 늦추지 않았다. 그는 충혜왕의 명을 충실히 수행하고 있었다. 양이 또한 자신의 직분을 다하며 타환을 보필했다. 타환의 음식에 혹여 독을 넣지 않았는지 먼저 먹어 보았고, 목욕과 용변 시중도 들었다. 아침에 눈을 뜬 순간부터 밤에 잠이 들 때까지, 양이는 타환의 그림자로 살았다. 하지만 여전히 마음은 편치 않았다.

곤혹스럽기로 따지자면 타환도 마찬가지였다. 양이는 자신을 사정없이 두들겨 팼던 불한당 같은 놈이라 생각했다. 그런 놈의 시중을 받아야 하니 타환도 죽을 맛이었다. 타환은 일부러 사사건건 트집을 잡으며 양이를 괴롭히기도 했다. 그러면 두 손 들고 도망가 주리라 내심 기대했다. 하지만 양이는 타환의 곁을 끝까지 떠나지 않았다. 꿋꿋하게 참아 내며 타환의 곁을 지켰다. 타환에게 양이는 도무지 알 수 없는 녀석이었다. 옆에 있으면 성가시고 불편했지만 잠시라도 눈에 띄지 않으면 허전하고 또 불편했다.

양이를 괴롭히는 일도 서서히 시들해져 갈 무렵, 타환의 말수가 점점 줄어들기 시작했다. 타환은 끝없이 이어진 바다를 바라보며 생각에 잠겼다.

'사방이 바다로 막혔으니 여기 대청도만큼 안전한 곳은 없겠지….'

갈매기 한 마리가 하늘을 가로질러 어디론가 날아갔다. 이를 바라보던 타환이 긴 한숨을 내쉬었다. 이름 없는 새 한 마리보다 자유롭지 못한 자신의 처지를 생각하니 숨이 막혀 오기 시작했다.

'이렇게 목숨을 부지한들 무엇할까. 그래서 훗날 황제의 자리를 되찾는다 한들 또 무엇할까. 나는 돌아가기 싫다. 연철과 그의 두 아들, 권신들이 득시글대는 원나라로 돌아가기 싫어. 그렇다고 낯선 고려 땅에서 이대로 주저앉아 죽기만을 기다릴 수도 없는 노릇이니, 이를 어찌하면 좋을꼬….'

타환이 밥도 안 먹고 수척해지자 모든 책임이 양이에게로 돌아갔다. 마치 엄마와 아이처럼 이젠 밥을 먹이는 일까지도 제 몫이 되어 버렸으니 양이도 미칠 노릇이었다.

어느 날 밤, 타환이 비명을 지르며 잠에서 깨어났다. 어둠 속에서 간절히 자신을 부르며 원수를 갚아 달라 애원하는 목소리는 분명 선왕인 명종의 것이었다. 타환은 아버지의 죽음에 많은 의혹을 품고 있었다. 그 암살의 배후에 연철이 있음을 직감했지만 내색은커녕 자신의 목숨을 부지하기도 어려운 현실에 피눈물을 흘려야 했다.

땀에 젖은 채 숨을 헐떡이는 타환 앞으로 양이가 뛰어들었다. 옆방에서 선잠을 자다 타환의 비명에 달려온 것이었다. 타환이 몹쓸 꿈을 꾼 후였다. 하지만 별다른 이상은 없어 보였다. 괜히 잠만 손해 보게 되어 억울한 양이는 늘어지게 하품을 하며 돌아섰다. 그때 타환이 무겁게 입을 뗐다.

"무술을…"

양이는 멈춰 서서 타환을 쳐다봤다.

"내게 무술을 가르쳐 다오."

양이가 의아한 표정으로 서 있다가 다시 돌아서려는데 타환이 애원했다.

"부탁이다. 내게, 가르쳐 다오."

양이는 잠시 망설이다 방을 나섰다. 타환은 양이가 사라진 문을 멍하니 응시했다. 아직도 아버지 명종의 목소리가 귓가에 생생하게 들리는 듯했다. 당장 저 문으로 아버지가 들어와 몹쓸 꿈을 꾼 자신을 따뜻하게 안아 줄 것만 같았다. 타환은 그것이 꿈이었는지, 아니면 지금도 꿈을 꾸고 있는 것인지 알 수 없었다.

'모두 꿈이면 좋으련만. 아버지가 돌아가신 것도, 바다를 방패 삼아 숨어 있는 것도, 숨을 쉴 수 없을 만큼 두려운 것도….'

그때 양이가 다시 문으로 들어섰다. 그리고 불쑥 타환에게 뭔가를 던졌다. 타환은 무의식적으로 그것을 받았다. 목검이었다.

양이가 말했다.

"그리 간청하시니…."

외진 바닷가에서 타환과 양이의 대련이 시작되었다. 하지만 타환의 얼굴을 정면으로 바라보고 있자니, 양이는 그동안 겨우 억눌러 왔던 좋지 않은 감정들이 떠오르기 시작했다. 자연스럽게 양이의 목검에도 그 감정들이 조금씩 실리기 시작했다.

'벌벌 떨며 말먹이통을 뒤집어쓴 애송이, 고려의 국왕을 절망케 한 자…. 대원제국의 황태제!'

순간, 격해진 양이의 감정이 온전히 목검에 실렸다. 달빛에 비친 타환의 이마에 한 줄기 붉은 피가 선명했다.

'아….'

양이는 놀란 나머지 목검을 바닥에 떨어뜨렸다. 그야말로 큰일이었다. 보호해야 할 황태제의 옥체를 상하게 한 터, 황태제의 안위를 제 목숨보다 중히 여기라는 왕명을 어긴 것이었다.

타환이 목검을 내리며 무거운 목소리로 말했다.

"오늘은 이만하자."

타환은 가만히 돌아서서 처소를 향해 걷기 시작했다. 놀란 양이는 차마 걸음이 떨어지지 않아 멀어지는 타환을 한참 동안 바라보고 서 있었다. 양이에게 달빛에 비친 타환의 뒷모습은 참으로 외롭고 쓸쓸하게 느껴졌다. 대원제국의 황태제, 그러나 버려져 고려 땅으로 유배를 온 그였다. 양이는 말먹이통을 뒤집어쓰고서라도 목숨을 부지해야 하는 타환의 처지가 새삼 안쓰럽게 느껴졌다. 타환이 보이지 않을 만큼 멀어지고 나서야 양이는 헐레벌떡 그의 뒤를 따랐다.

다음 날, 황태제를 보필하는 원나라 측 관리들이 소란을 피웠다. 황태제의 이마에 생긴 흉터 때문이었다. 더군다나 양이의 목검에서 발견된 핏자국은 소란을 가중시켰다. 꼼짝없이 양이에게 불호령이 떨어지려는 그때, 타환이 나섰다.

"그만들 두어라. 내가 발을 헛디뎌 넘어지는 바람에 댓돌에 머리를 찧었거늘, 어찌 아무 잘못도 없는 자를 나무라려 하는가."

양이가 가만히 타환을 바라보았다.

타환이 시치미를 떼고 하품을 했다.

"간밤에 몹쓸 꿈을 꾸어 잠을 설쳤더니 졸음이 쏟아지는구나. 난 잠깐 눈을 좀 붙여야겠다."

여전히 양이를 추궁하려 벼르고 서 있는 원나라 관리들과 방을 나서려는 황태제 사이에서 어쩔 줄 모르는 양이를 향해 타환이 다그쳤다.

"어서 따르지 않고 무얼 하느냐? 이제 나의 일거수일투족을 감시하는 일을 멈춘 것이냐? 거, 고려 왕이 무척 섭섭해하겠구나."

양이는 마지못해 타환을 따라나섰다. 타환은 그길로 바닷가로 향했다. 타환이 눈이 부시도록 파란 바다를 바라보며 말했다.

"대원제국 황태제의 옥체를 상하게 했으니 죽음으로도 그 죄를 다 갚지 못할 터."

양이가 침을 꼴깍 삼켰다.

타환이 말을 이었다.

"하지만 이는 대련 중에 일어난 일. 나는 더 이상 이를 문제 삼지 않을 것이다. 네가 계속 나에게 무술을 가르쳐 준다면 말이다."

타환이 가만히 돌아섰다.

"어떠냐, 그리하겠느냐?"

양이는 거절할 수 없는 제안에 얼른 고개를 끄덕였다.

그날부터 양이는 외진 바닷가에서 달빛을 등불 삼아 타환과 대련했다. 앙숙처럼 시작된 두 사람의 인연은 그렇게 새로운 국면을 맞고 있었다.

충혜왕은 연철 일행이 머물고 있는 별궁 쪽이 영 신경 쓰였다. 며칠째 왕고와 경화공주를 비롯한 친원파들의 발길이 끊이질 않았기 때문이다. 불길함을 감출 수 없던 충혜왕은 급히 기자오에게 밀서를 보내, 만일의 사태에 대비해 만전을 기하라 명했다.

별궁 안에서는 타환을 없앨 방법을 두고 심각한 회의가 계속되었다. 유배지가 사방이 바다로 둘러싸인 섬이어서 일을 도모하기가 쉽지 않았다. 암살도 문제지만 자칫 배후가 밝혀지기라도 하는 날에는 천하의 연철이라도 그 죗값을 피하기 어려우니 더더욱 신중할 수밖에 없었다.

도무지 답이 보이지 않는 그때, 왕고가 간계를 냈다.

"군사들을 보내서 아예 대청도를 쓸어버리는 것이 어떻겠습니까."

모두의 시선이 왕고에게 꽂혔다.

신이 난 왕고가 말을 이었다.

"대청도 안에서 살아 숨 쉬는 생명체란 생명체는 모두 다 죽여 없애는 겁니다. 그리고 그 만행이 고려 군사들 짓이라 뒤집어씌우는 것이지요. 그러면 꼼짝없이 충혜왕이 죗값을 치르게 될 것 아닙니까."

대담하고 잔인했지만 참으로 명쾌한 결론이었다. 섬 안에서 일어나는 일을 세상이 알 리 없었다. 타환을 없애고, 충혜왕을 폐위시켜 고려의 국호를 없앨 수 있는 가장 확실한 방법이었다. 대신 단 하나의 생명도 살려 두어선 안 되었다. 절대 목격자가 있어서는 안 될 거사였으니 치밀해야 했다.

부어터진 얼굴로 회의장 말석을 차지하고 있던 백안은 입을 다물 수가 없었다. 타환을 없애는 데 설마 군대까지 동원되리라고는 생각지도 못했던 것이다. 어떡하든 타환을 살리고 싶었다. 하지만 백안은 이런 상황에서 자신의 목숨까지 내걸 만큼 어리석지도 무모하지도 않았다.

언제부터인가 목검을 잡은 타환의 눈빛이 날카로워졌다. 양이에게 지기 싫어하는 표정이 역력했고, 그만큼 열심히 무술 훈련에 임했다.

어느 봄기운 가득한 날, 타환과 양이가 말을 타고 나란히 들판에 섰다. 맞은편 바닷가까지 말타기 시합을 하려는 것이었다. 시작은 타환이었다. 지상에서 몽고인들보다 말을 잘 타는 민족은 없다는 타환의 말에 양이가 딴죽을 걸고 나선 것이었다. 자못 거창하게 민족을 배경으로 둔 두 사람의 감정싸움은 더 이상 물러설 수 없는 지경에 이르렀다.

드디어 두 사람이 출발했다. 파랗던 하늘이 어둑어둑해질 때까지 앞서거니 뒤서거니 치열한 경주가 이어졌다. 어느새 두 사람의 얼굴은 땀과 진흙으로 얼룩져 있었다. 간발의 차이로 앞선 양이가 드디어 결승선을 눈앞에 두고 회심의 미소를 지었다. 그 순간, 타환이 자신이 타고 있던 말에서 몸을 던져 양이를 덮쳤다. 두 사람은 이내 말에서 떨어져 모래밭에 나동그라지고 말았다.

타환이 가쁜 숨을 몰아쉬며 외쳤다.

"내 너에게 절대 지지 않을 것이다."

이어 두 사람의 치열한 사투가 시작되었다. 바닷물에 빠지고 모래를 뒤집어쓰면서도 두 사람은 절대 물러서지 않았다. 결국 세상이 모두 어둠에 잠긴 후, 온몸에 싸울 힘이 하나도 남아 있지 않을 무렵에야 비로소 싸움이 끝났다.

검은 그림자가 드리워진 바닷가는 적막했다. 간간이 파도 소리만 들려올 뿐이었다. 양이가 타환을 쳐다봤다. 타환은 물끄러미 바다 쪽을 응시하고 있었다. 처음이었다. 그처럼 악에 받친 타환의 모습을 본 것은. 양이는 내심 놀라고 있었다.

'그토록 거센 불을 가슴에 품고 있었던가…'

그러고 보니 타환의 얼굴이 엉망이었다. 양이는 또다시 너무 큰일을 저지르고 만 것이다. 내일이면 원나라 관리들이 들고 일어설 것이 불 보듯 뻔했다. 양이는 봇물처럼 터질 그들의 추궁이 벌써 귓가에 맴도는 듯했다. 그러나 돌이키기에는 이미 늦어 버린 상황이었다. 이 사태를 어찌하면 좋을지 고민하던 양이의 눈에 타환의 모습이 들어왔다. 먼 바다를 보던 타환의 눈에서 눈물이 흐르고 있었다. 처음 보는 뜻밖의 광경에 양이는 무척 놀랐다.

타환이 가만히 입을 열었다.

"살고 싶다. 꼭 살아서 돌아가고 싶다. 그래서 훗날 내 아버지를 죽이고 내게 이런 시련을 준 그자들을 반드시 죽여 없애고 싶다…."

타환의 나지막한 절규에 양이의 마음 깊은 곳이 저려 왔다. 양이는 처음으로 타환이 대원제국의 황태제가 아닌, 두려움에 떠는 애송이가 아닌, 기쁨에 웃고 슬픔에 눈물짓는 한 인간으로 느껴졌다. 달빛 아래 반짝이는 타환의 눈물에는 뜨거움과 차가움이 뒤섞여 있었다.

앞으로 다가올 위험을 모르는 두 사람에게 대청도의 봄은 그렇게 푸르게 깊어만 가고 있었다.

# 불타는 섬

 충혜왕의 밀서가 당도한 이후로 기자오는 부쩍 타환의 안전에 신경을 쓰고 있었다. 때때로 타환을 대하는 양이의 행동이 도에 넘치는 듯해서 마음에 걸리긴 했지만 양이 덕에 한층 밝아진 타환을 보며 안도하곤 했다.

 밤이 깊도록 잠을 이루지 못한 기자오의 발길이 자연스럽게 양이의 거소로 향했다. 잠을 자고 있는 양이를 물끄러미 보며 새삼 불쌍하다는 생각이 드는 것은 어쩔 수 없는 부정자식에 대한 아버지의 정이었다. 그때 양이가 잠꼬대를 하며 몸을 뒤척였다. 기자오는 나쁜 꿈을 꾸는 듯한 양이의 모습이 안쓰러워 흔들어 깨웠다. 그때 양이의 불룩한 가슴 사이에서 뭔가 툭 떨어졌다. 기자오는 그것을 가만히 집어 들었다. 은비녀였다. 순간 그의 표정이 굳어졌다.

그때 두 팔을 허공에 휘저으며 양이가 잠에서 깼다. 순간 인기척을 느낀 양이가 얼른 곁에 두었던 목검으로 손을 가져갔다.

"아비니라."

기자오가 등에 불을 붙였다. 그러자 어둠 속에 서 있던 기자오의 모습이 드러났다.

"송구합니다."

양이가 목검을 내려놓고 옷매무새를 가다듬었다.

기자오가 가만히 물었다.

"몹쓸 꿈을 꾸었더냐."

양이가 이마의 땀을 닦아 내며 고개를 끄덕였다.

"뒤척이다 이것을 품에서 떨어뜨리더구나."

기자오가 잠시 망설이다 은비녀를 내밀었다. 천성을 거스를 수는 없는 법이었다. 하지만 기자오는 양이가 끝까지 사내로서 살아가기를 바랐다. 은비녀를 품고 있을 정도로 여인의 삶을 그리워하고 있을 줄은 꿈에도 몰랐다.

기자오가 준엄하게 훈계했다.

"마음을 다잡아라. 여인의 몸으로 살아가기에는 너무나도 험한 세상이 아니더냐."

"어찌 그런 말씀을 하십니까. 저 또한 아버님의 뜻을 잘 알고 있습니다. 혹여 그 비녀 때문입니까?"

"네 것이 아니더냐?"

"예. 그러하옵니다. 사실은 오늘도 그 비녀 주인의 꿈을 꾸었습니다."

"비녀 주인의 꿈을 꾸었다?"

"아버지께서도 본 적 있는 분입니다."

"무어라?"

"십여 년 전 저희 집 마당으로 뛰어들어 와서 스스로 가슴을 찔렀던 여인을 기억하십니까? 그 여인이 바로 비녀의 주인이옵니다. 그분이 숨을 거두기 직전 그 비녀를 제게 건넸습니다. 하여 간직하고 있었을 뿐이옵니다. 아버님께서 염려하시는 그런 뜻이 담긴 것은 절대 아니옵니다."

기자오의 두 눈이 흔들렸다. 가슴 한쪽이 쿵 하고 내려앉았다. 하늘이 무너지는 것 같았다. 기자오는 양이가 그녀의 은비녀를 품고 있을 줄은 꿈에도 몰랐다.

"소자 그 여인이 누구였는지 여쭈어도 되겠습니까? 아버님께서는 분명 알고 계신 듯하였습니다."

"알 것 없느니!"

기자오는 버럭 성을 내며 양이의 방을 나섰다.

어둠 속에서 기자오는 꼭 쥐고 있던 손을 펼쳤다. 달빛을 가득 받은 은비녀가 파랗게 빛났다. 서럽게 떠난 그녀의 마지막처럼 애절한 빛을 뿜어내는 은비녀 위로 기자오의 뜨거운 눈물이 뚝뚝 떨어졌다.

'피는 이토록 무서운 것인가, 천륜이 이토록 질긴 것인가…'

동이 막 터 오는 바닷가에 배들이 들어서더니 당기세와 탑자해, 백안을 필두로 수백의 군사들이 쏟아져 나왔다. 미리 기다리고 있던 현감이 쌍수를 들며 그들을 맞이했다.

"관사의 문을 다 열어 놓았으니, 아무 걱정 마시고 어서 군사들을 몰아서 가십시오."

"수고했네."

당기세의 칭찬에 현감이 함박웃음을 지었다. 순간 당기세의 칼이 허공을 가르더니 현감의 목숨을 거두었다. 남아 있던 현감 일행들도 탑자해와 백안의 칼에 삽시간에 죽임을 당했다. 놀랄 틈도 없었다.

"단 한 명도 살려 두어서는 아니 된다!"

당기세의 살기 어린 명이 섬을 차가운 공기로 가득 채웠다.

은비녀를 보며 뜬눈으로 밤을 새운 기자오의 귓가에 심상치 않은 소리가 들려왔다.

곧이어 부장 박불화의 다급한 외침이 이어졌다.

"기습, 기습입니다!"

기자오는 지체 없이 자리를 박차고 일어나 밖으로 나갔다. 순식간의 일이었다. 그야말로 눈 깜짝할 사이 관사가 불길에 휩싸였다. 잠을 자다가 연기를 피해 밖으로 나선 자들은 모두 괴한의 칼날에 죽어 가고 있었다. 기자오가 부장 박불화와 함께 민첩하게 움직이기 시작했다. 타환의 목숨을 살리는 일이 무엇보다 급했다. 그러나 이미 타환의 처소도 불길에 휩싸인 상태였다.

'이미 늦은 것인가….'

절망하는 기자오 앞에 검댕이 덕지덕지 묻은 양이가 나타났다. 뒤에는 물 한 바가지를 뒤집어쓴 타환이 양이의 허리춤에 단단히 매달려 있었다. 잠을 이루지 못하고 뒤척이던 양이가 처소가 불타기 전 타환을 구해 낸 것이었다. 그리고 혹시라도 옥체가 상할까 차가운 자리끼로 머리까지 적셔 둔 터였다. 두 사람의 안전을 확인한 기자오가 양이를 대견하게 바라봤다. 하지만 서둘러야 했다. 기자오와 박불화, 몇몇 심복들은 양이와 타환을 데리고 급히 관사를 빠져나갔다.

하지만 이내 당기세와 탑자해의 거센 추격이 시작되었다. 험한 산길에서 급박한 추격전이 펼쳐졌다. 다행히 위기를 넘기고 추격을 잠시 따돌렸지만, 다시 한 번 맞붙는다면 승산이 없었다. 원나라의 군사가 압도적으로 많았기 때문이다. 이대로 가다간 모두가 끝장이었다.

순간 기자오가 결단을 내렸다.

"용바위에 배를 숨겨 두었다. 그것을 타고 빠져나가거라."

기자오는 충혜왕의 밀서를 받고 노파심에 작은 돛배를 숨겨 두었던 것이다.

"아버지를 남겨 두고 떠날 수 없습니다. 소자 아버님과 운명을 함께할 것입니다."

절규하는 양이에게 기자오가 추상같이 명령했다.

"반드시 황태제의 목숨을 지켜 내라. 네 목숨을 버리는 한이 있더라도 꼭 그리해야 한다."

적의 추격이 이미 턱밑까지 당도해 있었다.

기자오가 부장 박불화에게 당부했다.

"잘 부탁하네. 반드시 살아서 이곳을 빠져나가야 하네."

박불화가 힘차게 고개를 끄덕였다. 그리고 양이와 타환을 이끌고 용마루로 달렸다. 다시 당기세와 탑자해의 추격이 따라붙었지만, 기자오를 필두로 한 고려의 군사들이 온몸으로 그들을 막았다. 그 틈을 타 비처럼 쏟아지는 화살을 뚫고 마침내 양이와 타환, 박불화가 배에 오르는 데 성공했다.

배가 조금씩 뭍에서 멀어져 갔다. 장렬히 싸우는 기자오와 고려 군사들의 모습도 조금씩 작아졌다.

양이는 절규했다.

"아버지! 아버지!"

차례로 적들의 칼날에 쓰러지는 그들의 얼굴은 바로 코앞에 있는 듯 선명하기만 했다. 모두가 정든 이들이었다. 양이의 절규에 박불화의 두 눈에서도 뜨거운 눈물이 흘러내렸다.

순간, 묵묵히 노를 젓던 타환이 입을 열었다.

"그만 울고 노를 저어라. 네 아비의 죽음을 헛되이 하고 싶지 않다면 열심히 노를 저으란 말이다."

양이가 타환을 노려봤다. 그는 마치 다른 사람처럼 차가운 얼굴을 하고 있었다. 하지만 옳은 말이었다. 살아서 대청도를 빠져나가지 못한다면 수많은 목숨이 그야말로 헛되이 사그라지는 것이었다. 양이는 흐르는 눈물을 훔쳐 내며 이를 악물고 울음을 참았다. 그리고 쉼 없이 노를 저으며 다시는 못 볼 그 얼굴들을 뇌리에 깊이 새겼다.

핏빛을 꼭 닮은 먼동이 대청도에 아침을 불러들이고 있었다.

# 미끼와 덫

연철이 방 안을 초조하게 서성이고 있었다. 손꼽아 기다리는 소식은 더디 오는 법, 이번에도 예외는 아니었다.

전령이 황급히 들어와 연철 앞에 부복했다.

"황망한 소식을 전하게 되어 송구합니다."

"그래 어서, 어서 말을 해 보거라. 그 황망한 소식이라는 것이 대체 무어냐."

연철이 더 이상 기다리지 못하고 재촉했다.

전령이 울먹이며 말했다.

"황상 폐하께서 승하하셨나이다."

순간 연철의 표정이 굳어졌다. 그것은 기다리던 소식이

아니었다. 연철은 나이 어린 황제가 조금 더 버텨 주기를 바랐었다. 오늘까지 42일. 너무도 짧은 치세세상을 잘 다스림였다. 아니, 치세랄 것도 없었다. 승하한 황제는 그저 일곱 살 어린아이일 뿐이었다. 그 어린아이를 자신의 손으로 왕좌에 앉혔던 것이다. 연철은 황제의 작은 두 어깨에 대원제국을 올려놓기가 버거웠을 것이라 짐작했다. 그래서 도망치고 싶었는지도, 서둘러 떠나고 싶었는지도 모르겠다고 생각했다.

"알았느니, 그만 나가 보거라."

연철은 서둘러 전령을 내보냈다. 마음이 급해지기 시작했다. 당장이라도 원나라로 돌아가야 했지만 혼자서는 불가한 일이었다. 타환의 시신이라도 있어야 했다. 황제가 죽은 마당에 황태제까지 죽어 없어진다면 차기 대권을 자신이 차지하지 못하리라는 법도 없었다.

다시 전령이 뛰어 들어왔다.

연철이 버럭 성을 냈다.

"그만 나가 보라 하지 않았더냐!"

"또 다른 전갈이 당도하였나이다."

연철의 두 눈이 반짝였다.

"그래 무엇이냐?"

"대청도에서 반란이 발생했다 하옵니다."

"대청도에서 반란이?"

"예. 고려 군사들이 황태제 전하와 원나라 관리들을 모조리 죽였다 하옵니다."

"무어라?"

연철이 짐짓 놀라는 시늉을 했다. 하지만 입가에서 새어 나오는 회심의 미소를 감추지는 못했다. 그야말로 절묘한 때라 생각했다. 연철은 하늘이 자신을 돕고 있음이 분명하다고 느꼈다. 하늘의 뜻을 땅에서 펼치는 것은 사람의 몫, 그러니 일을 성사시키자면 서둘러야 했다. 연철은 한달음에 충혜왕에게 갔다.

연철이 다그쳤다.

"대청도에서 변고가 발생했다 합니다."

충혜왕이 무심하게 대답했다.

"들어 알고 있소."

"고려 군사들의 소행이라 합니다. 그들이 황태제 전하와 원나라 관리들을 모조리 죽였다 합니다."

충혜왕이 연철의 얼굴을 가만히 바라보았다.

"황태제가 승하했다는데, 어째 그대는 그리 슬퍼 보이지 않는구려."

순간 연철의 얼굴이 붉어졌다.

"그 무슨 말씀이십니까."

충혜왕이 뜬금없이 물었다.

"봤소?"

"…."

"내, 봤느냐 물었소. 보지도 않고 어찌 그것을 고려 군사들의 소행이라 단정하고, 나에게 이리 큰 무례를 범하는 것이오! 이 모든 것이 누군가의 음해라면, 그러면 어쩌시겠소?"

환관 방신우가 다급히 충혜왕에게 전했다.

"반란의 주모자들이 당도했다 하옵니다."


충혜왕과 연철, 왕고와 경화공주가 한자리에 모였다. 그들 앞으로 피투성이가 된 기자오와 몇몇 고려 관리들이 끌려 나왔다.

충혜왕이 한걸음에 달려 나가 기자오의 손을 부여잡았다.

"이것이 대체 어찌 된 일이냐."

그러나 이미 혀가 뽑히고 눈이 먼 기자오는 안타깝게 피눈물만 흘릴 뿐이었다. 기자오의 입장에서는 하늘이 무너지고 땅이 꺼질 노릇이었다. 하지만 볼 수도 말할 수도 없으니, 진실을 알릴 방도가 없었다.

당기세가 기자오 옆에 무릎을 꿇고 있던 다른 관리들을 다그쳤다.

"사실을 고하라. 좀 전에 했던 말을 다시 해 보란 말이다!"

그러자 그들이 이구동성으로 말했다.

"저, 저희들이 반역을 꾀했나이다. 제, 제발 목숨만 살려주십시오. 제발…."

충혜왕은 실로 큰 충격을 받았다. 결국 우려하던 바가 현실로 다가온 것이었다. 하지만 이럴 때일수록 정신을 차려야 했다. 그리고 길을 찾아야 했다.

충혜왕이 강하게 반발했다.

"절대 그럴 리가 없다. 우리 고려 군사들이 반란을 일으켰을 리 없어."

"뭐하느냐, 어서 고려 왕을 모시지 않고."

당기세의 말이 떨어지기가 무섭게 원나라 군사들이 충혜왕에게 달려들었다. 호위무사 파천이 충혜왕 앞을 막고 서서 꼼짝도 하지 않았다.

충혜왕이 파천에게 나지막이 말했다.

"괜찮다. 비켜서거라."

"그러나…."

"괜찮다지 않느냐. 어서…."

파천이 고개를 푹 숙인 채 한 걸음 옆으로 물러섰다. 그러자 둘러싸고 있던 군사들이 달려들어 충혜왕을 결박했다.

당기세는 주위가 떠나갈 듯 웃었다.

"이자들이 반란의 주모자가 국왕이라고 실토한 터, 그러니 고려 국왕이시여, 얌전히 옥에 가 계십시오. 잠깐이면 될 터이니 누추하더라도 좀 참으시고 말입니다. 하하하."

충혜왕이 깊은 한숨을 내쉬었다. 그는 폐위를 당하거나 처형을 당하는 것은 두렵지 않았다. 문제는 그 뒤였다. 왕고를 다음 왕으로 내세운 원나라는 곧이어 고려의 국호를 없애고 일개 성으로 전락시킬 것이었다. 무슨 수를 써서라도 고려의 사직을 지켜 내야 했다. 반드시 그리해야 했다.

'하지만 도대체 무얼 어찌하면 좋단 말인가….'

그때, 무릎을 꿇고 앉아 있던 관리 중 한 명이 자리를 박차고 일어서더니 일갈했다.

"모두 거짓입니다! 전하, 이 모두가 원나라가 꾸민 함정입니다! 저들의 협박이 두려워 거짓을 고했습니다!"

순간 탑자해의 칼날이 급히 그자의 목을 내리쳤다. 그러나 이미 밖으로 새어 나온 말을 주워 담을 수는 없는 노릇이었다. 대전 안이 술렁이기 시작했다.

고려의 신료들이 앞다투어 나섰다.

"진상이 밝혀질 때까지 함부로 국왕의 옥체를 감옥에 가둘 수 없소!"

"절대 아니 될 말이오!"

결국 진실이 밝혀질 때까지 충혜왕이 거소에 구금되는 것으로 소란은 끝이 났다.

당황한 것은 연철도 마찬가지였다.

'당연히 있어야 할 황태제의 시신이 없다니!'

연철은 무섭게 두 아들을 추궁했다. 그러나 이미 엎질러진 물이었다. 황태제는 분명 반란의 주동자가 자신임을 알고 있을 것이었다. 그러니 타환이 살아 있다면 반드시 찾아서 죽여 없애야 했고, 다행히 죽었다면 그 시신을 가지고 돌아가야 했다. 그래야 탈 없이 황제의 자리에 오를 수 있었다.

이번에도 왕고가 간계를 냈다.

"쥐새끼를 잡고 싶으면 덫을 놓아야지요."

모두의 시선이 왕고에게 향했다.

왕고가 말을 이었다.

"이번에 끌려온 기자오의 아들 승냥이란 놈이 황태제의 시중을 들었습니다. 둘이 늘 붙어 다녔다는 말씀입니다. 그러니 황태제가 아직 살아 있다면 반드시 그놈과 함께일 것입니다. 양이란 놈을 잡아들이면 타환을 찾을 수 있을 것이라는 말이지요."

연철이 성을 냈다.

"그래서 뭘 어쩌자는 것인가?"

"놈을 잡아들일 덫은 이미 우리 손에 있질 않습니까. 잘 보이는 곳에 그 덫을 내놓기만 하면 될 것입니다."

곧이어 양이의 초상화와 함께 반란을 주도한 기자오, 그리고 그 일당들이 곧 처형될 것이라는 방이 전국 곳곳에 나붙었다. 덫을 놓았으니 이제 남은 것은 기다리는 일뿐이었다.

그즈음 양이 일행은 개경 성문 밖 산속에 숨어 있었다. 아버지가 살아서 놈들에게 끌려갔음을 안 이후부터 줄곧 양이는 타환을 끌고 박불화와 함께 개경 쪽으로 향하고 있었다. 참으로 위험천만한 일이었지만 대청도의 변고가 어떤 결과를 가져올지 알고 있었기에 숨어 있기만 할 수는 없는 노릇이었다.

먹을 것을 구하러 나갔던 박불화가 서둘러 돌아왔다.

"폐하께서 감금되셨다고 한다. 그리고…."

"그리고 뭐예요, 아저씨?"

양이가 다급히 물었다.

"아버님께 무슨 변고가 생긴 겁니까?"

"그것이… 곧 처형되신다는 방이…."

박불화는 차마 말을 잇지 못했다. 양이가 털썩 주저앉았다. 최악의 상황이었다. 양이는 박불화가 구해 온 약간의 음식을 타환에게 건넸다. 두 손이 떨리고 있었다. 자신은 굶더라도 타환은 먹여야 했다. 그러나 타환은 음식을 강하게 거부했다.

타환은 자신을 죽이러 온 당기세를 두 눈으로 똑똑히 보았다. 아직도 그의 얼굴이 눈에 선했다. 당기세가 그곳에 왔다는 것은 곧 연철이 배후에 있다는 뜻이었다. 자신의 목숨을 거두러 온 염라대왕과도 같은 연철이 머무는 개경으로 자신을 끌고 온 양이가 미워 견딜 수가 없었다. 타환은 지금 양이와 맞서고 있었다. 하지만 할 수 있는 일이 고작 건네는 음식을 거부하는 것뿐이었다. 대원제국의 황태제인 자신의 처지를 되새기며 입을 꾹 다물고 있자니 서러움이 밀려왔다.

양이가 타환을 달랬다.

"어서 드십시오. 개경으로 가려면 힘이 있어야 합니다."

하지만 타환은 여전히 입을 앙다문 채 꿈쩍도 하지 않았다. 그런 타환을 보고 있자니 양이는 속이 부글부글 끓어올랐다. 어서 개경으로 가야 했다. 한시가 급했다. 양이가 억지로 타환의 입을 벌리고 음식을 꾸역꾸역 집어넣었다.

"어서 먹으란 말이다. 먹어, 먹으라고!"

그러나 타환은 음식을 삼키지 않고 고스란히 뱉어 냈다. 순간 양이의 눈빛이 차갑게 변했다. 대청도에서 수많은 무고한 생명들이 죽어 간 것이, 아버지가 그리된 것이 모두 타환 때문이라 생각했다. 양이는 그들의 희생을 헛되게 할 수는 없었다. 이대로 아버지의 죽음과 국왕의 폐위, 고려의 몰락을 두고 볼 수는 없었다. 양이가 들고 있던 음식을 내려놓고 칼을 빼어 들었다. 그리고 타환의 목에 겨누었다. 박불화가 놀라 허둥지둥 양이를 말리고 나섰다. 하지만 양이는 물러서지 않았다.

"이대로 우리는 고려 궁 안으로 들어갈 것이다. 네놈이 나서서 진실을 밝혀라. 대청도의 변고가 원나라의 소행임을 만 천하에 알리고 네놈 때문에 벌어진 이 난국을 그 세 치 혀로 수습하라."

양이의 눈빛은 마치 실성한 듯했다. 겁에 질린 타환이 바닥에 떨어진 음식을 주섬주섬 주워 먹기 시작했다. 타환에게는 연철도 두려운 존재였지만 지금 자신의 눈앞에서 칼을 겨누고 선 양이도 그에 못지않았다. 타환에게 양이는 마치 미친개와도 같았다. 금방이라도 달려들어 자신의 목덜미를 물어뜯을 것 같았다.

허둥지둥 음식을 삼키는 타환을 보며 양이는 다짐했.

'반드시 저 오랑캐 놈을 왕 앞에 끌고 가리라. 진실을 밝혀내고 아버지와 고려를 구하리라…'

양이는 자신의 코앞에 닥친 위험을 모르지 않았다. 하지만 그것이 자신을 잡기 위한 미끼와 덫이라고 해도, 지금으로선 정면으로 맞서는 것 외에는 다른 방도가 없었다.


옥사 안에 방신우가 와 있었다. 그가 가져온 지필묵으로 글씨를 쓰는 내내 기자오의 눈에서는 피눈물이 흘렀다. 눈이 멀고 혀가 뽑힌 기자오에게 유일한 소통 수단은 글씨였다. 어지럽게 갈겨쓴 서신이 충혜왕에게 전달되었다.

충혜왕은 이를 악물며 기자오의 서신을 천천히 읽어 내려갔다. 그러나 원나라 소행임을 확인했다고 달라질 것은 아무것도 없었다.

마침내 충혜왕은 결단을 내렸다.

"저들이 대청도의 모든 생명을 없앤 것처럼 군사들을 일으켜 궁 안에 있는 연철과 그 일당들을 모조리 죽여 없앨 것이다. 이곳은 고려가 아니더냐. 국왕이 거병군사를 일으킴을 한다면 저자들을 없애는 것은 일도 아닐 터."

과연 충혜왕다운 결단이었다. 하지만 환관 방신우가 눈물을 흘리며 만류했다.

"폐하, 부디 명을 거두어 주소서. 폐하께서 명을 내리신다면 모든 이들이 목숨을 걸고 그 명을 받잡을 것입니다. 그러나 원나라와 또다시 전면전을 일으키면 그 고통은 고스란히 백성들의 몫이 될 터, 통촉하여 주시옵소서."

호위무사 파천도 무릎을 꿇고 애원했다.

"구차할 것입니다. 창자가 끊어지는 고통일 것입니다. 그러나 머리를 숙이소서. 부디 고려의 사직을 보존하고 백성들을 지켜 주소서."

충혜왕은 결국 눈물을 흘리며 무너졌다. 냉철하고 강직한 그였다. 무엇이 진정 이 나라 고려를 위한 일인지 잘 알고 있었다. 하여 억울하고 분했지만 눈뜬장님처럼 당하고만 있어야 했다. 밤이 늦도록 충혜왕의 처소에서는 나지막한 울음소리가 끊이지 않았다.

뜬눈으로 밤을 새운 충혜왕은 날이 밝자마자 방신우에게 명했다.

"가서 양이를 찾아오라. 대청도에서 황태제와 탈출을 했다면 분명 어딘가에 숨어 있을 것이다. 황태제가 살아 있다면 최소한 고려의 사직을 없애려는 저들의 음모는 막을 수 있을 터, 서두르라."

결코 쉽지 않은 일이었다. 그러나 충혜왕은 양이가 부디 황태제를 이끌고 개경까지 와 주길 빌고 또 빌었다.

그렇게 연철과 충혜왕은 마음에 각기 다른 뜻을 품은 채 양이가 앞에 나타나길 간절히 바라고 있었다.

어렵게 도성 안으로 들어온 양이와 타환 일행이었지만 그들이 궁 안으로 들어가는 방법을 찾기란 쉽지 않았다. 박불화가 환관들과의 접촉을 시도하고 있었지만 여의치 않았다.

양이와 타환은 폐가에 숨어들어 몸을 숨기고 있었다. 양이는 문틈으로 밖을 살피며 경계를 늦추지 않았다. 그런데 아까부터 타환은 구석에 처박혀 꼼짝도 않고 있었다. 자꾸 신경이 쓰인 양이가 그에게 다가갔다.

타환은 잔뜩 웅크린 채 눈을 감고 있었다. 그러고 보니 얼굴이 많이 야위어 있었다. 대청도에서 이곳까지 오는 동안 제대로 씻지도, 먹지도, 옷을 갈아입지도 못했으니 행색이 말이 아니었다.

"끄응…."

타환의 입에서 작은 신음이 배어 나왔다. 가만히 살펴보니 식은땀도 좀 흘리는 듯싶었다.

양이가 조용히 물었다.

"어디가 아프십니까."

하지만 타환은 아무 대답도 하지 않은 채 다시 한 번 작은 신음을 뱉어 낼 뿐이었다. 양이는 걱정이 되어 타환의 이마에 손을 짚었다. 열도 좀 있는 것 같았다. 양이가 소매를 끌어당겨 타환 이마의 땀을 닦아 주었다. 그러고 있자니 타환이 나이보다 작고 여리다는 생각이 들었다.

타환은 양이보다 두어 살이 어렸다. 사내로 자라난 양이이니 저잣거리에서 만났다면 그와 좋은 친구가 되었을지도 모를 일이었다. 하지만 타환은 일국의 황태제였다. 양이는 망망대해에 홀로 떠 있는 편주조각배처럼 모든 풍파를 홀로 이겨 내야 하는 그의 처지가 문득 가엾게 느껴졌다.

양이가 다시 한 번 타환의 이마에 손을 댔다. 그때 타환이 눈을 떴다. 놀란 양이는 얼른 물러나 앉았다.

"황공하옵니다. 열이 있으신 듯하여…"

타환이 아무 말없이 양이를 바라보았다. 어머니가 왔다고 생각했다. 아주 어렸을 때처럼 어머니 무릎을 베고 누운 채, 보드랍게 머리를 쓰다듬는 어머니의 손길을 느끼고 있다고 생각했다. 그때처럼 마음이 편안하고 따뜻했다. 타환으로서는 참으로 오랜만에 느껴 보는 기분이었다. 그는 꿈을 꾼 듯했다. 그렇게 양이를 바라보고 있자니, 어머니를 보는 듯 좋았다. 그러고 보니 양이의 커다란 눈이 어머니를 닮아 있었다. 참으로 곱고 맑은 눈이었다.

'하지만 저 녀석은 사내가 아닌가…'

타환은 마음을 다잡고 일어나 앉았다. 그리고 무거운 침묵을 깨고 입을 열었다.

"나는 곧 대원제국의 황제가 될 몸이다. 병석에 있는 내 동생이 숨을 거둘 때까지만 날 보살펴 다오. 그러면 네 손에 막대한 부귀영화를 쥐어 주겠다. 내 황제의 이름을 걸고 약속하마. 이미 고려 황실은 연철과 결탁한 왕고가 접수했다. 어차피 궁 안으로 들어가면 넌 죽는다. 원으로 가는 것이 살 길이다."

타환은 이전과는 확연히 다른 근엄한 모습이었다. 그러나 양이는 싸늘하게 거절했다.

"네가 궁 안으로 들어가면, 우리 고려의 왕이 이번 일을 해결해 주실 것이다. 나는 그분을 믿는다."

"그가 해결할 수 있는 일은 아무것도 없다. 내가 원에 가기만 하면 네놈의 복수를 해 줄 수 있다. 그러니 날 믿어라. 네겐 다시없는 기회다."

타환은 자신의 주장을 꺾지 않았다.

양이도 마찬가지였다.

"궁 안으로 들어갈 방법을 찾지 못하면, 내 손으로 널 죽일 것이다. 황제가 될 놈을 죽였으니 이 또한 대청도에서 무고하게 죽어 간 넋을 위로하는 일일 터."

타환은 입을 다물고 말았다. 이제 어떠한 말로도 양이의 뜻을 바꿀 수는 없는 듯 보였다.

그때 박불화와 함께 은신처로 들어선 사람은 뜻밖에 방신우였다. 충혜왕의 명을 받아 양이를 찾던 방신우가 환관들과 접촉을 시도하던 박불화를 만난 것이었다. 방신우는 살아 있는 황태제를 보자 놀라움을 금치 못했다. 더군다나 어린 양이가 그를 이곳까지 끌고 왔다는 사실이 믿기질 않았다.

하지만 문제는 지금부터였다. 타환을 죽이려 했던 자들이 그의 생존 사실을 알게 되면 또 어떤 음모를 꾸밀지 몰랐다. 어떡하든 타환을 성 안으로 데려가 만인 앞에 살아 있음을 알려야 했다. 그리고 타환의 입으로 대청도의 변고가 원나라 소행임을 만천하에 공개해야 했다.

양이는 방신우에게 오랫동안 생각해 두었던 비책을 전했다. 이를 들은 방신우의 두 눈이 반짝였다.

벌써 왕이 된 듯 용포를 입고 왕관을 써 보며 신이 나 있던 왕고 앞으로 서신 한 통이 전달되었다. 황태제의 시신이 자신에게 있으니 기자오의 목숨과 바꾸자는 내용이었다. 결국 기자오의 처형을 일부러 알린 자신의 계략이 맞아떨어진 셈이었다. 이 소식을 들은 연철이 한달음에 달려왔다.

"역시 그대의 지략은 하늘 아래 따를 자가 없소이다."

제 아비를 따라온 당기세와 탑자해도 기쁨을 감추지 못했다. 탑자해가 왕고를 얼싸안았다.

"하하하, 노고가 많으셨습니다."

"이제 곧 공의 세상이 오겠습니다 그려."

당기세의 말에 왕고가 회심의 미소를 지었다.

"모두가 세 분의 덕입니다. 하하하."

양이가 입궁하기로 한 날 밤이 왔다. 횃불이 환하게 켜진 궁 안 마당에 충혜왕과 연철 일행, 왕고, 경화공주와 문무 신료들이 모두 나와 타환의 시신이 당도하기를 손꼽아 기다리고 있었다. 마침내 양이와 박불화가 고려 근위병들의 호위를 받으며 수레를 끌고 나타났다.

연철이 다가가 거적을 걷었다. 초라하기 짝이 없는 상태였으나, 그 안에 누워 있는 것은 분명 원나라 황태제 타환이었다.

연철이 거적을 덮고 부복하며 오열했다.

"황태제 전하!"

원나라 측 일행들도 일제히 그를 따랐다.

"황태제 전하!"

그러나 연철은 금방 눈물을 거두었다. 그리고 일갈했다.

"당장 충혜왕을 하옥하라!"

"황태제 전하는 죽지 않았습니다."

순간 사방이 고요해졌다. 그리고 모두의 시선이 양이에게 쏠렸다.

적막을 깬 것은 왕고였다.

"그럼 황태제께서 환생이라도 하셨다는 것이냐? 정녕 그러하다면 얼마나 좋겠느냐!"

왕고가 코웃음을 치며 타환의 얼굴을 덮고 있던 거적을 다시 한 번 걷어 냈다. 그와 동시에 누웠던 타환이 벌떡 일어났다. 코앞에 섰던 왕고는 그만 놀라 뒤로 자빠지고 말았다. 좌중들 또한 모두 아연실색했다. 잠시 무거운 침묵이 흘렀다.

이번에는 백안이 나서 적막을 깼다.

"황태제 전하께서 무사하시다. 황태제 전하 만세, 만만세!"

자리에 모인 사람들이 얼떨결에 백안을 따라 외쳤다.

"황태제 전하 만세, 만만세!"

충혜왕의 입가에 미소가 번졌다. 그러나 연철과 그 일행은 기뻐해야 할지 침통해야 할지 갈피를 잡지 못했다.

사방에서 봇물처럼 쏟아져 나오던 경하의 말들이 잦아들자, 양이가 충혜왕 앞에 부복했다.

"아뢰올 말씀이 있나이다."

"그래, 무엇이냐."

"대청도를 습격한 군사는 고려군이 아니었사옵니다."

충혜왕의 얼굴이 밝아졌다. 그가 시치미를 떼고 물었다.

"그래? 그들이 도대체 누구였단 말이냐?"

"송구하오나, 그들은 모두가 원나라 군사였습니다."

왕고가 정색을 하고 나섰다.

"기자오 아들 녀석의 말을 어찌 믿을 수 있겠습니까. 녀석의 몸에도 제 아비와 같은 역적의 피가 흐를 터!"

하지만 양이는 쉽게 물러서지 않았다.

"이 모든 사실을 황태제께서 알고 계십니다. 그 진실을 황태제 전하께서 직접 밝혀 주실 것입니다."

순간 양이를 바라보던 시선들이 일제히 상석의 타환에게 몰렸다. 그때 타환 곁에 서 있던 백안이 재빠르게 귓속말을 건넸다.

"동생이신 황제 폐하께서 승하하셨습니다. 지금은 부디 말씀을 아끼소서."

타환이 슬며시 좌중의 모습을 살폈다. 연철의 눈은 이미 싸늘하게 변한 채 살기를 머금고 있었다. 당기세와 탑자해, 왕고의 시선도 표독스럽긴 마찬가지였다. 타환은 그대로 자리에 푹 쓰러졌다. 순간 좌중이 혼란에 휩싸였다.

잠시 타환을 살핀 백안이 다급히 외쳤다.

"황태제 폐하께서 혼절하셨다. 어서 어의를!"

물론 타환은 기절한 척한 것이었다. 그 자리를 모면하고 시간을 벌기 위해서였다. 이 상황을 자신의 것으로 끌어가기 위해서는 반드시 그리해야만 했다.


황태제는 여전히 깊은 잠에 빠져 있다는 전갈이었다. 충혜왕에게 양이는 백척간두에 있던 자신과 고려를 구한 장본인이었다. 양이는 옥사에 갇혀 있는 아버지를 풀어 줄 것을 간곡히 청했다. 그러나 진상 조사가 끝날 때까지는 충혜왕으로서도 어쩔 수가 없는 노릇이었다.

그 시각, 연철은 깊은 고민에 빠져 있었다. 미리 함구령을 내려 둔 터라 몇몇 측근들 외에는 황제의 죽음을 알지 못했다. 그러나 이대로 타환을 데리고 원나라로 돌아간다면 그 결과는 불을 보듯 뻔했다. 이제 남은 방법은 하나뿐이었다. 선택의 여지가 없었다. 원나라로 돌아가는 길에 타환을 없애는 것이었다. 참으로 위험천만한 일이었지만 타환의 아버지인 명종황제도 죽인 연철이었다. 이곳엔 온통 그의 심복들밖에는 없었다. 아무도 모르게 일을 마무리할 수 있다는 뜻이었다. 그러니 만에 하나 누군가 심증을 품더라도 상관없었다.

'물증 없이 나를 의심할 수 있는 자, 원나라에 아무도 없다. 있더라도 살아남지 못할 터이니…'

타환은 깊이 잠든 듯 보였다. 하지만 사실은 두 눈을 꼭 감은 채 깊이 고민하는 중이었다. 동생이 죽었다면 이제부터 타환 자신이 황제였다. 그러나 황제 붕어임금이 세상을 떠남에 대한 사실을 함구하는 연철의 의도가 끝내 자신을 죽이려는 것임을 알고 있었다.

그때, 백안이 찾아와 속삭였다.

"신, 백안이옵니다. 눈을 뜨소서."

타환이 부스스 일어나 앉았다.

백안이 그를 물끄러미 바라보았다. 그리고 마침내 입을 열었다.

"살아남으셔야 합니다. 원나라 황궁 안에 당도할 때까지 무슨 수를 써서라도 반드시 그리하셔야 하나이다. 그러니 지금은 수단과 방법을 가리지 말고 연철의 환심을 사소서. 설령 무릎을 꿇고 목숨을 구걸하는 한이 있더라도 연철의 노여움을 풀어야 하옵니다. 폐하의 목숨은 연철의 손가락 하나에 달려 있음을, 부디 잊지 마소서."

타환은 이를 악물었다.

'살아야 한다. 개처럼 비굴하게 굴어서라도 반드시 살아남아야 한다. 그래야만 훗날 복수를 할 수 있다. 이 치욕과 고통을 되갚을 수 있다…'

다음 날, 충혜왕과 연철, 왕고, 그리고 사건과 관련된 모든 사람들에게 타환이 진상을 밝힌다는 전갈이 전해졌다. 대전 안에 모인 이들의 시선이 타환에게 쏠렸다. 하지만 타환의 눈에는 양이만 들어왔다. 양이의 두 눈에는 눈물이 그렁그렁했다. 양이는 눈으로 타환에게 간절히 말하고 있었다.

'어서 진실을 밝히세요. 고려와 아버지, 그리고 저를 구해주세요…'

순간 양이의 커다란 두 눈에서 눈물이 뚝 떨어졌다. 마치 어머니의 눈물을 보는 듯하여 타환은 마음이 아팠다. 타환의 눈동자가 흔들렸다. 하지만 그것도 잠시뿐, 어느새 타환의 눈빛은 차분하다 못해 서슬 퍼렇게 변해 있었다.

마침내 타환이 입을 열었다.

"대청도를 습격한 군사는 고려 군사들이었소."

양이로서는 상상조차 못한 일이었다. 꿈도 꾸지 않은 일이었다. 타환의 배신이라니, 저토록 태연하게 거짓을 입에 담다니. 양이는 그가 진실을 밝혀 주리라는 믿음 하나로 목숨을 걸고 그를 지켰다. 대청도에서 이곳 개경까지 멀고 험한 길을 마다하지 않았거늘, 하늘이 무너지고 땅이 꺼진들 이처럼 허망하지는 않을 터였다. 그러나 양이는 이대로 지켜보고 있을 수만은 없었다.

"거짓입니다. 황태제 전하, 부디 진실을 말씀하소서!"

양이가 날뛰기 시작하자 원나라 군사들이 이를 제압했다. 양이의 소동에도 아랑곳없이 타환이 얼음처럼 차가운 얼굴로 말을 이어 갔다.

"기자오가 고려 군사들을 끌어들여 나를 죽이려 했소. 내 두 눈으로 틀림없이 목격한 사실이오."

"목숨을 걸고 황태제 전하를 지켜 드리지 않았습니까! 부디 진실을, 부디!"

양이와 박불화가 끌려 나가며 애원했다. 그러나 타환은

눈도 꿈쩍하지 않았다. 연철은 그때를 놓치지 않았다. 그 자리에서 바로 충혜왕의 폐위를 결정해 버렸던 것이다. 옆에 있던 왕고가 당장 왕이라도 된 듯 기쁨을 감추지 못했다.

충혜왕이 왕고를 쏘아보며 조용히 입을 열었다.

"내 왕좌를 내어놓는 것은 하나도 아깝지 않으나 저자가 왕위를 물려받으면 고려의 백성들이 가만히 있지 않을 것이오. 민심을 수습하기 위해서는 연경에 계신 나의 부왕, 충숙왕께서 복위하셔야 할 것이오."

그것이 전부였다. 모두들 자신의 자리로 돌아갔다. 마치 아무 일도 없었던 것처럼 말이다. 양이는 그길로 곧장 하옥되었다. 옥사로 끌려가는 길이 대청도에서 이곳 개경까지 이어졌던 길보다 훨씬 더 멀게만 느껴졌다.


처소로 돌아간 연철이 생각에 잠겼다. 충혜왕의 말도 일리가 있었다. 부러 괜한 골칫거리를 만들 필요는 없었다.

황급히 연철을 찾아온 왕고가 다그쳐 물었다.

"분명 다음 고려의 왕은 나 왕고…."

"물론 다음 고려 왕은 그대 왕고의 몫이었지."

"헌데, 왜…."

"황태제가 저리 두 눈 멀쩡히 뜨고 살아 있지 않은가! 이런 일 하나 반듯하게 처리 못하는 그대에게 왕좌가 어디 가당키나 한가! 게다가 이만한 일로 달려와 이리 추태를 부리시다니, 내 지금 결심을 굳혔소. 충숙왕을 다시 불러들이기로 말이오!"

왕고는 손에 다 넣은 왕관을 놓치고 말았다는 생각에 더 이상 아무 말도 하지 못하고 부들부들 몸을 떨기만 했다. 이 모든 일이 다 양이 때문이라는 생각에서였다.

왕고는 허탈하게 돌아서며 이를 바득바득 갈았다.

'내 이 양이란 놈을 가만두지 않을 것이다. 절대!'

왕고의 등 뒤에서 연철의 서늘한 목소리가 들려왔다.

"다시는 나를 실망시키지 마시게."

옥에 갇힌 양이는 그곳에서 아버지 기자오를 만났다. 아버지의 모습이 말로는 형언할 수 없을 만큼 참혹했다. 게다가 상처가 깊어 서서히 죽어 가고 있었다.

양이는 아버지를 끌어안고 울부짖었다.

"아버지, 양이가 왔어요. 눈을 좀 떠 보세요."

눈을 잃고 말을 잃은 기자오였지만, 본능적으로 자신을 안고 있는 사람이 딸임을 직감했다. 기자오는 양이를 부여안고 피눈물을 흘렸다. 그때 왕고가 들어섰다.

양이가 왕고에게 애원했다.

"아버지를, 아버지를 살려 주세요. 저희 아버지는 아무 잘

못이 없어요. 제발, 목숨만, 목숨만 살려 주세요."

그러나 양이 때문에 손에 다 넣었던 고려의 권좌를 놓친 왕고에게는 가당치도 않은 일이었다.

왕고는 설레설레 고개를 저으며 말했다.

"그 무슨 당치 않은 말이냐. 내 당장 네 뼈를 갈아 마셔도 시원치 않을 것인데…."

왕고가 양이를 뚫어질 듯 쏘아보았다. 다시 봐도 이가 갈렸다.

'그러고 보니 꼭 계집아이처럼 곱상하게 생기지 않았나. 저런 하찮은 녀석 때문에 손에 넣었던 왕관을 놓치다니, 다 올라갔던 용상에 앉지 못하다니….'

왕고의 손이 칼집으로 향했다. 당장이라도 양이의 목을 내리치고 싶은 생각이 간절했다. 하지만 떨리는 손을 거두었다.

'결코 쉽게 죽이지 않을 것이다. 그런 은덕을 베풀지 않을 것이다….'

왕고가 다시 입을 열었다.

"원으로 보내 주마. 거기서 환관이 되어 구차한 목숨을 연명해라. 평생을 죽음보다 더한 고통 속에서 살아라."

왕고는 뒤도 안 돌아보고 옥사를 빠져나갔다.

양이는 어찌하면 좋을지 도무지 알 수 없었다. 환관으로 살아도 좋았다. 아버지와 함께할 수만 있다면, 아버지와 함께 이곳을 벗어날 수만 있다면 아무래도 좋았다. 하지만 아버지가 오늘 밤을 넘길 수 있을지, 양이의 마음에 불안이 엄습해 왔다. 또한 오늘을 넘긴다 해도 내일을 기약할 수 없었다.

힘이 들고 막막할 때면 양이는 아버지 기자오에게 묻곤 했었다. 그러면 기자오는 늘 양이를 따뜻하게 바라보며 답을 알려 주었다. 하지만 지금 기자오는 양이를 따뜻하게 바라볼 수도, 어려움을 헤쳐 갈 방도를 알려 줄 수도 없었다. 양이는 아버지를 부여안고 하염없이 눈물을 흘렸다.

그때, 기자오가 떨리는 손으로 양이의 눈물을 닦아 주었다. 그러더니 품속에서 무언가를 꺼내 건넸다. 그것은 다름 아닌 은비녀였다. 이어 기자오가 양이의 손바닥에 글자를 적었다. 양이는 이를 따라 읽었다.

"널 낳아 준 친모의 것이다…"

양이는 그만 화들짝 놀라고 말았다.

'나를 꼭 닮은 그 꿈속의 여인이 어머니였다니, 십여 년을 품고 살아온 은비녀가 어머니의 유품이었다니….'

양이는 아버지 기자오를 끌어안고 오래도록 서러운 눈물을 흘렸다.

그 시각, 연철은 깊은 생각에 빠져 있었다. 연철에게 타환의 발언은 참으로 뜻밖이었다. 덕분에 자신이 대청도 변고의 배후라는 의혹에서는 벗어날 수 있었지만 타환을 어찌처리해야 할지에 대해서는 여전히 고민이 많았다. 지금은 비록 타환이 대청도 사건을 모른 척하고 있지만 황제가 되어서 어떻게 변할지 몰랐다. 원나라로 돌아가는 길에 죽이려 했던 계획은 그만큼 연철로서도 상당한 위험부담을 안아야 하는 선택이었다.

그때, 타환이 연철을 찾아왔다. 긴장감 속에 두 사람의 독대가 이루어졌다. 한동안의 침묵을 깨더니 타환이 무릎을 꿇었다.

크게 놀라는 연철에게 타환이 간청했다.

"나를 보호해 주세요. 나는 황제의 재목이 아닙니다. 그러니 황제 자리에 오르더라도 승상의 보호와 도움이 필요합니다. 부디, 불쌍하고 어리석은 나를 버리지 마세요."

타환은 그예 눈물까지 보이고 말았다. 그 모습을 물끄러미 보던 연철의 입가에 회심의 미소가 흘렀다. 이는 복종의 다짐이자 맹세였다.

연철은 곰곰이 생각했다.

'이 얼빠진 녀석은 진정으로 황제가 될 그릇이 아니다. 신하에게 무릎을 꿇다니…. 이런 놈은 황제로 세워도 무방할 것이다. 내 스스로 황제가 되어 풍파와 맞서느니 허수아비를 내세워 수렴청정을 하는 것도 나쁘지 않을 성싶으니….'

연철은 타환에게 손을 내밀었다. 타환이 눈물을 훔쳐 내고 그의 손을 잡자 일으켜 세웠다. 그리고는 말했다.

"이제부터 전하께서 대원제국의 지존이십니다. 다시는 어느 누구 앞에서도 무릎을 꿇어서는 아니 되십니다. 이 연철만 믿으십시오."

타환은 그런 연철의 품에 안겨 어린애처럼 흐느꼈다.

연철이 말을 이었다.

"소신의 막내딸인 타나실리를 정실황후로 맞이하세요. 제가 전하를 지켜 드리겠습니다."

황제의 장인이 되어 새로운 자신만의 제국을 만들 욕심에 연철은 새어 나오는 웃음을 막을 수가 없었다.

그날 밤, 기자오는 양이의 품에 안겨 숨을 거두었다. 양이의 손바닥에 쓴 마지막 말은 어머니를 지켜 주지 못해서 미안하다는 것이었다. 양이는 죽은 기자오의 시신을 끌어안고 짐승처럼 울었다.

타환 역시 거소에서 혼자 울고 있었다. 손가락을 깨물며 소리조차 내지 못하는 울음이었다. 그는 모두 알고 있었다. 아버지 명종을 암살한 것도, 자신을 대청도로 유배시킨 것도, 그곳으로 화적 떼를 보낸 것도 모두 연철의 소행이라는 사실을. 그런 자에게 무릎을 꿇을 수밖에 없는 자신의 처지가 한심하고 서러워 견딜 수가 없었다. 그러나 살아야 했다. 살기 위해서는 연철의 가랑이 사이라도 지나가야 했다. 결코 죽음이 두려워서가 아니었다. 목숨을 부지해야 훗날을 도모할 수 있기 때문이었다. 그래야 언젠가 황권을 되찾고 연철을 무너뜨릴 기회를 잡을 수 있을 것이었다. 하지만 타환은 언제 올지 모를 그날이 오늘따라 유난히 아득하게만 느껴졌다.

그렇게 양이와 타환은 서로 다른 울음으로 서러운 밤을 지새우고 있었다.

# 비극의 밤

　원나라로부터 충혜왕의 폐위를 알리는 교지가 당도했다. 뒤를 이을 고려 국왕은 원나라에 가 있는 충혜왕의 아버지 충숙왕으로 결정되었다. 고려의 앞날을 위해서라면 왕고가 권좌를 이어받는 것보다는 다행스러운 결정이었다. 하지만 충혜왕은 깊은 좌절에 빠졌다. 원나라의 속박으로부터 벗어나 자주권을 회복하려는 자신의 원대한 꿈이 꺾였기 때문이었다.

　즉위식을 위해 타환과 연철 일행은 먼저 원나라로 출발했고 충혜왕은 조금 뒤에 가기로 했다. 공녀와 환관들이 차출되면 그때 왕고와 함께 따르기로 한 것이었다.

원나라로 출발하기 전날, 타환은 백안의 도움으로 옥에 갇혀 있는 양이를 만날 수 있었다. 타환에게 양이는 특별한 존재였다. 자신의 유일한 친구였고, 속마음을 내보인 최초의 타인이었다. 살아남기 위해 배신을 할 수밖에 없었지만, 양이는 대청도에서 자신의 생명을 구해 준 누구보다도 고마운 존재였다. 그러나 아버지를 잃은 양이는 한 마리의 짐승과도 같았다.

타환을 보자 양이가 적개심을 드러내며 저주를 퍼부었다.

"네놈을 살리고자 내 아비가 눈이 뽑히고 혀가 잘린 것을 아느냐. 네놈 때문에 내 아비를 비롯한 수많은 고려 백성들이 세상을 떠난 것을 아느냐. 네놈의 안위를 위해 목숨을 건 사람들을 이리 매정하게 버리다니, 그러고도 네가 일국의 군주가 될 자격이 있느냐! 너와 같이 비열한 왕을 도대체 누가 믿고 따르겠느냐!"

타환은 가슴이 찢어질 듯 아팠다. 그러나 울부짖는 양이를 위해 아무것도 해 줄 수가 없었다. 제 한목숨 부지하기도 힘든 터였다.

타환이 나지막이 말했다.

"널 절대 잊지 않을 것이다. 꼭 살아서 다시 보자…."

"그래, 절대로 나를 잊지 마라. 나는 반드시 살아남아 너를 볼 것이다. 하지만 넌 나를 다시 만난 것을 두고두고 후회할 것이다."

타환이 울부짖는 양이를 남겨 둔 채 가만히 돌아섰다. 그가 양이를 위해 해 줄 수 있는 일은 환관으로 끌려왔을 때 그를 곁에 두고 보살펴 주는 일뿐이었다.

타환과 연철 일행이 원나라로 떠난 후, 본격적인 공녀 차출이 시작되었다. 나라 안은 끌려가지 않으려는 자들과 잡으려는 자들로 인해 한바탕 소란이 벌어졌다.

충혜왕이 방신우를 불러 은밀히 명했다.

"기자오의 아들 기승냥과 부장 박불화를 풀어 주도록 하라."

방신우가 만류하고 나섰다.

"폐하, 송구하오나 부디 명을 거두어 주소서. 위험천만한 일이옵니다."

그러나 충혜왕의 의지는 확고했다.

"승냥이란 아이는 나를 지켜 주었다. 하지만 나는 그의 아버지를 지키지 못했다. 짐승도 은혜는 아는 법이 아니더냐. 그자를 환관 차출에서 풀어 주어 은혜의 만분지일이라도 갚으려 함이다. 내가, 한 나라의 왕인 내가 지금 그자를 위해 해 줄 수 있는 일이 이것뿐이다. 그러니 이마저도 할 수 없게 나를 만류치 말라."

방신우가 고개를 떨어뜨렸다. 더 이상 충혜왕을 초라하게 만들 수는 없었다. 그는 신속히 움직였다. 그리고 마침내 심복들을 풀어 양이와 박불화를 빼돌리는 데 성공했다.

양이가 궁 밖으로 나가기 전, 충혜왕이 은밀히 양이를 만났다. 그는 양이의 두 손을 부여잡고 진심어린 마음을 전했다.

"미안하다. 힘없는 나라의 백성으로 살게 해 미안하다. 네 아비를 그리 허망하게 보내게 해 미안하다. 앞으로 이 험한 세상을 홀로 살아내야 할 터, 그것 또한 미안하다. 내 너에게 참으로 미안하다."

양이는 그저 서러운 눈물만 흘릴 뿐 아무 말도 하지 못했다. 한 많은 이야기들이 가슴에 가득했지만, 그중 어느 것도 말이 되어 입 밖으로 나오지 못했다. 목이 메어 숨을 쉬기도 힘들었다. 온몸에 힘이 풀려 서 있기도 어려웠다. 그저 아득하고 막막하기만 했다.

'이 모든 것이 꿈이라면 얼마나 좋을까. 지금 저 문을 열고 아버지가 들어와 날 흔들어 깨운다면 얼마나 좋을까…'

그러나 이 모든 것이 처절한 현실임을 양이는 누구보다 잘 알고 있었다.

다음 날, 왕궁이 한바탕 소란에 휩싸였다. 양이와 박불화가 사라졌다는 사실을 왕고가 알게 된 것이었다.

"당장 그놈들을 잡아 오라. 당장!"

왕고는 동원할 수 있는 모든 군사를 풀어 뒤를 쫓게 했다. 물론 충혜왕이 손을 썼을 것이라 짐작은 했지만 아직까지는 고려 왕궁에서 충혜왕에게 책임을 추궁할 사람은 아무도 없었다. 양이와 박불화를 다시 잡아들여 왕고 제 손으로 갈기갈기 찢어 죽이는 수밖에 없었다.

궁 밖으로 빠져나간 양이는 인적이 드문 성황당 당집에서 어머니를 만났다. 이미 기자오의 집은 감시를 받고 있었다.

어머니를 만난 양이는 눈물을 흘렸다.

"어머니…."

비록 낳아 준 어머니는 아니었지만 양이에게 단 한 번도 내색하지 않고 모정을 베풀어 준 그녀였다.

어머니가 양이의 얼굴을 어루만졌다.

"그래, 양이야. 네 어찌 이리 얼굴이 상했느냐. 그간 얼마나 고생이 심했을꼬."

어머니가 눈물을 비쳤다. 하지만 허비할 시간이 없었다. 왕고의 부하들이 양이를 잡기 위해 혈안이 되어 있어 개경 밖으로 빠져나가기가 위험천만했다. 어머니는 가져온 치마

저고리를 꺼내 양이에게 입혔다. 양이가 사내인 줄 알고 있으니 다시 계집이 되어야 안전했다. 양이가 옷을 갈아입자 어머니가 양이의 얼굴에 곱게 화장을 해 주었다.

어느덧 양이는 선머슴의 모습을 걷고 어여쁜 여인이 되어가고 있었다. 본래 그 모습이어야만 했지만 세상은 오랫동안 양이에게서 여색을 빼앗고 말았다. 너무도 예쁜 양이의 모습에 어머니는 마침내 참았던 눈물을 흘리고 말았다. 처음으로 어머니에게 양이는 딸로 돌아왔다. 그리고 그 모습이 어쩌면 영영 마지막이 될지도 몰랐다.

성 안은 공녀 차출로 어수선했다. 악랄한 관리들에게 딸을 빼앗기지 않으려는 늙은 부모들에게 무서운 매질이 쏟아졌다. 여기저기서 생이별을 해야만 하는 사람들의 곡소리가 터져 나왔다. 양이는 뱃속에 바구니를 넣어 임산부인 척하며 저잣거리를 지나갔다. 사방 곳곳에 양이의 모습을 그린 방이 붙어 있었지만 병사들의 검문은 사내들 위주로 이루어지고 있었다.

"어이, 거기. 그래, 거기 말이여. 얼른 멈춰 봐."

그때 양이를 수상하게 여긴 한 병사가 양이를 불러 세웠다. 아무래도 불룩한 배가 어색했던 것이었다. 다급해진 양이의 눈에 낯익은 자의 얼굴이 들어왔다. 타환의 유배 행렬

때 기자오 밑에 있던 염병수라는 자가 군관이 되어 주변에 있었던 것이었다. 양이는 급히 염병수에게 다가갔다.

그리고 나지막이 자신을 알렸다.

"아저씨, 저 양이에요. 저 좀…."

한눈에 알아보지 못하던 염병수는 여인의 모습으로 나타난 양이를 보며 깜짝 놀랐다. 잠시 망설이던 염병수가 뒤쫓아 온 병사들에게 손사래를 치며 너스레를 떨었다.

"이짝은 내 사촌 외당숙 처자여. 그러니께 그만들 가서 일 보라고."

병사들이 저만치 멀어지자 양이가 그간의 자초지종을 설명했다.

"아저씨, 성 밖으로 빠져나갈 수 있게 저 좀 도와주세요. 제발 부탁드려요."

순간 염병수의 두 눈이 반짝였다.

"내가 힘을 한 번 써 볼 것이니, 오늘 밤 축시오전 1시부터 3시까지에 뒤쪽 성문 밖에서 기다리라고. 알겠지?"

양이가 힘차게 고개를 끄덕였다. 그리고 얼른 나무 그림자 속으로 몸을 숨겼다. 염병수도 걸음을 서둘렀다. 일을 성사시키자면 빠르게 움직여야 했다.

그날 밤, 자시밤 11시부터 오전 1시까지가 지나자 사방이 적막에 잠겼다. 양이는 작은 바위 뒤에 몸을 숨긴 채 염병수를 기다렸다.

"예 있었구나."

양이가 반가운 마음에 벌떡 일어났다. 하지만 양이의 눈앞에 서 있는 것은 염병수가 아닌 왕고였다. 양이는 하늘이 무너지는 듯했다.

왕고가 양이를 꼼꼼히 훑어봤다.

"네가 정녕 계집이었더냐. 이런… 네놈이 아니지. 네년이 도망쳤다는 소식을 듣고 다시 잡히기만 하면 당장 쳐 죽이리라 마음먹었거늘…."

양이가 들고 있던 봇짐을 바닥에 던졌다. 그리고 비장하게 말했다.

"죽여라."

"서두를 것 없다. 나의 마음이 다시 바뀌었으니. 내 손에 피를 묻혀 뭐하겠느냐."

양이가 왕고를 노려봤다.

"그래그래. 그냥 살려 줄 리는 없겠지. 난 네 아비처럼 너그러운 인물이 아니니."

양이가 두 눈에서 불을 뿜었다. 하지만 양쪽에 선 군사들이 찍어 누르는 통에 꼼짝도 할 수 없었다.

"넌 남은 평생을 공녀로 살아라. 내 꿈을 가로막은 죗값으로 그 정도는 과하지 않을 터. 죽음보다 더한 고통을 받는 모든 순간에 네 죄가 얼마나 컸는지 새삼 깨닫게 될 것이다!"

양이가 이를 꽉 깨물었다.

"이년을 당장 끌고 가라!"

군사들이 양이를 질질 끌고 갔다.

염병수가 야비한 웃음을 지으며 그 뒤를 따랐다.

'하늘이 정녕 날 버리지 않았음이야…….'

천민 출신에 말직 병졸이었지만 늘 출세를 꿈꿔 온 염병수였다. 그는 살면서 한 번은 기회가 올 것이라 믿었다. 그리고 기다렸다. 양이가 제 발로 걸어와 눈앞에 나타난 순간, 염병수는 직감했다. 횡재도 이런 횡재가 없다는 사실을. 그리고 그길로 곧장 왕고에게 달려갔다. 성공할 수만 있다면, 그래서 사람대접 받으며 살 수 있다면, 염병수는 기자오의 딸이 아니라 더한 것도 팔아넘길 수 있었다.

그렇게 양이는 또다시 잡혀가게 되었다. 이번에는 환관이 아닌 공녀로 끌려가게 되었으니 그야말로 기가 막힐 노릇이었다.


성안은 온통 울음바다였다. 충혜왕의 유배 길에 함께 끌려가는 공녀들과 환관들의 행렬 뒤로 남은 가족들의 울부짖음이 끊이지 않았다. 왕고는 성문 밖까지 나오려는 백성들을 사정없이 제압하며 길을 재촉했다. 백성들의 통곡은 충혜왕의 마음을 갈래갈래 찢어 놓고 있었다. 추적추적 내리는 빗속에서 남는 자들은 목 놓아 울었고 떠나는 자들은 소리 죽여 울었다.

충혜왕은 공녀들의 무리 속에 양이가 있다는 사실을 전혀 알지 못했다. 방신우가 그 사실을 알았지만 입을 다물었다. 오히려 안도하고 있었다. 그는 난세에 고려를 구할 용은 충혜왕 한 명이면 족하다고 생각했다.

공녀 행렬을 뒤쫓는 사내가 있었다. 바로 박불화였다. 양이와 함께 궁에서 빠져나온 그는 양이와 어머니가 만난 것을 확인하고는 그길로 아내를 찾아갔었다. 찬물 한 종지를 떠 놓고 천지신명께 맹세한 다음 날, 기자오의 부름을 받고 타환의 유배 행렬에 합류했던 터였다. 대청도에 가서도 박불화는 아내를 그리워하며 다시 만날 날만 학수고대했었다. 이번에 만나면 인적이 미치지 않는 첩첩산중에 들어가 화전이나 일구며 단둘이 살아갈 작정이었다.

하지만 집은 텅 비어 있었다. 꼭 살아남아야 할 이유였고 유일한 희망이었던 그녀가 이미 공녀로 끌려간 후였다. 그때부터 박불화는 공녀 행렬에서 아내를 빼내기 위해 굶주린 늑대처럼 호시탐탐 기회를 노리고 있었다.

공녀 행렬의 무리에도 호시탐탐 기회를 노리는 이가 있었으니, 양이였다. 경계가 아무리 삼엄하다 한들 호락호락 끌려갈 양이가 아니었다. 기어이 야음을 틈타 병사 두어 명을 때려눕히고는 도주를 감행했다. 그러나 허허벌판에서의 탈출은 쉽지 않았다. 추격대에게 다시 잡혀 끌려간 양이는 무지막지한 매를 맞고 쓰러지고 말았다.

병사들이 초주검이 된 양이를 공녀들이 머무는 천막에 던져 넣고는 뒤도 안 돌아보고 가 버렸다. 소식을 듣고 천막 안에서 초조하게 기다리던 공녀들이 양이에게 모여들었다. 그중에는 이제 열 살이 갓 넘은 듯 보이는 어린 소녀도 있었다. 양이의 처참한 모습을 본 소녀는 그만 울음을 터뜨리고 말았다. 소녀를 비롯한 고려의 여인들이 지극정성으로 양이를 보살폈지만 큰 차도가 없었다. 양이의 깊은 상처는 험한 원행길을 더욱 힘겹게 만들었다.

양이는 상처가 낫기도 전에 또 다른 상처에 시달려야 했다. 병사들이 특별 관리 대상이었던 양이를 다른 공녀들보다 훨씬 혹독하게 대했기 때문이다. 이 모든 것은 왕고의 뜻이었다.

양이가 탈출을 감행했던 그날 밤, 혼란을 틈타 박불화가 행렬의 숙영지<sub>군대가 병영을 떠나 묵는 장소</sub>에 숨어들었고, 마침내 그토록 그리워하던 아내를 만났다. 하지만 기쁨도 잠시, 곧 발각되고 말았다.

박불화가 모진 매를 맞은 뒤에 왕고 앞에 끌려왔다.

"아니, 이게 누군가. 만고의 역적 기자오 놈의 수하가 아닌가! 바람처럼 사라질 땐 언제고 여긴 또 어쩐 일이냐?"

"내 아내가 예 있소. 아내를, 아내를 돌려주시오. 제발 부탁이오."

"무엇이든 곁에 있을 때 잘 지켰어야지. 빼앗기고 난 뒤에 이런들 무슨 소용이 있겠느냐."

"내 이리 빌겠소. 소원이오."

"하하하, 소원이라…. 내가 보기에 네놈 소원은 그뿐만이 아닌 듯싶구나. 우리 행렬에 뛰어들다니, 환관이 되고 싶어 환장을 한 게 아니냐. 여봐라, 당장에 이놈의 소원을 들어주거라!"

왕고는 그 자리에서 박불화에게 궁형죄인의 생식기를 없애는 형벌을 가하고는 환관으로 만들어 버렸다. 가혹한 매질 뒤의 궁형으로 박불화는 고열 속에서 사경을 헤맸다.

아내는 환관들의 처소에 던져진 박불화의 두 손을 부여잡았다. 하지만 그는 아내가 곁에 있다는 것조차 알아차리지 못했다. 그녀는 고려 땅을 떠나면서 다시는 남편을 볼 수 없을 줄 알았다. 그런데 다시 만나게 되니 꿈만 같았다. 보기에도 아까운 남편이었다. 박불화의 아내는 애가 탔다. 어찌해야 남편을 살릴 수 있을지 알 수 없었다.

"어찌하면 좋을까요. 어찌하면…."

"방법이 아주 없는 것은 아니지."

박불화의 아내가 황급히 뒤를 돌아봤다. 염병수가 서 있었다.

"무슨 말씀이신지…."

염병수가 주머니에서 작은 약병 하나를 꺼내더니 얄밉게 흔들어 보였다.

"요것만 있으면 되거든. 요것이 무엇인고 하니, 군영에서 장군님들이 잡숫는 약이란 말씀이지. 내가 무수한 전쟁터를 거치고도 이리 거뜬히 살아 있는 것이 바로 요것 덕분이거든. 아무리 큰 상처를 입었더라도 이걸 먹고 한잠 푹 자고 나면 거뜬히 일어날 수 있지. 암, 그렇고 말고. 그러면 앞으로 오십 년은 더 살 수 있을 거야."

아내의 두 눈이 반짝였다.

염병수가 박불화의 아내에게 바짝 다가섰다. 가까이서 보니 더욱 고왔다. 염병수는 개경에서 출발할 때부터 유난히 고운 그녀를 눈여겨봐 온 터였다.

염병수가 그녀의 귓가에 대고 말했다.

"그러니 생각이 있으면 날 찾아오라고. 너무 오래 기다리게 하지는 말고. 난 참을성이 별로 없거든. <u>으흐흐흐</u>."

 그날 밤, 박불화의 아내는 이를 악물고 염병수의 군막으로 찾아갔다. 남편을 살릴 수만 있다면 무슨 일이든 하리라 마음먹었다. 박불화의 아내가 군막 안으로 들어서자마자 염병수가 허겁지겁 달려들었다.
 그녀가 옷고름을 부여잡고 말했다.
 "먼저 약을, 약을 주시지요."
 염병수가 약병을 던져 주었다. 그러고는 탐욕스럽게 그녀의 몸을 빼앗았다.
 아내의 지극정성으로 박불화는 죽음의 문턱에서 되살아났다. 그가 눈을 떴을 때, 고운 아내가 머리맡에 앉아 있었다. 처음에 박불화는 이것이 꿈인 줄만 알았다. 하지만 수줍은 듯 배시시 웃는 아내의 모습을 보니 생시인 것이 분명했다. 박불화는 안도의 한숨을 내쉬었다. 그런데 어인 일인지 이내 아내의 두 눈에 눈물이 비쳤다. 순간 박불화의 뇌리에 궁형을 당했던 순간이 스쳐 지나갔다. 박불화는 황급히 제 몸을 살폈다.
 "아니, 이럴 수가…."
 그는 더 이상 사내가 아니었다.
 "아아아아악!"

"다시 태어나도 서방님과 꼭 부부의 연으로 맺어질 것입니다."

아내가 절규하는 박불화를 껴안으며 담담히 말했다.

그길로 박불화는 혼절했다.

꿈속에서 그는 아내를 만났다. 아내는 참으로 곱고 예뻤다. 작은 두 손으로 그보다 더 작은 밥상을 들고 방 안으로 들어오더니 수줍게 자신의 앞에 내려놓았다.

"그러고 보니 서방님께 따뜻한 밥 한 끼 차려 드린 적이 없는지라…."

정말 그랬다. 정화수 한 그릇 떠 놓고 부부가 된 뒤에 그 길로 떠나 오늘이었던 것이다.

'얼마나 그리웠을까. 얼마나 외로웠을까.'

박불화는 생각만 해도 마음이 아려 왔다.

아내가 밥을 한 숟가락 뜨더니 그 위에 나물을 한 점 얹어 박불화의 입에 넣어 주었다. 참으로 달디달았다. 밥을 꿀떡 삼키는 박불화를 보며 아내가 보름달처럼 환하게 미소 지었다. 방 안이 온통 환해지는 것만 같았다. 박불화도 똑같이 밥 위에 나물을 얹어 아내에게 내밀었다. 그런데 아내는 어디론가 사라지고 없었다. 그는 황급히 방문을 열고 나가 보았으나 마찬가지였다. 환한 보름달만 무심히 마당을 비추고 있을 뿐이었다.

이튿날 새벽, 아내는 소나무에 목을 매단 채 죽어 있었다. 염병수에게 찾아갔을 때부터 그녀는 죽음을 생각하고 있었다. 사랑하는 사람의 목숨을 지켰으니 그녀는 더 이상 미련이 없었다. 아내의 시신을 끌어안고, 박불화는 소처럼 울었다.

# 초야권

 공녀들의 행렬이 압록강을 건너자 원나라 쪽 관리들의 분위기가 심상치 않았다.
 그들이 왕고를 찾아와 통고했다.
 "이쯤에서 초야권을 행사하겠소."
 초야권이란 공녀들을 차출해 가는 원나라 관리들이 여인들의 첫 순결을 빼앗아 가는, 일종의 암묵적인 관례와도 같은 것이었다. 황제의 후궁으로 선출된 여인들을 제외하고는 어느 누구도 그들의 손길에서 자유로울 수 없었다. 왕고는 아무 말없이 고개를 끄덕였다. 내심 이날을 기다려 온 그였다.

'내 양이란 년을 취하리라….'

이 또한 왕고에게는 복수였다. 자신이 간절히 원하던 것을 빼앗긴 데 대한 당연한 보상이었던 것이다.

그날 밤, 숙영지에서는 여인들의 비명이 이어졌다.

충혜왕이 연유를 물었다.

"이 무슨 일인가?"

환관 방신우가 침통한 표정으로 답했다.

"그것이… 원의 관리들이 공녀들에게 초야권을 행사하는 줄 아옵니다."

"뭐라, 초야권? 그 무슨 가당치 않은 말인가?"

충혜왕은 크게 놀랐다. 공녀로 끌려간 고려의 여인들이 이런 수난을 당할 줄은 미처 생각지 못했다. 분노하는 충혜왕 앞에 왕고가 나타났다.

충혜왕은 당당히 요구했다.

"당장 초야권 행사를 중지하시오."

그러나 왕고는 일언지하에 거절했다.

"궁녀들은 더 이상 고려 왕의 백성들이 아닙니다. 더군다나 폐위를 당한 몸이 아니십니까. 그러니 경솔한 행동으로 원나라의 심기를 건드리지 마세요."

뒤돌아서던 왕고가 다시 조소하듯 말을 내뱉었다.

"그 양이란 놈, 알고 보니 계집이더군요. 공녀로 이곳에 끌려와 있습니다. 오늘 밤, 이 왕고가 그년에게 초야권을 행사할 것입니다. 그리 알고 계십시오."

청천벽력과도 같은 말이었다. 충혜왕이 방신우를 다그치자 그제야 저간의 상황을 말했다. 그는 탁자를 내리치며 분노했다.

'여인의 몸으로 그 모진 고생을 감내했다니, 이곳까지 끌려오는 동안 아무런 보호도 못해 주었다니!'

군막으로 끌려 들어온 양이는 독기 어린 눈으로 왕고를 노려봤다. 왕고는 비록 때가 묻고 상처가 났지만 양이의 얼굴이 참으로 곱다고 생각했다. 굳이 복수 때문만이 아니더라도 궁녀들 중에 양이만한 계집이 없는 듯싶었다.

왕고는 기어이 양이를 덮쳤다. 그러나 무술로 단련된 양이는 순식간에 왕고의 가슴팍에 주먹을 꽂아 넣으며 대항했다. 양이와 왕고의 소란으로 밖에 있던 무장들이 군막 안으로 뛰어 들어왔다. 그러나 왕고는 그들을 저지하며 밖으로 내보냈다.

'가시 돋친 꽃을 꺾는 맛도 있으리라…'

왕고의 눈에 양이의 어깨에 스민 핏자국이 들어왔다. 언뜻 보아도 상처가 깊은 듯했다. 왕고가 입가에 비열한 웃음을 흘렸다. 그러고는 이내 양이의 상처를 가격해 쓰러뜨렸다. 다친 몸의 양이가 왕고의 억센 몸을 막아 내기에는 역부족이었다. 절체절명의 순간 날카로운 칼날이 왕고의 목을 겨누며 파고들었다. 왕고가 화들짝 놀라 얼어붙었다.

"웨, 웬 놈이냐!"

충혜왕이었다. 그가 매서운 눈으로 왕고의 목에 칼을 겨누고 서 있었다. 뒤이어 무장들이 들이닥쳤다.

왕고가 허둥지둥 명령했다.

"다, 다, 당장 이자를 포박하라!"

무장들이 순식간에 충혜왕을 포위했다. 그리고 한 걸음씩 다가오기 시작했다. 하지만 충혜왕은 눈썹 한 가닥 흔들리지 않았다. 오히려 두 눈에 불을 뿜으며 외쳤다.

"나는 다시 고려의 왕으로 돌아올 것이다!"

충혜왕의 일갈에 다가오던 무장들은 그 자리에 멈춰 섰다. 비록 폐위된 몸이지만 고려 무장들에게 충혜왕은 여전히 국왕의 위엄이 서려 있는 존재였다. 또한 새로 왕좌에 복귀하는 충숙왕의 아들이라는 점도 한몫했다.

잠시 당황하던 왕고는 이내 냉정을 되찾고 충혜왕과 맞섰다. 폐위된 왕과 기고만장한 권신과의 대립은 그야말로 용호상박과도 같은 것이었다.

"초야권을 방해하다니, 원나라의 후환이 두렵지 않느냐!"

으르렁대는 왕고에게 충혜왕이 소리쳤다.

"저 계집의 초야권은 내가 행사할 것이다!"

충혜왕은 눈을 크게 뜨며 바라보는 양이의 팔을 단숨에 낚아채 밖으로 나가 버렸다. 제아무리 왕고라지만 초야권을 행사하겠다는 충혜왕을 막을 도리는 없었다. 왕고는 그렇게 눈앞에서 빼앗긴 양이가 못내 아쉽기도 했지만 고려의 무장들 앞에서 충혜왕의 힘에 밀린 자신의 모습이 더 분하고 원통했다.

처소로 돌아온 충혜왕은 양이의 상처부터 살피기 시작했다. 그간의 험악했던 시간들을 말해 주듯 양이의 상처는 깊었고, 또한 많았다.

손수 약초를 발라 주며 충혜왕이 말했다.

"미안하다. 참으로 미안하다. 네게는 늘 이 말밖에 할 수가 없구나. 그 또한 미안하다."

양이가 충혜왕의 손을 가만히 잡으며 눈물이 그렁그렁한 채 말했다.

"저를, 저를… 취하소서."

공녀로 끌려간다면 어차피 더럽혀질 몸, 충혜왕에게 자신을 주고 싶은 양이의 마음은 진심이었다. 충혜왕은 그런 양이의 마음을 헤아릴 수 있었다. 애처롭게 바라보던 충혜왕이 양이를 따뜻하게 안아 주었다.

그날 밤, 충혜왕은 뜬눈으로 지새우며 양이를 보살폈다. 심신이 지칠 대로 지쳤던 양이는 개경을 떠난 후 처음으로 단잠을 잤다. 사내로 떠나 계집으로 돌아온 양이의 모습은 충혜왕에게 아픔이었다. 제 백성을 지키지 못한 무능한 군주로서의 깊은 슬픔이었다. 잠든 양이의 얼굴 위로 충혜왕의 뜨거운 눈물이 떨어졌다.


타환은 원나라에 도착하자마자 즉위식을 마치고 황제의 자리에 올랐다. 그리고 약속대로 연철의 딸인 타나실리를 정실황후로 맞았다. 그가 바로 원나라 16대 황제, 순제였다. 그러나 허울뿐인 황제였으니 모든 권력은 연철을 중심으로 한 그 일가가 장악하고 있었다. 타환에게 연철은 여전히 두려운 존재였고, 목숨을 보존하기 위해서는 절대 연철의 비위를 상하게 해서는 안 되었다.

황후가 된 타나실리는 허영심과 시기가 대단했다. 아버지의 손에 이끌려 순제와 정략결혼을 했지만, 우유부단하고 바보 같은 순제를 진정으로 사랑하지는 않았다. 그럼에도 불구하고 타나실리는 처음에는 황제의 사랑을 받고자 노력했다. 하지만 도무지 순제가 마음을 열지 않았다. 순제에게 타나실리는 사랑하는 부인 이전에 두렵기만 한 연철의 딸이었던 것이다. 타나실리가 적극적으로 나올수록 타환의 마음은 위축되었고 몸 또한 멀어졌다.

순제의 사랑을 받지 못한 타나실리는 너무도 외로웠다. 더구나 자신의 미모가 원나라에서 최고라 믿는 그녀였기에 순제의 외면으로 인한 수치심은 대단했다. 순제의 관심을 받는 여자라면 지위고하를 막론하고 가차 없이 피바람을 일으키며 응징하는 것도 결국은 사랑이 아닌 자존심 때문이었다.

타나실리는 점점 더 표독스러워지고 오만해졌다. 마음에 들지 않는 늙은 신료들의 뺨을 때리는가 하면 대전에서 황제에게 대들기 일쑤였다. 그럴수록 순제의 마음은 점점 더 타나실리에게서 멀어져 갔으니, 두 사람의 관계는 악순환의 연속이었다.


충혜왕 일행이 연경 인근에 당도했다. 이곳까지 오는 동안 충혜왕은 양이를 탈출시키기 위해 무던히도 애를 썼다. 그러나 왕고의 철저한 감시 속에서 행렬을 빠져나가기란 쉽지 않았다.

인근에서 마지막 숙영을 하던 밤, 충혜왕은 심사가 복잡했다. 고려에서 타환의 뺨을 때렸던 순간이 자꾸만 떠올랐기 때문이다. 유배를 왔던 멍청이는 황제가 되었고, 국왕이었던 자신은 유배를 왔으니 세상사란 참으로 모를 일이라는 생각이 들었다. 더군다나 이곳까지 오는 동안 양이를 구해 내지 못한 것이 너무도 마음에 걸렸다. 이대로 황궁으로 들어가 버리면 양이는 평생을 궁녀로 살아가야만 할 것이었다.

잠시 후 양이가 들어섰다.

"송구하오나, 저도 한 잔 주시겠습니까."

양이가 먼저 술을 청한 것은 처음이었다. 충혜왕이 양이를 가만히 바라보았다. 유난히 얼굴이 창백했고 두 눈은 마치 다른 세상을 바라보는 듯 깊었다. 충혜왕은 가슴 한쪽이 아려 왔다. 알 수 없는 일이었다.

그가 술을 따르며 나지막이 물었다.

"낯빛이 좋지 않구나. 무슨 일이 있었더냐."

양이가 술 한 잔을 단숨에 들이켰다. 그러고는 잠시 망설이다 입을 열었다.

"좀 전에 박불화 아저씨가 목을 맸습니다."

"저런… 어찌 되었더냐."

"다행히 제가 바로 발견해 목숨은 건졌습니다."

충혜왕이 다시 양이의 술잔을 채웠다.

"왜 그랬다 하더냐."

술잔을 바라보며 양이가 말을 이었다.

"더 늦기 전에 먼저 간 아내를 따라가려 했다고 합니다."

"저런, 저런…."

충혜왕도 박불화와 아내의 사연을 양이에게 들어 알고 있었다.

"연경에 도착하면 그는 어떻게든 내가 거두도록 하마."

"고맙습니다. 정말 고맙습니다."

양이가 다시 술잔을 기울였다.

"부부의 연이란 그토록 깊은 것인가 봅니다."

"그렇구나."

충혜왕은 새삼 마음이 아팠다.

'이번 원행길로 말미암아 얼마나 많은 부부가 생이별을 해야 했을까. 얼마나 많은 사람들의 꿈이 산산이 깨어졌을까. 얼마나 많은 눈물이 걸음걸음 뿌려졌을까….'

충혜왕이 자신의 술잔을 채웠다. 그리고 무심히 술잔을 바라봤다. 원망스런 눈빛을 한 사내가 그 안에서 자신을 쳐다보고 있었다. 왜 그리 무능한가, 그가 묻는 듯했다. 충혜왕이 술잔을 단숨에 비웠다. 그리고 다시 채웠다. 또 다시 술잔 안에 나타난 그 사내가 매섭게 질책했다.

연이어 술잔을 채우고 비우는 충혜왕의 손을 양이가 붙잡았다.

"어찌 그러십니까."

"나는 어찌 이리도 무능한 것이냐. 나의 백성들은 어찌 이리도 가여운 것이냐…."

양이가 충혜왕을 살며시 안고 그의 지친 어깨를 쓸어내렸다. 넓고 넓은 세상에 마치 두 사람만 존재하는 것 같았다. 끝을 알 수 없는 영겁의 시간 속에 오직 이 순간만 존재하는 것 같았다.

곧이어 두 사람의 그림자가 어둠 속으로 사라졌다. 등불이 꺼진 거소 밖에서 환관 방신우가 깊은 한숨을 내쉬며 돌아섰다.

'어차피 양이란 계집은 두 번 다시 왕을 모시지 못할 것이니….'

새벽이 밝아 오고 있었다. 오늘 중으로 일행들은 황궁으로 들어갈 것이었다.

충혜왕이 양이의 머리를 쓸어내리며 속삭였다.

"내 고려로 돌아가는 날, 반드시 너와 함께 갈 것이다."

양이가 가만히 미소 지었다.

"날 믿고 기다려 주겠느냐."

양이가 품에서 뭔가를 꺼내 그에게 건넸다.

"이것이 무어냐."

"안타깝게 세상을 떠난 제 어미의 유일한 유품입니다. 고려로 돌아가는 날까지 간직해 주십시오."

양이에게 충혜왕은 처음이자 마지막이 될 사랑이었고, 은비녀는 그에 대한 증표였다. 바로 그를 믿고 기다리겠다는 뜻이었다.

"그리하마. 그날 반드시 네게 돌려주마."

충혜왕이 은비녀를 소중히 받아 들고는 몸에 지녔다. 양이를 잊지 않겠다는, 꼭 다시 찾겠다는 다짐이었다.

늘 무기력했던 순제가 충혜왕의 유배 소식에 크게 관심을 보였다. 그러나 순제의 관심은 충혜왕이 아니라 환관 무리 속에 끼어 있을 양이에게 있었다. 마침내 충혜왕 일행이 궁 안에 당도하자 순제는 황제의 체통도 잊고 직접 환관들이 묶는 누추한 객궁의 관사를 뒤지며 양이를 찾았다. 그러나 공녀들 속에 있는 양이가 황제의 눈에 뜨일 리 없었다. 순제는 크게 실망하고 말았다. 양이와의 인연은 거기까지인 듯싶었다.

충혜왕이 황제의 부름을 받고 황궁 호수정원인 태액지로 걸음을 옮기던 중 다리 위에서 황후 타나실리와 마주쳤다. 한 사람만 겨우 지날 수 있는 좁은 교각이라 누군가가 비켜서야 했다. 하지만 충혜왕은 우뚝 선 채 움직이질 않았다.

뒤에 서 있던 환관 방신우가 허둥지둥 귀엣말을 전했다.

"황후마마십니다."

충혜왕은 그제야 길을 비켜섰다. 그 앞을 지나던 타나실리가 발끈하며 화를 내려는데 어느새 그는 성큼성큼 지나가고 없었다. 타나실리 앞에서 그런 모습을 보인 사내는 충혜왕이 처음이었다. 타나실리는 놀라지 않을 수 없었다. 그리고 충혜왕이 뿜어내는 사내다운 기세에 내심 놀랐다. 타나실리는 자신이 황후라는 사실을 알면서도 끝내 예를 표하지 않고 지나쳐 버린 충혜왕의 오만함에 다시 한 번 놀랐다. 고려의 국왕이라는 사내가 범상치 않은 자라는 말은 들어 온 터였으나 기대 이상이었다. 그녀는 멀어져 가는 충혜왕의 뒷모습에서 한동안 눈을 떼지 못했다.

태액지에서 순제는 벌써 거나하게 취해 있었다. 지난날의 일을 상기하며 충혜왕은 자못 비장한 표정이었다. 그가 어떤 보복을 하던 반드시 참으라는 방신우의 신신당부가 있었다.

충혜왕이 순제 앞에 고개를 숙였다.

"왕정, 황제 폐하께 문후 여쭈옵니다."

"네, 네. 전에도 말씀드렸듯이 이번에 온 고려 여인들도 미색이 뛰어나더군요, 하하하. 먼 길 오시느라 힘들었을 터인데, 무슨 진상품을 이리 많이 가져오셨습니까. 덕분에 내 이리 맛난 곶감을 또 먹습니다. 나는 고려 곶감이 제일 좋아요. 하하하. 달다, 달아. 하하하."

충혜왕의 눈에 순제라는 얼간이는 황제가 되었어도 한참 모자른 인간이었다. 이런 충혜왕의 마음을 아는지 모르는지 순제가 술병을 기울여 술을 권했다.

"유배 시절, 대청도에서 처음 맛을 본 더덕주요. 헌데 고려에서 먹던 그 맛이 아니오. 그때 더덕을 함께 캐던 양이란 놈이 있었는데 그놈이 어디 있나 모르겠군, 모르겠어. 하하하."

순제의 입에 양이의 이름이 오르자 순간, 충혜왕의 눈빛이 달라졌다. 그도 양이가 지금 어디에 있는지 알지 못했다. 연경에 도착하자마자 양이는 자취를 감추었다. 꿈 같은 밤을 보낸 것이 아직도 생생한 충혜왕은 애가 타서 견딜 수가 없었다.

순제가 제법 심각하게 물었다.

"지금쯤 환관이 되어 원나라 땅에 있어야 할 그 양이란 놈은 대체 어찌 되었소?"

"그런 하찮은 일까지 일일이 신경 쓸 겨를이 없습니다."

차갑게 내뱉는 충혜왕에게 순제가 말했다.

"하찮다…. 그렇지. 미천한 놈이었지. 하지만 난 그놈을 절대 잊을 수 없소. 유일한 동무였으니. 이곳으로 끌려오지 않았다면 아마도 죽임을 당했을 터, 참으로 안타까운 일이 아니오."

탄식하는 순제에게 충혜왕이 눈빛을 번뜩이며 비수와 같은 말을 꽂았다.

"그때 어째서 진실을 밝히지 않았습니까. 그랬다면 유일한 동무를 살릴 수 있었을 것을…. 참으로 비겁하십니다."

순간 사방이 고요해졌다. 방신우의 얼굴도 돌처럼 굳어졌다.

순제가 좌중에게 일렀다.

"물러가 있으라."

태액지에 두 사람만 남게 되자 순제가 충혜왕을 매섭게 노려보며 조용한 어조로 말했다.

"잊었는가? 난 원나라의 황제다. 내 나라에 칼을 겨누는 그런 어리석은 짓은 하지 않는다. 날 믿었다면 그것은 고려의 착각이고 그대의 무능이다."

충혜왕은 분노가 솟구쳐 올랐지만 아무런 대꾸도 할 수 없었다. 모두 맞는 말이었기 때문이다. 충혜왕의 얼굴이 굳어졌다. 이에 개의치 않고, 순제가 말을 이었다.

"비록 죄를 짓고 유배를 왔지만 난 그대에게 최대한의 자비를 베풀 것이다. 한때 내 목숨을 지켜 주었고, 내게 속았던 그대의 지독한 어리석음을 절대 잊지 않겠다."

충혜왕이 앞에 있던 잔을 들어 단숨에 들이켰다. 자신이 뺨을 때리며 모멸감을 주었던 그 얼간이가 이제 황제가 되어 자신에게 전혀 다른 수치심과 분노를 주고 있었다.


 액정궁掖庭宮은 황제의 후궁들과 궁녀들이 생활하는 곳으로, 황궁 안에서 가장 은밀하고 깊은 곳에 위치해 있었다. 그곳을 출입할 수 있는 사내는 황제가 유일했으며 한 번 들어간 여인은 삼엄한 규율과 통제 속에서 살다가 죽어서야 나올 수 있는 곳이었다.

 양이는 액정궁에서도 가장 하급 일을 맡게 되었다. 말이 좋아 궁녀이지 종과 다름없는 직분이었다. 종일 액정궁 안의 마루를 닦거나 빨래 등의 허드렛일을 해야만 했다. 일과가 끝나고 다들 숙소로 들어갈 때에는 궁 안 구석의 독방에 있는 노상궁의 뒤치다꺼리를 해야 했다.

 노상궁은 액정궁의 터줏대감 격으로, 치매까지 와서 정신이 오락가락하는 늙은 궁녀였다. 대소변을 가리지 못했고 시시때때로 크고 작은 말썽을 일으키기도 했다. 진작 궁 밖으로 내쫓겨야 마땅했지만 액정궁의 책임자인 환관 독만의 보살핌으로 아직까지 궁 안에서 목숨을 연명하고 있었다.

 양이는 액정궁에서의 생활이 고되고 힘들었다. 원나라 궁녀들의 텃세에 고려 출신 궁녀들은 골탕을 먹기 일쑤였다. 혈기를 참지 못한 양이가 머리채라도 잡고 궁녀 몇 명을 패

대기라도 치면 액정궁의 태감인 독만이 나섰다. 독만은 찔러도 피 한 방울 나올 것 같지 않은 독사 같은 인물로, 모든 궁녀들이 두려움에 떠는 존재였다.

독만의 무시무시한 체벌이 이어지고 궁녀들의 비명이 궁 안에 울려 퍼졌지만 양이는 단 한 번도 우는 소릴 낸 적이 없었다. 어느덧 양이는 원 출신 궁녀들 사이에 독만 다음으로 무섭고 독한 인물로 자리 잡았다. 반면 고려 출신 궁녀들에게는 맏언니 같은 존재가 되어 가고 있었다.

양이가 이 모든 어려움을 참고 견디는 목적은 순전히 순제 때문이었다. 처음 황제의 행차가 있던 날, 지나가는 순제의 발치에서 양이는 그를 죽이겠다고 하늘에 맹세했다. 그날부터 양이는 놋젓가락을 갈기 시작했다. 순제의 심장에 비수를 깊이 꽂아 넣어야만 사무친 원한을 풀 수 있을 것 같았다.

순제가 액정궁 출입이 잦은 것은 현빈 박씨 때문이었다. 박씨는 양이가 궁녀로 끌려올 때 순제의 후궁으로 낙점되어 온 고려 여인이었다. 타나실리의 표독스러움에 기가 질린 순제에게 다정다감한 박씨는 편안한 휴식처와 같았다. 무엇보다도 양이는 고려에 관한 이야기를 함께 나눌 수 있어서 좋았다.

어느덧 양이의 놋젓가락은 날카롭게 날이 서 있었다. 그리고 마침내 기회가 찾아왔다. 박씨의 거소에서 술을 마신 순제가 곧 복도를 지나갈 것이었다. 복도 안에 황제의 등장을 알리는 종소리가 요란하게 울렸다. 양이는 고개를 숙이며 몇 번이고 품속의 젓가락을 매만졌다.

 양이가 이곳에 와서 단 한 번도 잊지 않은 얼굴이었다. 아니, 결코 잊을 수 없는 얼굴이었다. 자신에게 두들겨 맞고 말먹이통을 뒤집어썼던 순제는 끝내 배신을 선택하여 아버지를 죽게 하고 자신을 이곳까지 끌려오게 했던 철천지원수 같은 놈이었다.

 '저놈을 반드시 내 손으로 죽여 없애리라…'

 양이가 다시 한 번 의지를 다졌다. 드디어 독만의 안내를 받으며 후궁들을 거느린 순제가 복도로 들어섰다. 양이가 몸을 잔뜩 웅크린 채 고개를 슬며시 들어 순제를 노려봤다. 순제가 천천히 양이 앞으로 다가왔다. 양이가 품속에 손을 집어넣으려는 바로 그때, 누군가가 양이보다 먼저 순제에게 뛰어들었다. 노상궁이었다.

 "폐하!"

 어디에 숨어 있었는지 노상궁이 갑자기 뛰쳐나와 순제의 바짓가랑이를 잡고 늘어졌다. 일대 소란이 벌어졌다. 환관들이 달려들어 노상궁을 순제에게서 떼어 냈다.

"오늘 밤 수청을 허락해 주십시오. 성은을 베푸소서, 폐하!"

정신을 놓은 노상궁이 망측한 말을 마구 쏟아 내며 복도 끝으로 질질 끌려갔다. 순제는 헛기침을 한 번 하더니 반대쪽 복도를 향해 걸어갔다. 양이의 첫 번째 거사는 예상치 못한 노상궁의 등장으로 그렇게 어이없이 실패로 돌아갔다. 양이 앞을 지나던 독만이 독사 같은 시선으로 양이를 노려보았다. 노상궁을 건사하지 못한 것은 전적으로 양이의 책임이었기 때문이다.

독만의 거소에 불려간 양이는 회초리가 부러지도록 종아리를 얻어맞았다. 준비한 다섯 개의 회초리가 다 부러질 때까지 양이는 신음 한 번 내지 않았다. 거소 밖 복도에서는 고려 출신 궁녀들이 모여 안타까워 어쩔 줄을 모르고 있었다.

독만이 부러진 매를 던지며 말했다.

"그만 돌아가거라."

그러나 양이는 자리에 그대로 선 채 말했다.

"태감 어른, 후궁전에서 현빈마마를 모시게 해 주십시오."

독만이 두 눈에 불을 켰다.

"무어라!"

"유독 제게만 과하게 부여되는 노역이 부당합니다. 종이 아닌 궁녀로 살게 해 주십시오."

밖에 있던 궁녀들은 할 말을 잃었다. 양이가 드디어 실성을 한 것이 틀림없다고 생각했다. 그렇지 않고서야 독만 앞에서 그리 당돌하게 굴 수는 없는 일이었다. 독만 역시 작은 눈을 부릅뜬 채 양이를 뜯어봤다.

독만이 심각하게 물었다.

"너, 왕고에게 무슨 잘못을 저질렀느냐?"

양이가 이곳으로 보내진 것도, 유난히 학대를 받는 것도 왕고의 특별한 지시 때문이었다.

양이가 당당하게 답했다.

"그자의 초야권을 거부했습니다."

"함부로 입을 놀리지 마라. 너희들의 목숨은 이 부러진 회초리처럼 보잘것없느니…."

그것으로 끝이었다. 싸늘하게 돌아서는 독만을 뒤로한 채 양이는 절뚝거리며 거소를 나섰다. 양이가 박씨를 모시겠다고 한 것은 오직 순제를 죽이기 위해서였다. 박씨의 곁이라면 순제를 죽일 수 있는 확실한 기회를 엿볼 수 있을 것이었다.

다음 날, 노상궁 때문에 더러워진 이불을 빨아 널던 양이에게 독만이 찾아왔다.

"네 청을 들어주마."

천만뜻밖에도 독만이 청을 들어준 것이었다. 양이는 놀란 나머지 들고 있던 이불을 바닥에 툭 떨어뜨렸다.

독만 또한 본디 고려 출신이었다. 어려서 환관이 되어 원나라로 끌려오는 길에 초야권에 짓밟히는 고려 여인들을 두 눈으로 목격했다. 그래서였을 것이다. 독만은 고려 하늘에서는 나는 새도 떨어뜨린다는 왕고의 초야권을 거부한 양이의 기질이 내심 싫지 않았다. 어딘지 모르게 양이에게 정이 갔다.

그러나 독만은 양이가 품속에 서슬 퍼런 비수를 간직하고 있음을 전혀 알지 못했다.

# 끝내 살아야 할 이유

 황제가 후궁 박씨의 거소에 자주 출입한다는 사실에 타나실리는 신경을 곤두세우고 있었다. 아버지인 연철뿐만 아니라 황태후에게도 늘 듣는 소리가 어서 회임하라는 말이었다. 아직까지 태기가 없는 상황에서 황제가 특정한 후궁의 거소에 자주 출입한다는 것은 여간 신경 쓰이는 일이 아니었다.
 그러나 타나실리가 신경 쓰는 것은 박씨뿐만이 아니었다. 객궁에 묵고 있는 충혜왕에 대한 관심도 남달랐다. 일전에 연회가 벌어졌을 때 연철은 황제에게 고려의 왕을 옹기라트 가문 출신으로 임명하심이 어떠하냐고 물었다. 그것은 곧 입성론을 말하는 것이었다. 고려라는 나라를 없애고 원나라의 일개 성으로 편입시키자는 뜻이었다.

이때, 한쪽에서 술만 마시던 충혜왕이 발끈하고 나섰다.

"고려는 원보다 수백 년이나 오랜 역사를 가진 나라이며 그 사직은 비교조차 할 수 없을 지경이다. 오래된 것을 지키고 존중하며 교류하는 것이 모두가 잘 사는 길이거늘 어찌 원나라는 귀한 것을 알아보지 못하고 오히려 망가뜨리려고 하는가…."

연회장은 발칵 뒤집혔다. 연철의 발언에 그처럼 맞선 자는 일찍이 원나라에서는 볼 수 없었기 때문이다. 술에 대취한 순제가 술상에 엎어지지만 않았다면 그날 무슨 일이 벌어졌을지도 몰랐다. 그러나 모두가 충혜왕의 무례에 분개하고 있을 때, 그를 바라보는 타나실리의 시선은 남달랐다. 처음 봤을 때의 호기심이 서서히 관심으로 변하고 있었던 것이다.

충혜왕의 관심은 온통 액정궁 안의 양이에게 쏠려 있었다. 방신우의 양아들이 되어 환관으로 살아가고 있는 박불화를 통해 어렵게 양이의 행방을 알게 된 터였다.

꿈 같은 밤을 함께 지새운 그날, 충혜왕은 양이에게 고려로 함께 돌아가자고 약속했다. 그때까지 자신을 믿고 기다려 달라고. 양이는 그런 자신에게 은비녀를 건네며 화답했다. 고려의 앞날을 위해서라도, 양이를 위해서라도 충혜왕은 권좌를 되찾아 고려로 돌아가야만 했다.

그러나 양이가 액정궁으로 들어간 이후부터는 단 한 번도 왕래할 수가 없었다. 액정궁 안에서 어찌 지내는지 알 도리조차 없었다. 충혜왕은 방신우에게 서찰을 건네며 양이에게 전달해 줄 것을 밀명했으니 지금쯤 그녀도 자신의 의지를 잘 알고 있을 것이라 여겼고, 그것으로 위안을 삼았다.

하지만 방신우는 충혜왕의 서찰을 단 한 번도 양이에게 전달하지 않았다. 하루빨리 복위하여 고려로 돌아가야 할 충혜왕에게 양이는 천하고 천한 계집일 뿐이었다. 공녀로 끌려와 원의 궁에 들어온 계집을 고려의 왕이 감싸고 돌 수는 없는 일이었다.

양이는 충혜왕의 그날 밤 언약이 진심임을 잘 알고 있었다. 그러나 충혜왕이 다시 왕위에 오르는 것은 쉬운 일이 아니었다. 공녀가 되어 버린 자신을 데리고 간다는 것은 더더욱 어려운 일임을 양이는 잘 알고 있었다. 양이는 단 한 번만 충혜왕을 다시 만나고 싶었다. 황제의 심장을 찌르고 나면 이승에서는 영영 이별을 하고 말 것이니, 그전에 꼭 한 번만 다시 만나고 싶었다.

양이는 충혜왕으로부터는 어떠한 소식도 전해지지 않았지만 그렇다고 원망하지도 않았다. 후궁전에 온 이상 오직 원수의 심장을 노리는 일에만 집중해야 했다.

현빈 박씨는 정이 많은 사람이었다. 유독 후궁전에 고려 출신 궁녀들이 많은 것도 박씨의 배려 때문이었다. 고려 출신 궁녀들로부터 양이에 관해서 들었던 박씨는 많은 관심을 보이며 먼저 마음을 열었다. 그런 박씨에게 양이는 친자매와도 같은 정을 느끼기 시작했다. 순제가 다녀간 날이면 박씨는 시시콜콜 양이에게 그에 대한 이야기를 전하며 즐거워했다. 박씨의 입을 통해 전해 듣는 순제는 어린아이처럼 순수하고 은근히 재미있고, 또 뭔지 모를 깊은 슬픔을 간직한 사람이었다.

그러나 양이는 속으로 쓴웃음을 지어야만 했다. 순제의 천성을 모르는 바가 아니었지만 이미 돌이킬 수 없는 일이었다. 증오의 뿌리가 그만큼 깊고 깊었다. 그저 양이는 호시탐탐 거사를 치를 기회만 엿보고 있었다.

타나실리의 노골적인 질투로 잠시 발걸음이 뜸했던 순제가 박씨를 찾았다. 박씨의 처소에 양이가 술상을 들고 들어섰다. 조용히 술상을 놓고 나가려는 양이에게 순제는 문득 이상한 느낌을 받았다. 그리고 두 사람의 시선이 마주친 순간, 순제는 놀란 나머지 술잔을 놓치고 말았다. 그 바람에 순제는 용포 자락에 술을 쏟고 말았다. 박씨가 황급히 용포를 닦는 사이, 양이는 재빨리 처소에서 물러났다.

'그럴 리가 없다. 그놈은 남자가 아니던가…'

순제는 고개를 가로저으며 생각을 털어 버렸다. 양이가 궁녀가 되어서 눈앞에 있으리라곤 상상조차 할 수 없었던 것이다.

양이는 안도의 숨을 내쉬었다. 오늘 밤이 기회였다. 양이는 가슴속 깊이 놋쇠로 만든 비수를 품었다. 양이가 술상을 거두러 처소로 들어갔을 때, 박씨는 돌아앉아 머리를 매만졌고 순제는 깊이 잠들어 있었다. 술상을 거두던 양이의 시선이 순제에게 머물렀다. 두 눈에 눈물이 고이는가 싶더니 그것도 잠시, 양이가 천천히 품고 있던 비수를 뽑았다. 그리고 순제의 가슴에 꽂아 넣으려는 순간, 양이는 그만 헛구역질을 하고 말았다. 놀란 박씨가 얼른 돌아보았다. 양이는 황급히 비수를 품속에 넣었지만, 헛구역질은 좀처럼 멈추질 않았다. 박씨가 얼른 양이를 방에서 데리고 나갔다.

가만히 양이를 살펴보던 박씨가 물었다.

"체기가 있는 것이냐?"

"송구합니다."

"가만, 그러고 보니 며칠 전부터 고뿔기가 있지 않았느냐."

"…"

"달거리는 있었느냐?"

"예?"

"혹시, 태기가 아닌가 하여 그러느니."

순간 양이의 얼굴이 굳어졌다. 양이는 그때야 비로소 자신의 몸에 심상치 않은 변화가 생겼음을 깨달았다.

그날 밤, 은밀히 불려 온 의녀 출신 궁녀가 양이의 맥을 짚었다. 임신이었다.

박씨가 나지막이 물었다.

"누구의 아기더냐."

하지만 양이는 넋이 나간 채 아무 대답도 하지 못했다. 박씨 또한 더 이상 묻지 않았다. 양이에게는 청천벽력과도 같은 일이었다.

'임신이라니, 그분의 씨앗을 품게 되다니…'

액정궁 안에서 황제의 씨앗이 아닌 임신은 곧 죽음이었다. 서서히 배가 불러 올 것이고 발각되고 말 것이었다. 그렇다고 액정궁을 탈출하기는 불가능했다. 망연해 하는 양이에게 박씨가 복대를 가져다 주었다. 불행 중 다행으로 이곳 박씨의 후궁전에는 고려 출신 궁녀들이 많았다. 액정궁의 다른 어느 곳보다 안전하다는 뜻이었다.

박씨가 양이의 두 손을 꼭 잡았다.

"어떡하든 함께 아기를 살려보자꾸나."

이제 양이는 여자임을 숨기려고 가슴을 감쌌던 복대를 배에 둘러야 했다. 복대를 감아 주던 박씨에게 양이가 조용히 물었다.

"그자를 죽이고 싶었던 적이 없으셨나요?"

"누구 말이냐."

"우리에게서 고향과 가족을 빼앗은 그자, 원나라 황제 말입니다."

현빈 박씨가 깊은 한숨을 내쉬었다.

"나도 처음에는 그런 생각을 했었지. 그러나 용기도 없었거니와 그 뒤에 몰아칠 폭풍이 두려웠다. 내가 그분의 목숨을 거두면 이곳에 와 있는 다른 고려 출신 궁녀들이 모두 죽임을 당할 것이 불을 보듯 뻔했으니. 안 그래도 가여운 이들이 아니냐. 그래서 마음먹었다. 내 차라리 이곳에서 보란 듯이 성공하겠다고. 황제의 마음을 사로잡아 가장 힘 있는 후궁이 되리라고. 그리되면 내 힘으로 많은 고려인들을 보살펴 줄 수 있을 것이니 말이다."

양이는 그 말에 충격을 받았다. 끝내 살아남는 것, 살아서 성공하는 것, 성공해서 저들에게 복수하는 것. 그런 길도 있다는 것을 양이는 미처 생각지 못했었다. 박씨가 품은 삶의 의지는 양이가 품은 죽음에 대한 의지보다 더 숭고했다. 양이는 박씨를 통해 비로소 깨달았다. 삶을 통해 더 큰 것을 이룰 수 있다는 사실을. 그리고 결심했다.

'이제는 살아남기 위한 사투를 벌이리라. 뱃속의 아기를

위해서라도 반드시 살아남으리라.'

 복대로 아기를 감싸며 양이는 새로운 목표를 마음에 새겼다. 그것은 바로 생존이었다.


 황궁 안의 분위기가 심상치 않았다. 연철 앞에 끌려온 늙은 사내, 그는 순제의 아버지인 명종황제가 암살을 당했을 때 측근에서 모시던 환관이었다. 명종은 죽기 전에 암살을 직감하고 손가락을 베어 혈서를 썼다. 오래전부터 연철은 그 혈서의 행방을 찾고 있었다. 그러던 중 현장을 목격한 유일한 생존자를 잡아 온 것이었다.

 겁에 질린 늙은 사내가 충격적인 말을 토해 냈다.

 "그, 그 혈서는 외부로 유출되지 않았습니다. 지금도 분명 궁 안 어딘가에 있을 것입니다."

 연철은 혈서를 찾기 위해 혈안이 되었다. 그러나 이 사실을 다른 신료들이나 황제가 알면 걷잡을 수 없는 혼란이 일어날 터, 혈서를 쫓는 추격전은 은밀하고도 치밀하게 진행되어야 했다.

 연철이 가장 의심하는 곳은 액정궁이었다. 명종이 죽기 전까지 머물렀던 곳이고, 외부인의 출입이 철저하게 통제된 곳이기도 했다. 혈서가 오랫동안 궁 안 어딘가에서 보관될 수 있었다면 그곳은 액정궁일 가능성이 가장 높았다.

하지만 액정궁을 수색하는 일은 쉽지 않았다. 군사를 풀어 액정궁으로 들이닥친다면 그 소식이 당장에 순제의 귀에 들어갈 것이고, 혈서의 존재가 세상에 알려지면 천하의 연철이라도 황제를 죽인 대역죄를 벗을 길이 없었기 때문이었다.

독만을 불러들인 연철이 명했다.

"은밀히 혈서의 행방을 찾으라."

황궁 안에서 잔뼈가 굵은 독만은 혈서의 존재에 대해서 어렴풋이나마 알고 있는 몇 안 되는 인물 중 하나였다. 독만은 양자인 고용보를 비롯한 몇몇 심복 환관들과 함께 은밀히 액정궁 안을 뒤지기 시작했다. 참으로 무섭고도 두려운 일이었으나 독만으로서는 연철의 명을 거역할 수 없었다.

눈치 빠른 양이는 액정궁 안에 심상치 않은 일이 벌어지고 있음을 알아챘다. 하지만 그 진상이 무언지는 알 길이 없었다. 그보다는 나날이 불러 오는 배를 복대로 감추는 일이 시급했다.

혈서를 찾지 못했다는 독만의 보고에 연철은 낙심했다. 성질 급한 당기세는 동생 탑자해의 만류에도 불구하고 군사를 이끌고 액정궁으로 들이쳤다. 평온했던 금남의 구역이 군사의 군홧발에 짓밟혔다.

막아선 환관들과 궁녀들을 무력으로 진압하자, 분노한 독만이 무장한 환관들을 이끌고 당기세의 군사와 맞섰다. 이 잡듯이 뒤졌지만 혈서를 끝내 찾지 못한 당기세는 자신에게 맞서는 환관들을 보자 이성을 잃었다. 마치 화풀이라도 하듯 모두 죽일 기세였지만 독만과 환관들 역시 쉽게 물러서지 않았다. 이때, 백안이 나서며 그들을 말렸다. 독만 휘하에서 액정궁을 지키는 환관들의 무술 실력은 대단했다. 무력 충돌이라도 일어나면 어느 쪽도 무사하지 못할 상황이었다.

분기를 참지 못하고 돌아온 당기세는 아비인 연철이 집어 던진 화병에 머리를 맞았다. 연철은 신중하지 못한 아들놈이 한심했다. 액정궁에서 그 소란을 떨었으니 황제와 조당의 신료들이 눈치를 챘을 것이었다.

순제는 분기를 참을 수 없었다. 아무리 허수아비 같은 황제라지만 액정궁을 짓밟는 것은 자신에 대한 노골적인 무시와 도전이었다. 신료들도 당기세를 처벌해야 한다며 분개했다.

일이 터진 곳은 태후전이었다. 대노한 황태후가 연철을 불러들였다.

"이게 도무지 가당키나 한 일이오?"

천하의 연철이었지만 황태후 앞에서는 고개를 숙였다.

"송구합니다."

"혹시, 혹시 말이오. 액정궁에 들어간 연유가 승하하신 명종황제의 혈서를 찾기 위함이 아니었소?"

연철은 크게 당황했다. 하지만 시치미를 떼고 부러 강한 어조로 되물었다.

"그 무슨 말씀이신지요? 혈서라니요?"

"전에 들었던 풍문이 생각났을 뿐이니 승상이 모른다면 새삼 알 필요 없소."

황태후는 서둘러 입을 닫았다.

태후전을 나선 연철은 모골이 송연해짐을 느꼈다. 공연한 짓을 해 애써 잠재웠던 소문을 다시 일으킨 셈이었다. 연철은 당장 당기세에게 쫓아갔다. 그러고는 분기를 참지 못하고 또다시 매질을 해 댔다.

"멍청한 놈, 어리석은 놈, 애비 힘만 믿고 날뛰는 망나니 같은 놈! 내 너를 믿고 어찌 천하를 도모하겠느냐!"

황궁 안에 불어닥친 이상한 기류를 감지한 충혜왕도 방신우와 박불화에게 명해 상황을 알아보게 했다.

"죽은 명종황제의 혈서라…."

만약 혈서가 존재한다면 그것이 어떤 파국을 가져올지 불을 보듯 뻔한 일이었다. 혈서를 잘만 이용한다면 연철 일가를 멸족시킬 수도 있을 것이었다. 연철만 제거된다면 충혜왕은 다시 고려로 복권되어 돌아갈 수 있을 터, 원의 속박에서 벗어나 자주적인 고려를 되찾기 위해선 연철을 중심으로 한 원나라 강경파들을 먼저 없애야 했다.

충혜왕이 방신우에게 명했다.

"급히 양이를 만나야겠다. 방도를 찾아라."

액정궁 안에 있는 혈서를 찾으려면 양이의 도움이 절실했다. 양이와 충혜왕의 연락을 철저히 차단했던 방신우였으나 이번만큼은 나서야 했다. 고려의 앞날을 위해서 그 혈서가 얼마나 중요한 것인지 방신우도 잘 알고 있었다.


노상궁은 하루에도 몇 번씩 명종황제의 성은을 입었다며 헛소리를 해 댔다. 노상궁을 돌보며 숙소를 같이 쓰는 양이는 이젠 웬만한 말은 한 귀로 듣고 한 귀로 흘려버리곤 했다. 간혹 정신이 돌아올 때면 노상궁은 양이를 딸처럼 아끼고 살펴 주었다. 홀몸이 아니니 잘 먹어야 한다며 숨겨 두었던 떡을 건네는 노상궁에게 양이는 깊은 정을 느끼곤 했다.

어느 날, 노상궁의 귀를 파 주던 양이는 뜻밖의 말을 들었다.

"사람들이 찾는 거 말이다."

양이가 무심히 되물었다.

"뭐요?"

"명종황제 혈서. 그거 나한테 있는데, 아무도 모르나 봐."

양이가 고개를 갸웃했다. 믿어야 할지 말아야 할지 알 수가 없었기 때문이다. 노상궁은 상관하지 않고 말을 이었다.

"나한테 성은을 내리신 명종황제께서 말이야. 혈서를 쓰셨거든. 피를 토하고 돌아가시기 전에 복수를 다짐하면서."

제법 그럴듯한 노상궁의 말에 양이가 다시 물었다.

"황제께서 혈서를요? 피를 토하시기 전에요?"

"피? 그거 아퍼. 무서워. 저리 가. 저리 가란 말이야."

노상궁은 다시 어린아이가 되고 말았다. 뭔가를 더 알아내기는 그른 일이었다. 그러나 양이는 본능적으로 뭔가 심상치 않음을 느꼈다.

그때, 고용보가 양이를 찾아와 서찰 한 통을 전해 주었다. 그는 돈이 되는 일이라면 뭐든 하기로 악명이 높은 자였다. 외로움에 지친 궁녀들에게 은밀히 남자들을 대 주고 돈을 챙긴다는 소문도 돌았다.

양이가 의아한 얼굴로 서찰을 펼쳤다.

'충혜왕께서, 오늘 밤 후궁전 밖에서 기다리실 것이오. 충혜왕께서, 충혜왕께서….'

양이는 한 줄의 서찰을 읽고 또 읽었다. 어느새 두 눈에는 눈물이 그렁그렁했다.

그것은 방신우가 보낸 서찰이었다. 방신우는 친구인 독만에게 직접 부탁하는 대신 그의 양자인 고용보를 찾았다. 혈서에 관한 일인지라 차라리 뇌물을 써서 기별을 전하는 편이 안전하다는 판단에서였다.

양이는 떨리는 마음을 주체하기 어려웠다. 손바닥만 한 청동거울을 들여다보며 단장을 하기 시작했으나 두 뺨은 이미 연지를 바른 듯 붉었다.

옆에서 깊이 잠든 노상궁의 잠꼬대 소리가 들려왔다.

"곱다, 참 고와."

테두리에 보석이 박힌 거울은 노상궁이 준 것이었다. 명종황제께서 하사했다며 노상궁이 애지중지하던 거울이었다. 입술에 고운 색을 바르는 양이의 손이 자꾸만 떨리고 있었다.

충혜왕과의 만남은 짧았다. 양이는 애써 눈물을 참으며 밝은 모습으로 충혜왕과 마주했다. 혈서를 꼭 찾으라며 당부하는 충혜왕에게 뱃속의 아기 얘기를 끝내 입에 담지 못했다. 양이는 대의를 품고 있는 사내에게 짐을 지울 수는 없었기 때문이었다.

담벼락 너머에서 시간이 없다고 재촉하는 방신우의 목소리가 들려왔다. 충혜왕은 양이를 껴안고 깊은 입맞춤을 했다. 달빛 아래 두 사람의 그림자가 안타깝게 일렁거렸다.

양이가 돌아왔을 때, 처소에는 뜻밖에도 독만이 와 있었다.
독만이 날카롭게 추궁했다.
"어딜 다녀왔느냐."
양이가 침착하게 둘러댔다.
"송구합니다. 노상궁 마마께서 숨바꼭질을 하자고 하셔서 숨어 있다가 그만 깜박 잠이 들어…."
독만은 종일 서실에서 지난날의 궁정 기록들을 살펴보았다. 그리고 명종황제가 죽기 전 마지막 시중을 노상궁이 들었음을 확인하고 오는 길이었다.
독만이 심각하게 물었다.
"노상궁으로부터 이상한 소리를 들은 적이 없느냐."
혈서가 액정궁에 있다면 어쩌면 노상궁이 그 비밀의 열쇠를 쥐고 있을지도 모른다는 생각이었다. 그러나 치매에 걸린 노상궁으로부터 온전한 이야기를 듣기란 불가능한 일이었다.
양이는 시치미를 떼었다.
"전혀 들은 바가 없사옵니다. 요즘은 제대로 된 말씀을 하시기도 힘든 터라…."
"무슨 말을 하던, 귀 기울여 잘 들어 두도록 하여라."

양이가 머리를 조아렸다.

독만이 나가려는 순간, 잠에서 깬 노상궁이 낄낄거렸다.

"그 혈서 찾는 거야? 그거 나한테 있는데. 이히히히."

두 눈이 휘둥그레진 독만이 노상궁을 살살 달랬다.

"그랬구먼. 얼른 가져오시게."

"쟤한테 줬지. 하도 고와서."

노상궁이 천진난만한 눈빛으로 양이를 가리켰다.

"어서 버려. 그거 갖고 있으면 너도 죽는다. 다 죽어. 그거, 저주받은 물건이거든. 히히히. 얼른 버려."

독만이 양이를 잡아먹을 듯 노려봤다.

"좋은 말로 할 때 어서 내어놓아라."

양이는 말문이 막혔다. 혈서가 있을 리 만무했던 것이다.

"그런 것은 본 적도 없습니다, 태감 어른. 혈서라니요. 마마님은 제게 아무것도 주신 일이 없습니다."

"당장 이년을 끌어내 옥에 가두어라!"

군사들이 양이를 포박해 질질 끌고 갔다.

"억울합니다, 태감 어른. 저는 모르는 일입니다."

"너한테 있는데. 내가 너 줬잖아. 버려, 얼른 버려. 아, 곱다. 이히히히."

노상궁이 멀어지는 양이를 향해 계속 키득거렸다.

뜻하지 않은 위기였다. 옥에 갇힌 양이는 목이 쉬도록 자신의 결백을 주장했다. 순간 독만은 갈등했다. 방금 전, 노상궁이 혈서가 대체 무어냐며 또다시 헛소리를 하기 시작했던 것이다. 정신이 오락가락하는 노상궁의 말을 다 믿을 수는 없는 노릇이었다. 하지만 이대로 의심의 끈을 놓아 버리면 영영 혈서의 행방을 찾지 못할 수도 있었다.

때마침 환관 한 명이 독만에게 찾아와 속삭였다.

"충혜왕과 양이가 은밀히 만나는 것을 제 두 눈으로 분명히 보았습니다."

독만의 눈빛이 날카롭게 변했다.

"당장 이년을 끌어내 족쳐라!"

고문이라니, 양이는 절망했다. 두려워서가 아니었다. 뱃속의 아기가 염려되었기 때문이었다.

고문이 막 자행되려던 그때, 양이는 독만에게 차분한 어조로 청했다.

"태감 어른과 독대할 수 있었으면 합니다."

독만이 주위를 물렸다. 그리고 단둘이 있는 자리에서 독만이 다그쳤다.

"이제 그만 고집부리고, 어서 혈서의 행방을 밝혀라."

하지만 양이는 아무 대답도 하지 않았다. 대신 천천히 복대를 풀어 보였다. 독만의 표정이 굳어졌다. 액정궁에서의 임신은 곧 죽음을 의미했다.

마침내 양이가 입을 열었다.

"하늘을 우러러 맹세컨대, 저는 절대 혈서를 가지고 있지 않습니다."

독만이 차갑게 물었다.

"그러면 충혜왕은 왜 만난 것이냐."

"아기를 살리기 위해서였습니다."

"그것이 무슨 소리냐?"

"그분의… 그분의 아기를 가졌나이다."

독만은 그만 숨이 멎는 줄만 알았다. 이제 혈서에 대한 의혹은 다 풀린 상황이었다.

양이가 독만 앞에 무릎을 꿇었다.

"제발 아기를 살려 주십시오. 제발…."

그러나 궁녀의 몸으로 왕이 아닌 사내의 아이를 가진 것은 도저히 용서할 수 없는 일이었다. 한 번도 규율을 위반해 본 적이 없는 독만이었다.

독만이 차갑게 말했다.

"내일 아침 수은이 담긴 종지가 배달될 것이니, 스스로 목숨을 끊어라."

독만이 모질게 자리를 털고 일어서는데 양이가 울부짖었다.

"태감 어른께도 고려인의 피가 흐르고 있습니다!"

독만은 돌처럼 굳었다.

"아무리 감추려 해도 피를 속일 수는 없는 법. 고려인이라면 고려의 왕손을 함부로 죽일 수 없을 것입니다!"

독만이 격노했다.

"고려는 날 버렸다! 내 가족을 죽인 것은 원나라가 아니라 고려 왕실의 무능과 무책임이다! 그런데 내가 왜 고려의 왕손을 지켜야 한단 말이냐!"

독만이 자리를 박차고 나갔다.

그날 밤, 양이는 하염없이 눈물만 흘렸다.

독만 역시 뜬눈으로 하얗게 밤을 지새우고 있었다.

'고려… 고려의 피… 고려인…'

독만은 원나라로 끌려온 수십 년 동안 단 한 번도 마음에 담지 않은 말이었다. 아니, 어쩌면 마음 깊숙한 곳에서 끄집어내기를 꺼리고 있었는지도 몰랐다. 어느새 독만의 독사 같은 두 눈이 홍건히 젖고 있었.

'대체 핏줄이 무엇이던가, 모국이 대체 무엇이던가…'

다음 날, 양이를 찾아온 독만의 손에는 사발이 들려 있었다. 그러나 그 안에 담긴 것은 수은이 아닌 보약이었다. 스스로 규율을 깨고 양이의 일을 눈감아 주기로 마음먹었던 것이다.

독만에게 고려를 위한 일은 이것이 처음이자 마지막이 될 것이었다.

 후궁전을 찾는 순제의 모습이 결연했다. 아무도 그 이유를 몰랐다. 박씨 처소에서 차를 시키자 양이가 찻상을 들고 들어섰다. 순제가 박씨 처소에 오면 제일 먼저 하는 일이 차를 마시는 일이었다. 언제부터인가 순제는 양이를 알아보고 있었다.

 처음 심중에 품은 의심이 확신으로 변했을 때 순제의 놀라움은 대단했다. 그러나 내색할 수 없었다. 양이가 남자였다면 그 놀라움과 반가움을 숨기지 않았을 것이었다. 그러나 여자가 되어 있는 양이에게 순제는 선뜻 알은체를 할 수가 없었다. 양이의 아버지를 죽게 했다는 죄책감 때문만은 아니었다. 무엇을 어떻게 시작해야 할지 갈피를 잡지 못했던 것이다. 하지만 순제는 더 이상 참을 수가 없었다. 어찌 되었든 오늘은 예전의 승냥이라는 아니 눈앞에 나타난 양이란 여인을 직접 만나 볼 요량이었다.

 양이 또한 순제의 시선을 느끼고 있었다. 박씨를 보필하게 된 이상 피할 수 없는 일임을 잘 알고 있었다. 피할 수 없다면 당당히 맞서야 한다는 것이 양이가 공녀로 이곳까지 끌려오면서 느낀 생존의 법칙이었다. 그러나 막상 순제를 대면했을 때 양이는 스스로 어찌 변할지 몰랐다. 내재되어 있던 분노와 원한이 어찌 분출될지 스스로도 두려웠던 것이다.

그날 밤, 순제는 후궁전의 서실에서 책을 펼쳐 놓고 있었다. 잠시 후, 부름을 받은 양이가 찻상을 들고 들어섰다.
순제가 명했다.
"고개를 들어라."
양이는 고개를 들고 순제를 똑바로 쳐다봤다. 궁녀가 감히 황제에게 고개를 처들 수는 없는 법이었다.
'저 눈빛!'
당돌하고 고집 세며 형형한 그 눈빛은 분명 대청도에서 자신을 때려눕혔던 양이의 것이었다.
순제는 마치 다른 사람 대하듯 양이를 앞에 두고 고려에 관한 이야기를 했다. 고려에서 만났던 승냥이에 대한 이야기였다. 양이는 이를 앙다문 채 순제를 노려보고 있었다.
"그놈의 애비는 나 때문에 죽었지. 헌데, 넌 그놈을 참으로 많이 닮았구나…."
순제가 손을 뻗어 얼굴을 만지려 하자 양이가 황제의 뺨을 후려쳤다.
잠시 침묵이 흘렀다. 황제는 표정 하나 변하지 않았지만 때린 양이의 눈가는 시퍼런 독기와 함께 젖어 있었다.
"그놈도 그랬지…. 감히 내게 주먹질을 해 댔어."

양이가 입을 열고 갈라진 음성으로 말했다.

"언제고… 널 반드시 죽일 것이다."

순제는 태연히 차를 마셨다.

"내 용서는 이번이 마지막이다. 네 복수도 이것으로 마지막이 되어야 한다."

순제는 차를 따르며 말을 이어 갔다.

"난 언제든지 널 가질 수 있다. 나는 황제고 너는 궁녀이니…."

또다시 뺨을 때리려는 양이의 손을 순제가 낚아챘다.

"난 승냥이란 놈을 무척 그리워했다. 그놈이 더 이상 그립지 아니할 때까지 난 널 곁에 두고 볼 것이다…."

그들의 질긴 인연은 마침내 먼 이국땅에서 다시 이어졌다. 유배당한 몸은 황제가 되어 있고, 거칠기 짝이 없던 사내놈은 곱디고운 여인이 되어 있었다. 그러나 기막힌 인연치고는 그 해후가 너무도 무거웠다.

순제가 나가자 양이는 어둠 속에서 소리 없이 눈물을 흘렸다. 눌렀던 분기가 액화되어 나오는 눈물이었고, 지난날의 상처가 다시 짓물러 나오는 눈물이었다.

후궁전으로 향하는 순제의 발걸음이 부쩍 바빠졌다. 타나실리는 박씨를 저주하며 질투했지만 순제의 발길을 잡아끄는 사람은 박씨가 아닌 궁녀 양이였다. 비록 그녀의 모습을 보는 것은 아주 잠시였고, 어쩌다 말을 건네도 싸늘한 시선만 돌아왔으나 상관없었다. 순제는 그렇게라도 양이를 보고 싶었다. 아직까지는 온전한 연정도 아니었다. 그저 마음이 시키고 있었다.

# 청동거울의 비밀

어느 날, 양이는 한약 한 종지를 들고 박씨 처소에 들었다. 언제부턴가 후궁전 어의가 은밀히 박씨에게 먹이는 약이었다.

양이가 궁금해 박씨에게 물었다.

"이것이 무슨 약인지 여쭈어도 되겠습니까."

박씨가 수줍게 답했다.

"내 실은 회임을 하였다."

박씨는 많이 들떠 있었다. 회임이라니, 박씨가 황제의 아기를 가지게 된 것이었다. 그것은 모든 후궁들의 꿈이자 목표였다.

그러나 양이는 소스라치게 놀랐다.

"그 사실을 황제께서 아시옵니까?"

"아직 말씀드리지 않았다. 다음에 후궁전에 오시거든 내 직접 말씀드릴 참이다. 경사스러운 일이니 말이다."

"송구하오나, 절대 아니 되옵니다. 부디 비밀에 부치십시오."

"그 무슨 말이냐?"

"황제의 정실황후인 타나실리는 아직까지 태기가 없습니다. 때문에 이 사실을 알면 무슨 봉변을 당할지 모릅니다. 그러니 좀 더 시간을 갖고 차분한 대응책을 마련한 후에 밝혀야 할 것입니다."

"그렇구나. 그렇구나."

박씨는 그제야 사태가 녹록지 않음을 깨달았다.

참으로 처지가 비슷한 두 사람이었다. 한 명은 원나라 황제의 아기를 가졌고, 또 한 명은 고려 국왕의 씨앗을 품고 있었다. 그러나 어미인 그들에게는 뱃속 고귀한 생명들이 어떤 칼이나 독보다도 위험했다. 그렇게 두 사람은 동병상련의 아픔으로 서로를 위로하고 있었다.

황궁 안에는 벽에도 귀가 있었다. 현빈 박씨 처소에도 타나실리가 심어 놓은 첩자들이 있었다. 박씨가 보약을 음복하고 있다는 소식을 들은 타나실리는 당장 어의를 잡아들였다. 겁에 질린 어의는 그 보약이 임산부의 기혈을 돕는 약이라고 털어놓고 말았다.

타나실리에게는 하늘이 무너져 내리는 소식이었다. 정실 황후인 자신보다도 고려의 천한 후궁이 먼저 황제의 씨를 품었다니 도저히 용납할 수 없는 일이었다. 연철과 두 오빠인 당기세, 탑자해는 길길이 날뛰며 아직까지 회임을 하지 못한 타나실리를 책망했다.

어의를 시켜 박씨를 독살시키겠다는 타나실리를 만류한 사람은 왕고였다. 왕고는 예전에 원나라에 머물면서 타나실리에게 학문과 예절을 가르친 적이 있었다. 타나실리에게는 스승인 셈이었다.

조당에는 타나실리의 거침없는 언행 때문에 불만을 품은 많은 대신들이 있었다. 만에 하나 황제의 자식을 잉태한 박씨를 독살했다는 사실이 밝혀진다면 그들은 절대 타나실리의 편에 서지 않을 것이었다. 자칫 조당이 들고 일어선다면 폐위까지 당할 수 있는 위험천만한 일이었다.

왕고는 다른 방법을 제시했다. 박씨를 죽이려면 명분이 필요했다. 그가 내세운 명분이란 참으로 교활하고 잔인했다. 왕고의 은밀한 계략을 전해 들으며 연철과 당기세, 탑자해는 연신 고개를 끄덕거리며 무릎을 쳤다. 표독한 기운을 뿜어내던 타나실리의 미간에 어느덧 옅은 웃음기가 흐르고 있었다.

며칠 후, 대규모 사냥 대회가 열렸다. 황제와 대신들이 모두 참석하여 보름 동안이나 계속되는 국가 행사였다. 사냥 행렬이 후궁전 앞을 지나고 있었다. 순제가 곁에 있던 충혜왕에게 넌지시 말했다.

"전에 얘기했던 승냥이란 놈 말이오."

순제가 그의 표정을 살피며 말을 이었다.

"내 그놈을 만났소."

충혜왕의 표정이 굳어졌다.

"그놈이 글쎄 궁녀가 되어 액정궁 안에 있지 뭡니까."

"예…."

"어째 그대는 별로 놀라지 않는군. 미리 알고 있기라도 했던 것처럼 말이오. 나는 천지가 개벽이라도 한 줄 알았거늘. 사내였던 놈이 계집이 되어 나타났으니 어찌 아니 그렇겠소."

두 사람 사이에 팽팽한 긴장감이 흘렀다. 충혜왕은 잠시 말을 아꼈다. 궁녀는 황제의 여자였다. 순제가 마음먹으면 얼마든지 양이를 가질 수 있다는 뜻이었다.

"무슨 말씀들을 그리 재미나게 나누십니까?"

타나실리였다. 질문은 순제에게 던진 듯했지만 그녀의 뜨거운 눈빛은 충혜왕에게 가 있었다. 그 모습이 불편한 듯 순제가 헛기침을 한 번 하고는 슬그머니 앞서 나갔다. 충혜왕도 타나실리에게 가벼운 목례를 하고 순제의 뒤를 따랐다. 타나실리는 말에 오른 충혜왕의 뒷모습을 오래도록 바라보고 서 있었다.

사냥 행렬을 배웅하고 돌아오며 후궁전을 노려보는 타나실리의 눈빛에 살기가 돋아 있었다.

"내 오늘만을 손꼽아 기다려 왔느니…."

황제와 대신들이 궁을 비우자마자, 타나실리가 바삐 움직이기 시작했다.

오후에 타나실리가 태후전에 들었다.

"태후마마, 적적하실 듯하여 찻상을 준비하였습니다."

"어서 오시게. 안 그래도 궁 안이 텅 빈 듯하여 서운하던 터인데."

황태후가 그녀를 반갑게 맞았다. 하지만 첫 번째 찻잔을 비우기도 전에 염병수가 한 사내를 끌고 태후전에 들었다. 타나실리가 호들갑을 떨었다.

"이게 웬 소란이냐?"

"고려 출신인 이자가 두 분 마마님께 고할 것이 있다 하옵니다."

염병수가 장단을 맞추었다. 그리고는 무릎을 꿇은 채 덜

덜 떨고 있는 사내를 윽박질렀다.

"어서 사실대로 말씀 올리거라. 네가 궁 안의 어떤 여인과 정을 통했다고?"

"바, 바, 박씨이옵니다."

황태후의 두 눈이 휘둥그레졌다.

"지금 박씨라 했느냐?"

"예…."

"혹시 후궁전의 현빈 박씨를 말하는 것이더냐?"

"예…."

"어찌 이리 해괴망측한 일이!"

이어서 어의영감이 들어왔다.

타나실리가 쏘아보며 물었다.

"자네는 또 어인 일인가?"

어의가 타나실리의 눈치를 슬슬 보며 입을 열었다.

"그것이… 후궁전 박씨께서 회임을 하셨나이다."

황태후가 들고 있던 찻잔을 떨어뜨렸다.

"황궁 안에서 어찌 이리 불경스러운 일이 벌어졌단 말이냐. 너는 도대체 어찌 현빈을 만났느냐?"

"고려에서부터 알고 지내던 여인이온데, 잊지 못해 원나라까지 따라왔습니다. 제 사연을 안타깝게 여긴 고려 출신 궁녀들의 도움으로 후궁전을 출입할 수 있었습니다."

사내는 고려 출신 궁녀들까지 공범으로 몰았다. 물론 그는 염병수에게 매수된 자였다. 그 일만 끝나면 엄청난 재물을 받고 고려로 돌아가게 약조되어 있었다.

타나실리가 길길이 날뛰었다.

"황태후 마마, 당장 죄인들을 능지처참하소서. 이는 황제 폐하께서 돌아오실 때까지 기다릴 수 없는 급박한 사안입니다. 부디 결단을 내리시어 황실의 무너진 기강을 바로잡아 주소서!"

"그리하라. 황후가 아비와 함께 알아서 처리하도록 하라."

이제 후궁전은 불바다가 될 것이었다.

태후전의 상황을 미리 알게 된 독만은 급히 방신우를 만났다.

"그것이 사실인가…."

방신우는 양이가 충혜왕의 아기를 가졌다는 사실에 크게 놀랐다. 대의를 품고 다시 고려의 국왕으로 돌아가야 할 충혜왕에게 양이의 회임은 가당치도 않은 일이었다. 그러나 그 아기까지 모른 척할 수는 없었다. 어찌 되었든 충혜왕의 자식이 아니던가. 방신우와 독만은 심복인 박불화와 고용보를 시켜 양이를 궁 밖으로 빼내기로 마음먹었다. 자신들의 목숨까지 내건 위험한 결정이었다.

사태를 알게 된 양이가 황급히 박씨를 만났다. 박불화와 고용보의 만류도 소용없었다.

"지금 당장 저와 함께 궁 밖으로 나가셔야 합니다."

"폐하께서 돌아오시면 누명임이 밝혀질 터, 나는 그때까지 후궁전을 지킬 것이다."

도무지 상황을 믿으려 하지 않는 박씨가 고집을 피웠다.

"마마, 폐하께서 돌아오시기 전에 황후가 분명 손을 쓸 것입니다. 마마의 목숨을 거둬 갈 것이란 말씀입니다. 일단은 태중의 아기씨부터 살려야 하질 않겠습니까."

박씨가 가만히 고개를 끄덕였다.

"그래, 네 말도 옳다…."

"예, 우선 소낙비부터 피하세요. 괜히 비를 맞고 고뿔에 걸릴 필요는 없지 않습니까. 비가 그친 뒤에 다시 돌아오시면 될 것입니다."

박씨가 몸을 일으키며 결연한 표정으로 말했다.

"너와 함께 갈 것이다."

박씨와 양이가 박불화, 고용보와 함께 궁을 빠져나가자마자 후궁전으로 군사들이 들이닥쳤다. 그들은 후궁전의 궁녀들을 모조리 잡아들였다.

하지만 박씨의 모습이 보이지 않자 타나실리는 분노했다.

"아니, 현빈은 도대체 어디에 있는 것이냐?"

"후궁 한 명과 궁을 빠져나간 듯합니다."

왕고가 타나실리 못지않게 성난 표정으로 답했다. 양이의 모습 또한 보이지 않았기 때문이었다. 이번 계략을 세운 것은 후궁전에 와 있는 양이까지 죽이기 위함이었다. 그런데 공연히 잘못 던진 돌에 놀란 새 두 마리가 멀리 날아가 버린 격이었다.

타나실리가 펄쩍펄쩍 뛰었다.

"이런, 어서 쫓아라!"

"예, 마마. 이미 추격대를 보냈습니다. 아직 그리 멀리 가지는 못했을 것입니다."

겨우 양이와 박씨를 궁 밖으로 빼돌렸지만 추격대가 문제였다. 처음부터 양이만 빼돌렸다면 이런 문제는 없었을 것이었다. 하지만 현빈 박씨가 있는 한 추격대는 지옥 끝까지라도 쫓아올 것이 불을 보듯 뻔했다.

고용보가 내내 투덜거렸다.

"이거 참, 이래서 어느 천년에 안전한 곳으로 몸을 숨기겠소. 어느 천년에 말이오."

"그 입 좀 다무시게!"

박불화가 버럭 화를 내기는 했지만 고용보의 말이 옳았다. 사태가 심각했다. 이대로 가다간 모두가 잡힐 판이었다.

"이쯤에서 추격대를 따돌려야겠네."

고용보가 손사래를 쳤다.

"자네 혼자 하시게. 난 이쯤에서 도망쳐야겠으니. 살아야겠다는 말일세. 날 버린 마누라 덕분에 죽다 살아난 목숨일세. 억울해서라도 난 천수를 누릴 것이란 말이네."

"양이 너는 마마를 모시고 저쪽으로 가거라. 우리는 이리 갈 터이니. 그럼 나중에 보자."

"글쎄, 나는 안 간대도 그러네."

박불화가 투덜거리는 고용보를 강제로 끌고 추격대를 유인하기 시작했다. 처음에는 박불화의 의도대로 성공하는 듯했다. 하지만 얼마 지나지 않아 눈치 빠른 염병수가 도망자들이 둘로 갈렸음을 간파하고 양이와 박씨를 추격하기 시작했다.

산비탈에서 넘어지고 구르기를 수십 번. 임신을 한 몸으로 도망치기에는 너무도 험한 산길이었다.

"일어나세요, 마마. 일어나셔야 합니다."

자신을 일으켜 세우며 악착같이 함께 도망치려는 양이에게 박씨는 가쁜 숨을 몰아쉬며 고개를 저었다.

"가거라. 이대로라면 둘 다 죽을 것이다…."

양이가 고개를 가로저었다.

"그 무슨 말씀이십니까. 어서 일어나세요, 마마."

"너라도 살아라. 꼭 살아서… 고려인의 한을 전해 주어라.

뱃속의 아기만은 이런 험한 꼴을 당하지 않게…. 다음 생에는 우리 진짜 자매로 태어나자꾸나."

박씨가 양이의 꼭 잡은 두 손을 매몰차게 떼어 냈다. 그러고는 부러 염병수의 눈에 띈 후, 양이와 반대쪽으로 걸음을 옮겼다. 양이에게는 피붙이보다 가깝게 지낸 고마운 사람이었다. 그런 박씨가 자신을 보호하려 하고 있었다. 이미 돌이킬 수 없는 일이었다. 양이도 떨어지지 않는 걸음을 떼어 달리기 시작했다.

잠시 후, 돌아보았을 때 박씨는 양이를 뒤쫓으려는 염병수의 두 다리를 꽉 움켜쥐고 있었다. 순간 약이 바짝 오른 염병수의 칼날이 박씨의 뱃속 깊숙이 박혔다. 박씨 대신 양이의 입에서 비명이 터져 나왔다. 그러나 지체할 수 없었다. 양이는 달리고 또 달렸다. 하지만 눈물이 흘러 앞이 잘 보이지 않았다. 박씨의 고통이 고스란히 느껴져 양이는 가슴이 찢어질 듯 아팠다. 멀고 먼 원나라 첩첩산중에서 홀로 세상을 떠난 박씨가 양이는 가엽고 또 가여웠다. 다시 한 번 박씨의 모습을 볼 수 있을까 뒤를 돌아본 순간, 허공을 뚫고 날아온 화살이 양이의 가슴팍에 꽂혔다.

"아악!"

양이가 외마디 비명을 지르며 계곡 밑으로 굴러떨어졌다. 염병수가 당도해서 내려다보았을 때에는 까맣게 깊은 계곡 끝에서 물소리만 들려왔다. 저리 깊고 험하다면 멀쩡하게 떨어졌어도 살아남기는커녕 시신을 찾기도 불가능할 터였다. 게다가 양이는 가슴에 화살까지 맞은 상태였다.

"박씨의 시신만 수습해서 돌아간다!"

추격대를 향한 염병수의 호령이 골짜기에 울려 퍼졌다.

작은 동굴에 몸을 숨긴 양이는 사시나무 떨듯 떨며 상처를 살폈다. 다행히 화살은 가슴에 품고 있던 청동거울에 맞았다. 노상궁이 주었던 바로 그 거울이 양이의 목숨을 구했던 것이다. 양이가 청동거울을 무심히 바라봤다. 화살에 뚫려 한가운데가 일그러진 거울 속으로 맛난 것을 건네는 노상궁과 환하게 미소 짓는 박씨의 얼굴이 흘러갔다. 양이의 두 눈에 눈물이 고였다.

그때, 양이의 흐릿한 시선에 뭔가가 들어왔다. 뚫린 거울 사이로 뭔가가 비쭉 나와 있었던 것이다. 양이가 이를 조심스럽게 잡아당겼다. 다행히 한 번에 쏙 빠져나왔다. 그것은 다름 아닌 비단 조각이었다. 양이가 핏물이 든 비단 천을 조심스럽게 펼쳤다. 그리고 그 위에 피로 적힌 글자를 하나하나 읽어 내려갔다.

'나와 내 아들을 죽인 자는 연철목아와 그 일족들이다. 아들아, 원수를 갚아 달라…'

피로 쓴 글씨. 양이는 직감적으로 그것이 명종황제의 혈서임을 알아챘다.

'아….'

그러고 보면 노상궁은 양이에게 계속 이 사실을 알리려 했었다. 기억을 잃어버려 꿈길 저편을 걷고 있었지만, 한 줄기 빛이라도 보이는 때에는 노상궁만의 언어로 얘기하고 또 얘기했던 것이다.

양이는 어떡하든 혈서를 충혜왕에게 전달해야 했다. 그러나 저들의 눈에 뜨이면 연철에게 먼저 들어갈 것이었다. 무엇보다도 먼저 안전하게 아기를 낳는 것이 급선무였다.

사냥에서 돌아온 순제는 소식을 전해 듣고 망연자실했다. 그는 박씨가 외간 남자와 정을 통했다는 말을 믿지 않았다. 박씨의 뱃속에 있던 아기는 자신의 핏줄임이 확실했다. 그러나 도망치다가 궁 밖에서 죽은 박씨의 결백을 어떤 것으로도 입증할 수는 없었다. 박씨와 정을 통했다는 그 사내도 이미 주검이 된 후였다. 염병수에게 철저하게 이용만 당하고 죽은 어리석은 자였다. 잡힌 궁녀들 사이에 양이가 없는 것은 그나마 다행이었다. 아주 멀리 가서 남은 생을 잘 살기를 바랄 뿐이었다.

충혜왕 또한 양이가 살아서 궁 밖에 나갔다는 사실에 크게 안도했다. 하지만 여자의 몸으로 이역만리에서 살아가기란 쉽지 않을 것이었다. 충혜왕은 방신우에게 양이의 행방을 알아보라 명했다.

 타나실리와 연철 일가는 왕고의 계략을 칭찬하며 승리의 기쁨에 도취되어 있었다. 왕고는 양이의 시신을 확인하지 못한 것이 못내 아쉬웠다. 염병수에게 끝까지 시신을 찾으라고 지시해 놨지만 뒷맛이 영 좋지 않았다.
 후궁전 일에 연루된 고려 출신 궁녀들은 모조리 처형을 당하고 말았다. 궁녀들은 억울함을 호소하며 비명에 죽어갔다. 충혜왕은 그들에게 아무런 힘도 되지 못하는 자신의 처지를 비관해야만 했다. 이를 지켜보는 독만과 방신우도, 박불화와 고용보도 모두 다 속으로 울고 있었다.
 궁녀들의 시신이 수레에 실려 황궁 밖으로 나왔다. 죽어서야 자유를 얻은 그들이었다. 성문 밖 외진 강가에 멈춰 선 수레는 시신들을 아무렇게나 버리고 돌아갔다. 비가 오기 시작했다. 몰래 수레를 쫓아왔던 양이가 그들에게 다가갔다. 참으로 정겨운 얼굴들이었다. 떡이며 과자가 생기면 임신을 한 양이의 손에 쥐어 주던 순박한 고려의 여인들이었다.
 양이는 울면서 손으로 땅을 파기 시작했다. 그녀들을 이토록 추운 강가에 그냥 내버려 둘 수는 없었다. 손톱에서 피가 나도록 양이는 계속 땅을 파고 또 팠다. 그리고 여인들을 한 명 한 명 끌어다 땅에 묻었다. 엉성하고 허름한 봉분 앞에서 양이는 넋을 놓고 있었다. 고려의 여인이라는 죄, 힘없는 나라의 백성이라는 죄는 그 대가가 너무도 크고 무서웠다. 대체 무엇 때문에 이국땅에서 이토록 허망하게 죽어야 했는지, 양이는 하늘이 너무도 원망스러웠다. 고려가 미웠고 세상이 너무도 싫었다. 점점 더 빗줄기가 거세지자 양이는 고목나무 밑동에 들어가 잠이 들었다.

다음 날 아침에도 비는 계속 내렸다. 잠에서 깬 양이는 미친 듯이 강가로 나갔다. 어젯밤 쌓았던 봉분들이 무너지고 없었다. 물이 불어 모두 떠내려가 버렸던 것이다. 과자를 쥐여 주던 분이도, 웃음소리가 컸던 순이도 모두 떠내려가고 없었다. 양이는 그들의 이름을 부르며 밤새 참았던 울음을 터뜨렸다. 그렇게 양이의 울음소리는 빗소리에 묻혔다.

# 끝없는 나락

자비를 베풀겠다는 순제의 말대로 어느덧 충혜왕의 황궁 생활은 자유로워져 있었다. 그런 충혜왕에게 타나실리는 노골적으로 접근했다. 각종 연회나 모임에서 그녀는 늘 충혜왕 곁에 있었다. 충혜왕을 만나면 부쩍 웃음소리가 커졌고 칭찬의 소리가 높아졌다. 왕고가 우려를 나타내며 멀리할 것을 권유했지만 타나실리는 주변의 시선 따위는 아랑곳하지 않았다.

타나실리를 대하는 충혜왕의 태도는 무뚝뚝하기 그지없었다. 그러나 방신우의 생각은 달랐다. 권좌를 되찾아 고려로 돌아가야만 하는 충혜왕에게 타나실리는 더없이 든든한

우군이었다. 하지만 행방조차 묘연한 양이를 그리워하며 은비녀를 들여다보는 충혜왕의 모습을 보며 방신우는 걱정스럽기만 했다.

충혜왕은 방신우의 뜻을 받아들였다. 큰 뜻을 이루려면 타나실리와 친분을 쌓는 것쯤은 무리한 일도 아니었다. 충혜왕은 서서히 타나실리에게 마음을 열기 시작했고, 그녀는 점점 더 충혜왕의 매력에 빠져들었다.

어느날 연회장에서 충혜왕은 타나실리에게 긴히 부탁을 했다.

"원나라 황실과 혼인을 하고 싶습니다."

뜻밖이었다. 물론 충혜왕이 고려로 돌아가기 위한 가장 좋은 방법은 원나라 황실과 인척 관계를 맺는 것이었다. 이를 모르지 않는 타나실리였지만 내심 끓어오르는 질투는 어쩔 수가 없었다.

그래도 타나실리는 흔쾌히 답했다.

"그러셨군요. 황제 폐하와 상의해 보겠습니다. 원나라와 고려가 또 한 번 좋은 인연을 맺는 일 아닙니까."

그녀는 괜한 웃음까지 보였다. 하지만 타나실리의 여심은 마구 요동치고 있었다.

배고픔에 쓰러진 양이를 처음 발견한 사람은 부용이었

다. 눈에 띄게 불러 있는 양이의 배를 보며 임산부임을 알아챈 부용은 그녀를 자신의 집으로 데려다 놓았다. 부용의 아버지는 고려에서 끌려온 사람들이 마을을 이루고 사는 고려촌의 촌장이었다. 그들의 지극정성이 양이와 뱃속의 아기를 살려 놓았다. 아기를 낳을 때까지 보살핌을 받게 되었으니 양이에게는 하늘이 도운 셈이었다.

 고려촌의 실상은 참담하기 그지없었다. 땅을 가질 수 없는 그들의 일터는 인근의 광산촌이었다. 그곳에서 석탄을 캐거나 귀한 광물을 캐내며 고된 노역에 시달렸지만 정작 그들이 손에 쥐게 되는 돈은 형편없었다. 곡식을 사는 데도 모자라니 빚을 져야 했고, 빚을 진 만큼 강제 노역에 시달려야했다.

 고려촌의 수탈 뒤에는 광산 업주들과 손을 잡은 염병수가 있었다. 고려인들의 노동을 착취하고 그 이익의 일부를 뒷주머니에 챙겨 왔던 것이다. 양이는 고려촌의 실상을 보며 울분을 참지 못했다. 그러나 힘없는 임산부에 불과한 자신이 할 수 있는 일은 아무것도 없었다.

 어느 날 염병수가 촌장 집을 방문했다. 양이는 방에서 숨을 죽여야만 했다. 자신을 잘 알고 있는 염병수에게 발각되면 끝장이었다. 염병수는 뛰어난 미색을 지닌 부용에게 흑심을 품고 있었다. 촌장에게 곡식과 가축들을 내주며 환심을 사려 하는 것도 부용 때문이었다. 부용은 염병수의 관심에 치를 떨었다. 언제 병아리를 채 갈지 모르는 매처럼 염병수의 존재는 부용에게 위험 그 자체였다.

양이는 긴장했다. 염병수가 있는 한 고려촌도 안전하지만은 않았다. 아기를 낳는 즉시 떠나야 할 곳이었다.

충혜왕이 고려촌에 관심을 갖는 것은 당연했다. 그러나 단 한 번도 그들이 사는 모습을 본 적은 없었다. 왕고에게 전해 듣는 고려촌은 평온하고 부유했다. 염병수로부터 주기적으로 자금을 받고 있는 왕고로서는 충혜왕의 눈과 귀를 막아야 했던 것이다.

충혜왕이 왕고와 찻상을 사이에 두고 앉았다. 충혜왕이 먼저 입을 열었다.

"내 고려촌을 한 번 방문할까 하오."

여러 차례 별러 온 말이었다. 충혜왕은 고려의 사람들이 그리웠다. 고려 아이들의 재잘대는 소리와 고려 아낙들의 수줍은 미소가 그리웠다. 고려 땅을 일구던 사내들의 듬직한 두 어깨가 그리웠다. 고려의 밥 짓는 냄새와 고려의 정겨운 마음이 그리웠다. 충혜왕은 고려의 모든 것이 그리웠다. 고려 사람들이 모여 산다는 고려촌에 가면 이 모든 그리움을 달랠 수 있을 것만 같았다.

하지만 왕고는 이번에도 손사래를 쳤다.

"자칫 원나라 권신들의 오해를 불러올 수도 있을 터, 지금은 때가 아닌 줄 압니다. 부디 몸을 낮추소서."

곁에 섰던 방신우까지 만류하고 나서자 충혜왕이 말없이 찻잔을 들었다.

'몸을 낮추라…. 낮추고 낮추어 훗날 더 멀리 뛰어오를 수 있다면 얼마든지 그리하리라.'

충혜왕은 자신이 펄쩍 뛰어오르려고 잔뜩 몸을 낮춘 개구리와 닮았다는 생각이 들었다. 하지만 지금의 자신의 처지는 깊고 깊은 우물에 갇힌 개구리 신세 같았다.

'낮추고 낮춘다 한들, 그리하여 훗날 더 멀리 뛰어오를 수 있다 한들, 과연 깊은 우물에서 벗어날 수 있을까….'

충혜왕이 차 한 모금을 삼켰다. 알싸한 차향이 깊은 우물 바닥에까지 닿는 듯했다.

얼마 뒤, 충혜왕은 순제의 사냥길에 선뜻 동행했다. 울적한 기분을 달래기 위함이었다. 그런데 돌아오는 길, 한 무리의 사람들이 이들을 막아섰다. 모두가 초라한 행색에 수척한 모습이었으며 몇몇은 곡괭이를 들고 있었다.

무리의 수장인 듯 보이는 사내가 앞으로 나왔다.

"고려의 국왕이 계시다 들었습니다."

호위무사 파천이 다급히 충혜왕을 엄호했다. 그러자 그가 충혜왕임을 알아챈 사람들이 앞다투어 나서며 외쳐 댔다. 순간, 곁에 섰던 왕고의 표정이 굳어졌다. 그곳은 고려촌에서 그리 멀지 않았다. 왕고는 광산에서 사용하는 곡괭이를 들고 고려의 국왕을 찾는다면 저들은 필시 고려인들일 것이라 짐작했다.

'저들과 충혜왕의 만남을 그토록 막아 왔건만, 하필이면 이리로 길을 잡다니….'

하지만 지금은 잘잘못을 따질 때가 아니었다. 서둘러 막아야 했다.

왕고가 소리를 질렀다.

"감히 황제의 행차를 막다니, 무엄하다. 게다가 무기까지 들고 있으니 폭도가 아닌가! 여봐라, 이놈들을 모두 치워 버려라!"

군사들이 순식간에 그들을 베고 짓밟았다. 하지만 충혜왕은 뭔가 석연치 않았다. 저들이 찾은 것은 이 나라 황제인 순제가 아닌 고려의 왕이었던 충혜왕 자신이었다. 그렇다면 저들은 고려인일 터, 그러고 보니 하나씩 쓰러져 가는 이들의 모습은 충혜왕이 그토록 그리워했던 고려의 얼굴들이었다. 미처 알아듣지는 못했으나 저들의 가슴에는 고려의 국왕에게 하고 싶은 말이 가득한 것이 틀림없다고 느껴졌다.

충혜왕이 군사들을 향해 다급하게 외쳤다.

"멈추시오! 그만, 그만 멈추시오!"

하지만 고려인을 향한 날카로운 칼날도, 그 칼날을 막으려는 무딘 곡괭이도 가던 길을 멈추지 않았다. 충혜왕의 만류가 허공에서 흩어질 때 그들을 말리려는 또 하나의 손길이 있었으니, 바로 양이였다.

사냥 행렬이 고려촌 앞을 지난다는 소식에 고려촌 사람들은 뜻을 모았다. 지금이야말로 충혜왕에게 자신들의 실상을 알리고 부당한 수탈과 착취에서 벗어날 때라 판단했던 것이다. 양이도 그들 무리에 합류하기로 마음먹었다. 위험부담이 컸으나 충혜왕에게 선왕의 혈서를 전달할 수 있는 절호의 기회라 여겼다.

무리에 머물던 양이는 왕고의 눈빛이 흔들리는 것을 보았다. 충혜왕이 만류하는 목소리도 들었다. 하여 눈물을 흘리며 사람들을 만류했다. 한쪽이 멈추지 않으면 절대 뜻을 전할 수 없을 터, 하지만 역부족이었다. 고려인들은 자신들의 왕 앞에서 피를 흘리며 쓰러져 갔다. 양이는 가슴이 찢어질 듯 아팠다. 순간, 더한 고통이 배를 관통하고 지나갔다. 산통이었다. 난장판이 된 저잣거리에서 양이가 배를 움켜쥐고 쓰러졌다. 부용과 촌장이 급히 양이를 데리고 그곳을 빠져나갔다.

인근의 폐가 안에서 양이는 아기를 낳았다. 예정보다 빠른 칠삭둥이였지만 산고 끝에 태어난 아기는 건강한 사내아이였다.

저잣거리에서는 원나라 병사들이 죽은 고려인들의 시신을 수습하고 있었다. 충혜왕은 그 한복판에서 눈물을 흘리며 장승처럼 서 있었다. 자신의 아들이 태어났음은 꿈에도 모른 채….

연철은 황제 앞에서 폭동을 일으킨 고려촌의 주모자들과 그 가족들을 잡아 노예로 팔아 버리라고 명했다.

양이는 위험을 직감했다. 아기와 함께 떠날 생각을 하고 있었지만 살길이 막막했다. 그때, 원나라 병사들과 노예 상인들이 들이닥쳤다. 한발 늦었던 것이다.

아기를 안고 허겁지겁 도망치는 양이 앞에 방신우가 나타났다. 고려촌 폭동에서 양이를 보았던 방신우는 그녀의 행방을 쫓고 있었다. 궁지에 몰린 양이로서는 숨통이 트이는 순간이었다.

양이가 다급히 말했다.

"그분의 아들입니다."

방신우가 지체 없이 얘기했다.

"내게 맡기시게."

순간 양이는 주저했다. 그러나 후궁전에서 자신의 목숨을 구해 준 방신우를 의심할 수는 없었다. 충혜왕의 아기라면 방신우보다 더 잘 지켜 줄 사람은 없을 것이었다. 하지만 양이는 까닭을 알 수 없는 불길함을 느꼈다.

주저하는 양이에게, 방신우가 두 손을 내밀며 말했다.

"지금 어디로 가든지 아기를 제대로 키울 수가 없을 것이네. 이대로 저들 손에 잡힌다면 두 사람의 생명을 보장할 수도 없을 터. 아기를 내게 맡기고 살 방도를 찾게. 보름 뒤에 고려촌 뒷산으로 오게. 아기를 안전한 곳에 피신시키고 그리 갈 것이니. 그날 만나지 못하면 다시 보름 뒤, 그때도 만나지 못하면 다시 보름 뒤에 그 자리에서 기다릴 것이네. 그러니 꼭 살게. 살아서 다시 만나세."

양이가 방신우에게 아기를 건넸다. 두 손으로 아기를 받아든 방신우는 뒤도 안 돌아보고 총총히 사라졌다. 순식간의 일이었다. 양이는 차마 걸음이 떨어지지 않았지만 서둘러야 했다. 살아남아 아기를 다시 만나자면 그리해야 했다.

하지만 몇 걸음도 떼기 전에 원나라 병사들이 양이 앞을 가로막았다. 너무 지체한 것이었다. 결국 양이는 노예 상인에게 팔려 가고 말았다. 그래도 간발의 차이로 아기를 방신우에게 맡길 수 있어서 참으로 다행이라고 생각했다. 양이는 그것을 위안으로 삼았다.

양이는 부용과 함께 노예가 되어 수용소에 갇히게 되었

다. 노예 상인들은 노예들을 상품과 하품으로 분류해 각기 다르게 관리했다. 양이와 부용은 상품으로 분류되어 비교적 나은 대접을 받았다. 하품으로 분류된 사람들은 유곽이나 노역장으로 팔려 나갔다.

양이는 보름이 지났지만 도무지 수용소를 빠져나갈 방도를 찾을 수가 없었다. 감시가 워낙 심했던 것이다. 다시 보름이 지났으나 마찬가지였다. 양이는 애가 탔다. 아기가 잘 있는지 걱정이 되어 견딜 수가 없었다.

어느 날, 상품 노예들의 처소를 감시하던 사내가 양이를 불렀다.

"너, 이리 나와!"

놀란 부용이 양이의 옷자락을 잡았다.

사내가 다그쳤다.

"어서 못 나와!"

양이가 부용을 안심시키고 자리에서 일어났다. 잘하면 탈출할 방도를 찾을 수도 있을 듯싶었다. 양이를 처소 뒤편으로 끌고 간 사내가 슬그머니 자리를 피했다. 순간 어둠 속에서 또 다른 사내가 모습을 드러냈다. 방신우였다. 양이는 반가운 마음에 소리를 지를 뻔했지만, 웬일인지 그의 표정은 싸늘하게 굳어 있었다.

방신우가 먼저 입을 열었다.

"약속한 장소에 계속 나오지 않아, 사정이 있을 것이라 생각했네."

"송구합니다."

"이곳에 있을 듯하여 줄을 대었네."

양이가 조심스럽게 물었다.

"아기는 잘 있습니까?"

"… 세상을 떠났네."

"그것이 무슨…."

"염병이 돌아 어쩔 수 없었네. 아기를 묻어 주고 오는 길이네."

"그럴 리가, 그럴 리가 없습니다. 어찌…."

"우리가 만나기로 했던 그곳에 묻었네."

양이는 그만 자리에 털썩 주저앉고 말았다. 젖 한 번 배불리 먹이지 못했다. 마음껏 품어 주지도 못했다. 아직 이름도 지어 주지 못했다. 그런데 이제는 다시 볼 수 없다니. 양이는 두 귀가 먹먹하고 정신이 아득해졌다. 그런 양이에게 방신우가 뭔가를 건넸다. 은비녀였다. 도무지 영문을 알 수 없었다. 어둠 속에서 나타난 방신우의 모습을 처음 본 순간, 양이는 내심 기대했었다. 충혜왕이 자신을 찾아냈다면 자신을 구해 줄 것이라고. 그런데 방신우가 은비녀를 내밀다니, 양이는 도무지 영문을 알 수 없다는 표정으로 방신우를 바라봤다.

그가 담담히 말했다.

"전하께서는 곧 원나라 황실의 공주와 혼인을 할 것이네. 고려로 돌아가는 길이 그뿐인지라…. 대의를 위해 전하께서는 그대를 잊겠다고 하셨네. 하여 은비녀를 돌려줄 것이니 자네 또한 그만 잊으라 하셨네."

양이가 떨리는 손으로 은비녀를 받아 들었다. 도무지 믿을 수가 없었다. 한순간에, 가장 소중한 두 사람이 양이의 곁을 떠난 것이었다. 양이에게는 온 세상이 사라진 것과 다르지 않았다. 모든 것이 꿈인 듯했다. 아니, 차라리 꿈이기를 바랐다.

양이가 꼭 쥐었던 손을 폈다. 은비녀가 전과 똑같은 모습으로 손 안에 있었다. 서럽게 간 어머니와 비명에 간 아버지, 그리고 너무 서둘러 떠나 버린 아기와 무정한 충혜왕의 얼굴이 그 안에 있었다. 이제 양이에게 남은 것은 알 수 없는 내일뿐이었다.

방신우가 돌아간 후 양이는 말을 잃었다. 부용이 안타까워하며 발을 동동 굴렀지만 양이는 먼 곳을 응시한 채 아무 말도 하지 않았다.

노예 숙소를 나온 방신우가 나지막이 중얼거렸다.

"용서하시옵소서…. 모든 것이 전하의 안위와 고려의 앞날을 위한 것이옵니다. 신을 용서하시옵소서, 전하…"

은비녀는 방신우가 훔쳐 나온 것이었다. 그것은 충혜왕을 위한 방신우의 충정이었다.

# 후궁 경선

 현빈 박씨에게 모함을 씌워 죽이고 난 얼마 후, 타나실리가 태기를 보였다. 회임이라는 말에 타나실리와 연철 일가는 물론 황태후까지 기쁨에 휩싸였다. 단 한 사람, 박씨의 죽음에 의혹을 지니고 있던 순제만이 시큰둥한 반응이었다. 뱃속의 아기를 돌보는 타나실리의 정성은 참으로 지극했다. 황제의 대를 이을 원자만 낳는다면 그녀로서는 더 이상 바랄 것이 없었다.

 어느 날, 상태를 점검하던 어의가 사시나무 떨듯 떨기 시작했다.

 타나실리가 이상해 물었다.

"무슨 일이냐."
"그것이…."
타나실리의 얼굴에서 웃음기가 사라졌다.
"무슨 일이냐고 물었다!"
"송구하오나, 그것이…."
타나실리가 벌떡 일어나 두 눈에서 불을 뿜었다.
"한 번 더 묻게 하면 목을 내리칠 것이다!"
어의가 바닥에 납작 엎드려 고했다.
"회임이 아니시옵니다."
"무어라?"
어의가 덜덜 떨며 말을 이었다.
"회임하고자 하시는 열망이 강하시어 상상으로 회임하신 듯하옵니다. 그 증상이 회임하셨을 때와 같아 소인이 그만 오진을 하였나이다. 죽여 주시옵소서."

타나실리가 털썩 주저앉았다. 예전에 어의가 한 말이 떠올랐다. 자신은 임신을 할 수 없는 몸이라고 했었다. 그때 타나실리는 대노하여 어의에게 심한 매질을 하고 궁 밖으로 쫓아내 버렸다. 어쩌면 그의 진단이 사실일지도 몰랐다.

'이 모든 것이 나의 상상이었다니….'

타나실리는 회임 소식에 들떠 있는 아버지 연철과 일가, 그리고 황태후에게 도저히 이 사실을 알릴 수 없었다. 이 사실이 알려진다면 세상으로부터 온갖 비웃음과 손가락질을 다 받을 것만 같았다. 묻어야 했다. 그리고 방도를 찾아야 했다.

타나실리가 어의에게 으름장을 놓았다.

"이 일에 관해 입을 다물어라. 아니면 영원히 입을 다물게 될 것이니. 알겠느냐."

"예, 예, 황후마마. 명심하겠나이다."

타나실리는 그날로 백일기도를 드린다며 연경 인근의 절인 황각사로 들어가 버렸다. 사람의 힘으로 되지 않는 일이라면 부처님에게 의존하는 수밖에 없었다. 황각사에서 그녀의 정성은 참으로 대단했다. 천 배를 마다하지 않았고 여러 날을 꼬박 한잠도 자지 않고 탑을 돌며 기도했다.

타나실리가 오기 전에 먼저 황각사를 다녀간 사람이 있었다. 방신우였다. 양이에게서 충혜왕의 아들을 빼앗은 방신우는 고려촌 뒷산에 가짜 묘를 만들어 아기가 죽은 것으로 위장했다. 그리고 바로 그 아기를 이곳 황각사에 데려다 놓은 것이었다.

백일기도가 끝나 갈 무렵, 뒷산의 석불을 찾아가던 타나실리의 귀에 아기 울음소리가 들려왔다. 무언가에 홀린 듯 울음소리를 따라가니 작은 암자가 나왔다. 그리고 그곳에는 갓난아기가 누워 있었다.

타나실리가 노승에게 물었다.

"이 아이는 누구요."

"천둥입니다. 이 아이가 오던 날 천둥이 요란했는지라 그리 부르고 있습니다."

"천둥, 천둥이라…. 헌데, 이 아이가 오던 날이라 했소?"

"예. 누군가 암자 근처에 두고 갔는지라."

타나실리가 아기를 보듬어 안았다. 아기의 커다란 두 눈이 타나실리를 바라보더니 빙그레 웃음을 지었다. 타나실리의 두 눈에서 눈물이 흘러내렸다. 그녀에게 이 아기는 부처님이 보내 준 것과 다름없었다. 그렇게 믿고 싶었고, 믿고 싶은 절실함은 점점 확신으로 변해 갔다. 타나실리는 감사한 마음에 부처님께 몇 번이고 절을 하고 또 절을 했다.

타나실리가 절에서 아기를 낳았다는 소식에 황궁 안이 떠들썩했다. 연철 일가와 황태후의 기쁨은 이루 말할 수 없었다. 아기를 안고 한참을 바라보던 순제의 입가에도 미소가 피어올랐다.

순제는 타나실리의 어깨를 두드리며 치하했다.

"참으로 수고가 많으셨소."

타나실리는 우여곡절 끝에 아기를 얻게 되었다. 아기에 관한 비밀을 알고 있는 어의와 노승의 입단속을 단단히 했음은 물론이었다.

그 아기가 양이와 충혜왕 사이에서 태어난 온전한 고려의 핏줄임을 알지 못한 채 새로운 원자의 탄생에 온 황궁 안이 들썩거리고 있었다.

저잣거리 한복판에서 노예 시장이 열리고 있었다. 부용이 나서자 서로 사겠다는 사람들로 몸값이 치솟기 시작했다. 치열한 경합 끝에 거액의 돈을 주고 부용을 사들인 사람은 바로 염병수였다. 부용을 손에 넣은 염병수는 미친 듯이 좋아하며 시장을 떠났다. 들뜬 나머지 양이를 못 본 것이 다행이었다. 부용은 떠나가면서도 양이에게 눈을 떼지 못했다. 방신우가 다녀간 이후로 말을 잃고 식음을 전폐하다시피 한 양이의 몰골은 참담했다. 부용은 끝내 눈물을 흘리고 말았다.

양이를 사겠다는 사람은 아무도 없었다. 그때, 양이를 지목하고 나선 이가 있었다. 바로 탈탈이었다. 백안의 조카이자 책사인 탈탈은 순제의 유배 때부터 양이를 알고 있었다. 대청도에서 황태제를 데리고 개경의 왕궁에 나타났던 그 영특함을 기억하고 있었다. 공녀가 되어 원나라에 끌려온 사연까지도 제법 소상히 알고 있던 탈탈은 양이를 보자 지체 없이 돈을 지불하고 백안의 집으로 데려왔다.

양이를 보자 백안은 만감이 교차했다. 비록 짧았지만 기자오와의 인연은 특별했다. 기자오가 끝내 옥에서 죽었을 때도 백안은 몹시 안타까워했다. 몹시 상한 모습으로, 거기다가 말까지 잃은 양이를 보니 그간의 고초를 짐작할 수 있었다.

"풀어 줄 테니 고려로 돌아가라. 이곳에서의 일은 다 잊어버리고 고향 땅에서 웃음을 되찾고 행복하게 살아라…."

양이는 한마디도 하지 않고 백안의 집을 나왔다. 양이의 봇짐에는 얼마간의 노자와 먹을 것이 들어 있었다. 양이의 발걸음이 닿은 곳은 어느 작은 돌무덤이었다. 방신우가 아기를 묻었다고 했던 바로 그곳이었다. 무너져 내린 돌멩이를 하나하나 올리던 양이의 눈에서 눈물이 흐르기 시작했다. 수많은 일들이 주마등처럼 지나갔다. 비명에 간 어머니, 자신의 품에서 숨을 거둔 아버지, 충혜왕과의 꿈 같던 사랑, 아이를 품은 채 염병수의 다리를 잡고 죽어 간 박씨, 억울하게 희생된 동무들, 고려촌의 참혹한 현실, 그리고 지금의 이 작은 돌무덤까지….

문득 양이의 귓가에 박씨의 목소리가 들려왔다.

"안 그래도 가여운 이들이 아니냐. 그래서 마음먹었다. 내 차라리 이곳에서 보란 듯이 성공하겠다고. 황제의 마음을 사로잡아 가장 힘 있는 후궁이 되리라고. 그리되면 내 힘으로 많은 고려인들을 보살펴 줄 수 있을 것이니 말이다."

어느새 양이의 눈물은 잦아들었다. 양이가 옷소매로 남

은 눈물까지 훔쳐 냈다. 순간 양이의 두 눈이 타오르기 시작했다.

'끝내 살아남는 것, 살아서 성공하는 것, 성공해서 저들에게 복수하는 것…. 박씨가 못다 이룬 꿈, 황제의 마음을 사로잡아 가장 강력한 후궁이 되리라. 나의 힘으로 불쌍한 고려인들을 보살펴 주리라. 그것만이 가장 큰 복수가 될 것이다….'

인근의 객관에서 양이는 뜨거운 물로 목욕을 했다. 묵은 때를 벗겨 내고, 곱게 화장을 했다. 새로 산 옷을 입고 거울 앞에 선 양이는 다른 사람이 되어 있었다.

양이가 다시 돌아왔다는 소식에 백안은 의아해 했다. 탈탈과 백안 앞에 다시 선 양이는 참으로 고왔다.

두 사람에게 절을 올린 양이가 다부지게 입을 열었다.

"곧 황제의 후궁 경선이 있을 것이라 들었습니다."

"그것이 너와 무슨 상관이란 말이냐."

"나으리께서 절 도와주십시오…."

"무어라?"

"대신들이 자신의 여식이나 친척들을 추천하면 그들 중에 경합을 벌이게 될 터, 그러니 나으리께서 저를 추천해 주십시오."

백안은 기가 막혀 입이 벌어졌다. 몰골은 말끔해져서 돌아왔지만 머릿속은 더 망가졌나 싶었다. 그런 백안에게 양이는 한술 더 떴다.

"그리해 주시면 저 또한 나으리를 도와드리겠습니다."

"어허, 감히 예가 어디라고 입을 함부로 놀리느냐?"

탈탈이 양이를 말리고 나섰다. 하지만 양이는 물러서지 않았다.

"연철 일가를 멸족시킬 수 있는 방법이 제게 있습니다."

참다못한 백안이 탈탈에게 명했다.

"당장 저 아이를 데리고 나가라!"

그때, 양이가 품고 있던 비단 천이 떨어지며 펼쳐졌다. 핏물이 잔뜩 배인 혈서였다. 한눈에 봐도 선왕의 혈서가 분명했다.

백안과 탈탈은 소스라치게 놀랐다.

"이것이 어찌 네 손에?"

양이가 차분하게 백안을 바라봤다. 그 맑고 차가운 시선에 백안은 소름이 돋았다.

'도대체 이 아이는 무언가. 이 무서운 기운은 무엇이고, 이 거침없는 기세는 대체 무엇이란 말인가….'

마침내 백안은 양이의 청을 들어주기로 마음먹었다. 그것은 청탁이 아닌 결탁이었다. 백안은 연철의 심복으로 분류

되어 있는 사람이었다. 그러나 당기세 형제의 집요한 견제와 횡포는 이미 도를 넘고 있었다. 당장 칼을 뽑아 사생결단을 내고 싶은 적이 한두 번이 아니었다. 그뿐만이 아니었다. 언제부터인가 대원제국의 국운이 기울고 있었다. 그리고 백안은 그 원인이 연철 일가에게 있다고 생각했다. 그러던 차에 혈서를 내밀며 나타난 양이의 존재는 참으로 절묘했다.

그렇다고 해도 고작 고려 출신의 계집과 결탁하여 연철 일가의 아성에 도전하는 일은 누가 보아도 계란으로 바위를 치는 것처럼 어리석은 일이었다. 그러나 백안은 범상치 않은 사내였다. 범상치 않은 백안이 더욱 범상치 않은 양이를 만났으니 계란으로 바위보다 더한 것도 칠 수 있을 것이었다. 그것은 전부를 건 양이의 담판 승부였다.

다음 날부터 탈탈의 총지휘 아래, 양이를 후궁 경선에 내보내기 위한 치밀한 작전이 시작되었다. 양이의 부탁으로 제일 먼저 한 일은 염병수에게 팔려 간 부용을 데려오는 일이었다.

왕고를 등에 업고 있는데다가 상당한 부를 축적하여 기고만장했던 염병수였지만 백안이 직접 들이쳐서 빼앗아 가는 데에는 어쩔 수가 없었다. 뺨까지 얻어맞고 분개했지만 상대는 백안이었다.

한편 영특한 양이는 궁중의 법도에서부터 말투와 행동까지 빠르게 배워 나갔다. 부용이 양이의 그림자가 되어 열심히 도왔다. 백안조차 눈부시게 변화하는 양이의 아름다움에 넋을 잃을 지경이었다.

 마침내 후궁 경선이 있던 날 양이는 원나라 복식이 아닌 고려의 옷을 입겠다는 뜻을 전했다. 탈탈은 우려했지만 누구보다도 순제를 잘 알고 있는 양이였다. 지피지기면 백전백승, 고려에서의 추억을 고스란히 간직하고 있는 순제에게 양이는 원나라가 아닌 고려의 여인으로서 승부를 보고자 했다.

 고려 옷을 입은 양이는 참으로 아름다웠다. 부용이 한쪽에 가지런히 놓여 있던 은비녀를 집어 들었다. 그리고 양이를 바라보았다. 양이가 고개를 끄덕이자 은비녀를 양이의 머리에 정갈히 꽂았다. 어머니의 유품인 은비녀를 꽂는 것으로 후궁 경선을 위한 단장은 마무리되었다. 이는 양이의 다짐이기도 했다.

 '반드시 이 땅 위에 우뚝 설 것이다. 원나라는 고려를 지배했으나 나는 그 원나라를 지배할 것이다. 어머니와 아버지, 동무들, 그리고 수많은 고려인들의 가여운 넋을 달래 줄 것이다…'

순제는 후궁을 새로 들이는 일이 영 마땅치 않았다. 현빈 박씨가 떠난 후궁전으로 발길이 떨어지지 않을 것 같았다. 그러나 많은 후궁들은 곧 황제의 권위를 상징했다. 황태후의 강력한 요청을 끝내 외면할 수는 없는 노릇이었다. 하지만 누가 후궁이 되든 타나실리의 미움을 받으면 새로운 비극만 생길 뿐임을 그는 잘 알고 있었다.

타나실리의 관심은 오로지 아기를 키우는 일에만 있었다. 그녀는 자신이 시퍼렇게 눈을 뜨고 있는데 고개를 쳐들고 후궁전에 들어앉을 여인은 감히 이 원나라에는 없을 것이라고 믿었다. 구색을 맞추기 위해 대신들의 추천이 있었겠지만 모두가 박색일 것이라며 자신만만해 했다.

마침내 후궁 경선이 열리는 날. 태후전에 순제, 황태후, 타나실리, 독만과 방신우, 박불화와 고용보 등이 자리했다. 경선에 나선 후보들이 차례로 얼굴을 내밀며 심사에 임했다. 하나같이 마땅치 않은 얼굴들이었다. 순제는 어느새 딴전을 피웠고 타나실리는 아기를 안은 채 보일 듯 말 듯 비웃음을 흘렸다. 황태후와 환관들만이 세밀히 여인들을 살피며 점수를 매기고 있었다.

그때 양이가 들어섰다. 옷 모양부터 눈에 확 띄는 고려 여인이었다. 순제는 두 눈을 의심했다. 자태가 너무 고와 놀랐고, 그 여인이 다름 아닌 양이인지라 더욱 숨이 멎을 듯이 놀랐다. 독만과 방신우, 박불화와 고용보도 기절할 듯이 놀라기는 마찬가지였다.

황태후가 깊은 관심을 보이며 질문을 했다. 양이는 또박또박 황태후의 마음에 드는 말들만 골라 가며 대답했다.

분위기가 심상치 않음을 느낀 타나실리가 질문을 던졌다.

"어디 출신인가?"

"고려 출신으로, 승상 백안의 외가 쪽 먼 친척입니다."

양이가 당당하게 답했다.

타나실리가 안도의 한숨을 내쉬었다.

"허면 귀족이 아니로군. 황태후 마마, 태생이 얼마나 중한 지는 지난번 후궁전 사건으로 분명히 알게 된 바가 아니온지요. 하여 저는 반대입니다."

그때 순제가 나섰다.

"저 아이를 후궁으로 들이겠습니다."

"저는 분명히 반대한…."

순제가 타나실리의 말을 끊었다.

"후궁의 주인은 황후가 아니라 짐인 것을 모르오!"

순제의 목소리는 단호하고 거침이 없었다. 타나실리는 할 말을 잃었다. 뜻밖이었다. 그런 모습은 처음이었다. 순제는 자신이 원하는 바를 당당하고 거침없이 요구한 적이 없었다. 적어도 연철의 딸인 타나실리 앞에서는.

순제의 호통에 놀란 아기가 울음을 터뜨렸다. 타나실리가 아기를 달래느라 쩔쩔매고 있었지만, 순제는 신경도 쓰지 않았다. 순제의 모든 신경은 오직 양이에게 향해 있었다. 모두들 놀라 어쩔 줄을 모르는 그때 양이는 요염한 눈빛으로 순제를 뚫어지게 바라봤다. 가시를 머금은 꽃 같은 자태가 순제의 마음을 흔들고 있었다.

 고려로 돌아가는 대신 원나라 황궁을 선택한 양이는 황제의 후궁으로 다시 황궁에 등장했다. 그러나 자신을 노려보는 타나실리의 품에 안겨 있는 아기가 자신의 아기임을 알리 없었다.

 폭풍 전야 같은 무거운 기운이 황궁 안에 감돌고 있었다.

## 액정궁에 부는 바람

 황제가 새로운 후궁을 간택했다는 소식이 온 황궁 안에 퍼졌다. 관례대로라면 황비급인 귀비에 봉해져야 했지만 타나실리와 황태후의 반대로 양이는 후궁 중 가장 아래급인 재인에 책봉되었다. 황궁 입성이 목표였던 양이로서는 그것만 해도 감지덕지였으나 배후를 돕는 백안은 걱정이 태산이었다. 양이가 모든 것을 잘 헤쳐 나가기만을 바랄 뿐이었다.
 누구보다 놀란 사람은 왕고였다. 죽은 줄 알았던 양이가 황제의 후궁으로 다시 황궁 안에 모습을 보였으니 천지가 개벽할 일이었다. 후궁 경선에서 황제가 직접 고려 여인을 지목했다는 소식을 들은 연철은 왕고를 불러들였다.

"새로운 후궁에 대해 아는 바가 있는가."

"고려의 승냥이를 기억하십니까?"

"고려의 승냥?"

"예. 대청도에서 태자마마를 살려 개경까지 데려왔던 그 승냥이 말입니다."

"그래, 알지. 기억하네."

"그 승냥이라는 아이가 바로 새로 온 후궁입니다."

"무어라? 그 아이는 사내가 아니었더냐!"

"변복을 하고 있었던 모양입니다."

"이런, 이런!"

양이가 궁녀로 끌려왔다는 사실을 모르고 있던 연철이었기에 후궁이 되어 나타난 양이의 등장은 기가 막혔다.

왕고가 연철을 안심시켰다.

"제게 맡겨 주십시오. 이곳 황궁이 그년의 무덤이 될 터이니."

왕고의 내심에는 모종의 계획이 있었다.


독만과 방신우, 박불화와 고용보도 놀라긴 마찬가지였다. 특히 방신우에게는 철퇴를 맞은 듯한 충격과 다름없었다. 타나실리가 공개석상에 아기를 데려왔을 때, 방신우는 그 아기가 양이의 소생임을 한눈에 알아보았다. 그는 아기를 맡아 데리고 있을 때 잠시의 부주의로 손등에 화상을 입혔었다. 그런데 타나실리의 아기 손등에는 그 화상 자국과 똑같은 상처가 있었다. 그길로 황각사를 찾아가 주지스님에게 내막을 들은 방신우는 크게 한탄했다. 고려 국왕의 핏줄이 원나라 황실의 왕자로 둔갑했으니 말문이 막힐 노릇이었다. 하지만 그때는 하늘의 뜻이라고 애써 외면했다. 대처도회지에서 불행하게 자라는 것보다는 황실에서 호강하며 사는 편이 나을 것이라며 스스로를 위로했었다.

그러나 양이가 황제의 후궁이 되어 나타난 지금, 얘기는 달라졌다. 만에 하나 아기의 비밀을 누구 하나라도 알게 된다면, 걷잡을 수 없는 파국으로 치닫게 될 것임에 틀림없었다. 단지 양이나 충혜왕의 목숨에만 국한된 일이 아니었다. 장차 고려의 운명에도 치명적으로 작용할 것이었다. 양이의 등장은 그 서막을 알리는 먹구름과도 같았다. 이 모든 분란의 시초가 방신우, 자신이었던 것이다.

깊은 고민에 빠져 있는 방신우에게 충혜왕이 찾아왔다.

"새로 간택된 후궁이 고려 여인이라 들었다. 누구냐."

"송구하옵니다."

"고려 여인이라면 네가 모를 리 없을 터, 한 번 더 묻겠다. 누구냐."

"그것이… 양이인 줄로 아옵니다."

충혜왕은 두 귀를 의심했다.

충혜왕이 차분하게 다시 한 번 물었다.

"지금 양이…라 하였느냐."

"예."

충혜왕은 굳게 입을 닫고 말았다. 그리고 그날 처음 만나기로 한 덕령공주와의 약속을 취소해 버렸다.

덕령공주는 연철의 외조카였다. 고려로 돌아가기 위해 원나라 황실과 혼담을 추진해 온 충혜왕에게 조심스럽게 거론되고 있는 여인이었다. 첫 만남의 중요성을 잘 알고 있는 방신우가 애를 태웠지만 충혜왕은 거소에 틀어박혀 꿈쩍도 하지 않았다. 충격도 충격이었지만 복잡한 심사를 다스리지 않고는 무엇도 할 수 없었다.

황제의 초야를 준비하며 액정궁이 분주하던 그때, 기재인은 황태후를 알현 중이었다. 이곳에 오기 전, 그녀는 상궁들에게 청동거울을 빼앗겼다. 명종황제의 혈서가 들어 있는 청동거울을 반드시 다시 되찾아야 했다.

"상궁들에게 지니고 있던 청동거울을 빼앗겼습니다. 돌려주십시오."

황태후가 기재인을 찬찬히 뜯어봤다. 이날까지 자신에게 뭔가를 저토록 당당히 요구한 이는 없었다. 참으로 당돌하기 그지없었다. 그토록 돌려받고 싶어 하는 청동거울이라는 것이 도대체 어떤 물건인지 궁금하기도 했다.

"청동거울이라?"

"예, 그러하옵니다."

황태후가 상궁들에게 명했다.

"그것을 가져오라."

상궁들이 거울을 가져오자 황태후가 찬찬히 살펴봤다. 오래되고 낡은 거울일 뿐이었다. 황태후의 시선이 화살이 꽂혔던 자리에 멈추었다. 순간 기재인의 눈빛이 흔들렸다.

황태후가 물었다.

"무슨 사연이라도 있는 거울이냐."

"어미의 유품입니다."

황태후가 그만 청동거울에서 시선을 거두고는 기재인 앞에 툭 던졌다.

그리고 차갑게 말했다.

"네가 황상을 위해 할 수 있는 일은 오직 잠자리를 보필하는 것뿐이다. 보지도 말고 듣지도 말며 말하지도 말라."

기재인이 대답 대신 거울부터 챙겨 들었다.

"황제에게 너의 존재는 오직 밤을 위한 계집, 그 이상도 이하도 아니다…"

그것은 경고였다. 황태후는 기재인의 당돌함이 마음에 걸렸다. 저 당돌함이 앞으로 득이 될지 독이 될지는 알 수 없었다. 또한 타나실리 앞에서 목청을 높이며 기재인을 지목했던 순제의 모습이 뇌리에서 지워지지 않았다. 그때 황태후는 내심 당황했다. 후궁들의 시기 질투가 나라를 흥하고 쇠하게 할 수 있음을 그녀는 누구보다 잘 알고 있었다.

기재인은 말을 아끼고 행동을 조심했다. 황태후의 말 속에 깔린 바늘 같은 위협을 잘 알고 있었던 것이다.

액정궁 지붕 위로 초승달이 걸렸다. 타나실리는 온통 후궁전에 촉각을 곤두세우고 있었다.

상궁이 들어서자 타나실리가 다급히 물었다.

"탕약을 먹였느냐."

"먹이긴 했지만 기재인이 의심을 하는 듯합니다."

타나실리는 깊은 한숨을 내쉬었다. 그것은 임신을 막는 탕약이었다. 어의 말에 따르면, 기재인은 사내아이를 잉태하기 적당한 몸이라고 했다. 타나실리는 무슨 수를 써서라도 고려 태생의 후궁 몸에서 황제의 핏줄이 잉태되는 일만은 반드시 막아야 했다.

밤이 깊어지자 술잔을 기울이던 타나실리의 눈가에 붉은 핏발이 섰다. 황제는 단 한 번도 자신에게 마음을 열어 밤을 보내지 않았다. 그런 황제가, 자신이 직접 지목한 계집과 치

루는 초야를 타나실리는 견디기 어려웠다.

목욕재계를 하고 새 옷을 입은 기재인이 신방에서 황제를 기다리고 있었다. 황제의 등장을 알리는 독만의 목소리가 들리고, 마침내 두 사람의 합방이 이루어졌다. 순제는 기재인보다도 긴장하고 있었다. 긴 침묵 뒤에 조심스럽게 뻗어오는 황제의 손길을 기재인은 매몰차게 걷어치웠다. 술 한 병을 다 비우는 동안 기재인은 단 한 번의 눈길조차 주지 않았고 순제 또한 강요하거나 강압하지 않았다. 순제가 취기 어린 눈으로 그녀를 보다가 불을 껐다.

기재인이 나지막이 말했다.

"주위를 물리쳐 주십시오."

순제가 밖을 향해 말했다.

"모두들 물러가거라."

밖에 있던 타나실리 측근의 상궁들과 환관들이 한목소리로 답했다.

"황상 폐하, 송구하오나 관례에 어긋나는 일이옵니다."

"물러가지 않으면 목을 칠 것이다."

마침내 신방에 불이 꺼지고 상궁과 환관들까지 물리쳤다는 소식이 타나실리에게 전달되었다.

타나실리는 조용히 자신의 아기를 들여다보며 말했다.

"어서어서 자라거라. 뼈가 크고 살이 올라, 어서 용포를 입거라. 널 위해서라면 이 어미는 다 참고 견딜 수 있다. 어떤 외로움이라도 다 이겨 낼 수 있다."

그 밤을 뜬눈으로 지새우는 또 한 사람은 충혜왕이었다. 그가 생각하는 기재인은 부귀영화를 쫓을 여인이 아니었다. 타나실리의 시퍼런 시기 질투 앞에서, 황제의 후궁 자리가 얼마나 위험한지 누구보다도 잘 알고 있는 그녀였다. 더군다나 순제는 기자오를 죽게 한 장본인이 아닌가. 아무리 생각해도 충혜왕은 그녀가 스스로 황제의 후궁 경선에 참여했다는 사실이 믿기질 않았다.

'내가 모르는 무언가가 분명 있을 것이다. 만나야 한다. 만나서 그 마음을 확인해야 한다.'

하지만 충혜왕은 그 모든 것보다도, 그녀가 황제의 품에 안겨 있을 이 밤이 너무도 견디기 힘들었다. 사랑하는 여인이 무참히 짓밟히고 있다는 생각을 떨쳐 낼 수가 없었다.

액정궁의 불 꺼진 신방 안에는 두 사람이 처음 그대로 어둠 속에 앉아 있었다.

기재인이 입을 열어 침묵을 깼다.

"신첩의 주인은 저를 온전히 지켜 줄 수 있는 분이어야 합니다. 그러니 진정한 이 나라의 지존이 되십시오."

순제의 표정이 굳어졌다.

"지금 날 비웃고 있구나."

"간청을 드리는 것이옵니다."

"날 능멸하지 말라…."

"현빈마마의 죽음을 두 눈으로 똑똑히 보았습니다. 무덤자리와 다름없는 이곳을 무슨 용기로 왔겠습니까? 오직 황상 폐하 한 분만을 우러러보았기 때문입니다."

순제가 기재인의 눈을 빤히 보며 무겁게 입을 뗐다.

"난 힘이 없다…."

"신첩이 힘이 되어 드리겠습니다."

"허수아비 황제보다 못한 한낱 후궁 처지가 아니더냐. 허언이 지나치구나."

기재인이 품속에서 비단 천을 꺼내 들었다. 붉은 선혈로 쓴 글씨, 명종의 혈서였다. 넋을 잃은 채 혈서를 멍하니 바라보는 순제에게 기재인이 담담히 말했다.

"대청도에서 폐하께서 울부짖으며 맹세했던 말을 기억하고 있습니다. 그때 폐하께선 분명 아버님의 원수를 갚겠다 하셨습니다."

순제의 손이 떨리기 시작했다. 그리고 두 눈에는 뜨거운 눈물이 고였다.

'나와 내 아들을 죽인 자는 연철목아와 그 일족들이다. 아

들아, 원수를 갚아 달라…'

아버지의 피맺힌 절규가 생생하게 들려왔다.

"지금의 황상 폐하의 모습을 선왕 폐하께서 보신다면 피눈물을 흘리실 것입니다…."

"그 입 다물라. 한마디만 더 하면 널 죽일 것이다."

기재인이 물러서지 않고 말을 이어 나갔다.

"아버님의 원혼을 달래 주십시오. 허울뿐이 아닌 진정한 황제가 되시란 말입니다!"

순제가 술상을 쓸어버렸다. 처음 보는 격정이었다.

기재인은 물러서지 않았다.

"연철이 그리 두려우십니까? 그자의 손에 죽는 것이 그리 무서우십니까?"

순제가 거칠게 돌변하며 기재인을 덮쳤다. 마치 야수의 본능이 살아난 맹수처럼 그녀의 옷을 찢어 버렸다. 그리고는 두 눈에 핏발을 세우고 괴성을 지르며 기재인의 목을 조르기 시작했다. 그녀는 미동조차 하지 않고 순제의 광기를 받아 주었다.

"분노하십시오. 적의를 품으십시오. 분노만이 두려움을 이겨 낼 수 있습니다!"

기재인의 숨이 넘어가기 직전, 순제가 손을 놓았다.

"너를 용서하는 것은 오늘뿐이다."

순제가 노여움을 토해 내고는 그대로 자리에 등을 지고 누웠다. 잠시 그의 뒷모습을 바라보던 기재인도 등을 지고 누웠다. 그녀의 두 눈에서는 뜨거운 눈물이 흘러내리고 있었다.

기재인은 황실 법도에 따라 정실황후에게 첫 문안 인사를 올려야 했다. 그러나 나인들은 그녀에게 새로 입을 옷을 내어놓지 않았다. 그들은 기재인이 액정궁의 궁녀로 있을 때부터 고려 출신들을 괴롭히던 원나라 궁녀들이었다. 그들 중 태반은 싸움닭 같은 그녀에게 머리채를 휘어잡히고 나동그라졌었다. 그 나인들이 기재인을 순순히 보필할 리 만무했다.

어쩔 수 없이 그녀는 후궁 경선 때 입은 고려의 복식을 한 채 타나실리에게 절을 올렸다.

곱지 않은 시선으로 보던 타나실리가 나인들에게 명했다.

"저년이 입고 있는 고려 옷을 몽땅 벗겨라."

나인들이 키득거리며 지켜보는 가운데 기재인은 옷을 벗어야만 했다. 수치심보다 분노가 먼저 일었지만 이미 죽음보다 더한 고통을 온몸으로 겪은 그녀였다. 기재인은 눈썹 하나 까딱하지 않았다. 그러고 나서 타나실리가 내놓은 옷은 기재인이 궁녀 시절에 입었던 것과 똑같은 것이었다. 그것이 무엇을 의미하는지, 그녀는 잘 알고 있었다.

'나를 철저히 능멸하시겠다⋯.'

하지만 기재인은 개의치 않았다. 그녀는 낡고 우스꽝스러운 궁녀복을 입은 채 타나실리의 발을 주무르기 시작했다.

"시원치 않구나."

호통을 치는 타나실리도, 비웃음을 흘리며 이를 바라보는 나인들도 기재인은 신경쓰지 않았다. 그저 성심을 다해 황후의 발을 주물렀다.

타나실리가 내심 흡족해 하며 물었다.

"그래, 간밤에 황제의 성은이 어떠했느냐."

일순간 방 안에 긴장감이 감돌았다. 성은을 입지 못했다면 스스로 후궁으로서의 지위를 내던지는 것이었고, 곧이곧대로 흡족함을 표현한다면 타나실리의 시기 질투를 온몸으로 맞게 될 것이었다. 그녀를 궁지로 몰기 위한 타나실리의 고도의 수 싸움이었다.

기재인은 침착하게 입을 열었다.

"황상 폐하의 밤은 누구보다도 황후마마께서 잘 아실 것입니다⋯."

타나실리의 미간이 찌푸려졌다. 순제가 타나실리와의 잠자리를 기피한다는 것은 온 액정궁이 다 아는 비밀 아닌 비밀이었다. 자신의 질문을 교묘하게 틀어서 조소하는 것이 틀림없었다. 타나실리로서는 이쯤에서 입을 닫아야 했다.

이불 밑 송사를 더 이상 들추어내는 것은 스스로의 자존심에 상처를 내는 일이었다.

타나실리가 신경질적으로 기재인을 걷어찼다.

"발이 아프구나. 또다시 고려 옷을 입는다면 옷 대신 네년의 몸을 찢어 놓을 것이다. 그만 물러가거라."

기재인은 툭툭 털고 일어나 그대로 방에서 나갔다. 그녀가 나간 후에도 타나실리는 분을 참을 수가 없었다. 가장 아픈 곳을 들킨 것처럼 얼굴이 화끈거렸다.

'온갖 멸시와 수모를 다 주리라. 스스로 나갈 기회조차 주지 않고 제 손으로 목숨을 끊게 만들 것이다….'

후궁전으로 돌아오는 내내 나인들이 기재인의 뒤에서 키득거렸다. 마주치는 환관들도 그녀의 볼품없는 옷차림에 비웃음을 던졌다. 거소에 든 기재인은 나인들을 불러 모아 옷을 벗겼다. 그러고는 스무 개의 회초리가 다 부러지도록 그들의 종아리를 사정없이 때렸다. 죄목은 충분했다. 나인들은 아픔을 못 이기고 울면서 잘못을 빌었다.

기재인이 추상같이 명했다.

"당장 새 옷을 대령하라!"

한 무리의 나인들이 절뚝이는 걸음으로 뒷걸음질 쳐서 겨우 방을 빠져나갔다. 남은 나인들은 어쩔 줄을 몰라 엉거주

춤 서 있었다.

"무얼 하고 섰느냐, 다가와 발을 주물러라!"

나인들은 쩔쩔매며 기재인의 발을 주물렀다. 그녀는 새로 가져온 옷이 마음에 안 든다며 다시 회초리를 들었다. 나인들은 울부짖으며 또다시 잘못을 빌었다.

'죽은 현빈과는 확연히 다름을 보여 주리라. 한낱 궁녀 나부랭이에 지나지 않은 너희들과 그 신분이 철저히 다름을 각인시키리라….'

나인들이 타나실리에게 몰려가 기재인의 일을 고해바쳤다. 자신의 권위에 대한 도전이 분명했지만, 그 일로 후궁에게 죄를 물을 수는 없었다. 타나실리는 분기를 참으며 나인들을 독려했다.

"그년을 더욱 괴롭혀라. 그러다 보면 제아무리 용빼는 재주가 있다 해도 약점이 드러날 것이다. 단 한 번만 꼬투리가 잡히면 그땐 너희들이 당한 고통의 수백, 수천 배로 갚아 주겠다. 내 반드시 그리하마."

황후를 등에 업은 나인들은 계속해서 집요하게 기재인을 괴롭혔다. 옷을 찢어 놓는가 하면 음식에 모래를 섞어 놓기도 했다. 기재인은 단 한 번도 그냥 지나치지 않았다. 옷을 찢어 놓으면 옷을 벗겨 밖에 세워 놓았고, 음식에 모래가 들어 있으면 그 음식들을 모두 나인들에게 먹였다. 타나실리가 체통을 앞세우며 나인들에게 손을 대지 말라고 협박하면 기재인은 독만을 불러 액정궁의 기강이 무너졌다며 호되게 문책했다. 원칙을 따지는 그녀 앞에서 독사 같은 독만도 아무 변명을 할 수가 없었다. 회초리는 어느새 기재인을 떠나 독만의 손에서 춤을 추었다. 나인들의 종아리는 상처가 아물 새도 없이 짓물렀다.

나인들이 직분을 바꿔 달라며 눈물로 호소하자 타나실리는 기가 막혔다. 계산대로라면 기재인이 찾아와서 눈물을 흘리며 나인들을 바꿔 달라고 애걸복걸해야 했다. 그때 당장 기재인을 쳐 죽이겠다며 길길이 날뛰는 타나실리를 막아선 사람은 왕고였다. 이제 간택된 지 며칠 되지도 않은 후궁을 뚜렷한 죄목도 없이 체벌하는 것은 오히려 괜한 흠이 될 뿐이었다.

왕고가 황후를 다독였다.

"제가, 기재인의 오만한 기세를 꺾어 놓겠습니다. 조금만 기다려 주십시오."

그는 기재인의 기질을 누구보다도 잘 알고 있었다. 모난 돌은 정으로 쪼아야 하는 법, 왕고는 기재인의 목을 틀어쥘 복안을 가지고 있었다.

기재인은 타나실리의 부름을 받고 황후전 별실로 걸음을

했다. 하지만 그녀를 기다리고 있던 것은 황후가 아니라 왕고였다. 전혀 예상치 못했던 일이었다. 그녀는 짐짓 놀랐다.

왕고가 먼저 입을 뗐다.

"처음 보는 얼굴도 아닐 터, 무얼 그리 놀라느냐."

"어찌 황제의 후궁에게 이리 하대를 하십니까. 황제의 여인에게 함부로 대하는 것은 곧 황제를 무시하는 처사가 아닌지요."

왕고는 낮게 웃으며 조소했다. 원나라로 오던 그 밤, 충혜왕은 초야권을 행사한다며 기재인을 데려갔었다. 두 사람의 애틋한 연분을 왕고는 잘 알고 있었다. 황제의 여자가 되어 있는 기재인에게 충혜왕과의 사랑은 치명적인 치부였다. 황제나 황태후가 안다면 폐위는 물론 황실을 능멸한 죄로 목을 내놓아야만 할 것이었다. 그것이 왕고가 그리도 자신만만한 이유였다.

"너는 잊었는지 모르나, 원행길 마지막 날에 있었던 일을 나는 하나도 빠짐없이 기억하고 있다. 이보다 더 황제를 능멸하는 일이 또 어디에 있겠느냐. 네년의 목숨은 꼼짝없이 내 손아귀에 있음을 정녕 모르겠느냐…."

왕고가 입을 닫고 기재인의 기색을 살폈다. 하지만 뜻밖에도 그녀는 차갑게 웃을 뿐이었다.

"박씨와 그 태중의 아기씨가 어찌 죽었는지 잊으셨습니

까?"

 무슨 말인가 싶어 솔깃한 왕고에게 기재인의 거침없는 말이 쏟아졌다.

 "박씨는 모함을 받고 죽었습니다. 그 간계가 누구의 머릿속에서 나왔는지 나는 잘 알고 있습니다. 나의 죄가 아무리 크다 한들 총애하던 후궁과 태중의 자식까지 죽인 대죄에 비할 바가 아닐 것입니다."

 "추측만으로 어찌 나를 겁박하는가."

 당황하며 반박하는 왕고에게 기재인이 일침을 놓았다.

 "현빈이 무고했다는 결정적 증거를 갖고 있습니다. 그것도 없이 이 황궁 안에 제 발로 걸어 들어왔겠습니까?"

 왕고의 얼굴에서 핏기가 사라졌다. 기재인의 말이 사실이라면 목숨 줄을 쥔 쪽은 자신이 아니라 그녀였다. 믿을 수도, 그렇다고 믿지 않을 수도 없는 노릇이었다.

 기재인의 두 눈이 서슬 퍼렇게 변했다.

 "공녀로 끌려와 모진 고생 끝에 이곳까지 왔다. 배불리 먹고, 따뜻하게 잠들며 남은 생을 보내고 싶을 뿐이다. 여생을 편히 지내고 싶다면 날 건드리지 마라. 난 절대 혼자 죽지 않는다."

 기재인을 노려보던 왕고는 조용히 예를 표하고 자리를 떴다. 그제야 긴 한숨을 내쉬는 그녀의 목덜미로 식은땀이 흘러내렸다.

'이것이 시작이다. 건너야 할 고난 중 하나일 뿐…'

별실을 나온 왕고가 밤하늘을 바라보며 긴 한숨을 내쉬었다. 기재인은 만만치 않았다. 뭔지 모를 서늘한 바람이 액정궁을 감싸는 듯했다. 왕고는 한풍에 뒷목이 시렸다.

# 깊어 가는 애증

 기재인과의 협상을 보고 받은 타나실리의 심정은 복잡했다. 그녀가 박씨 사건의 증거를 가지고 있다는 사실보다 충혜왕이 그녀에게 초야권을 행사했다는 사실에 묘한 배신감이 들었다. 그동안 보여 줬던 충혜왕에 대한 타나실리의 호의를 생각해 본다면 무리한 감정도 아니었다.

 질투에 싸인 타나실리가 서릿발 같은 명령을 왕고에게 내렸다.

 "왕대인께선 서둘러 기재인이 가지고 있다는 증거를 찾아내십시오. 그러면 내가 눈엣가시 같은 그 계집과 충혜왕을 반드시 제거할 것입니다."

밤마다 기재인을 찾아오는 순제의 발걸음은 계속되었다. 백안과 탈탈이 은밀히 합궁을 종용했지만 그녀는 쉽게 마음을 열지 않았다. 순제는 몇 번인가 시도를 해 보았지만 기재인의 매몰찬 거부에 움찔하며 손길을 거두었다. 그러다 술에 취해 객쩍은 소리만 하다가 잠이 들곤 했다.

진정한 황제가 되고자 하는 결심이 서기 전까지, 기재인은 순제를 받아들일 수 없었다. 하지만 그것조차 한낱 명분에 불과한 핑계일지도 몰랐다. 그녀의 마음 깊숙한 곳에는 아직도 충혜왕이 자리 잡고 있었다. 당차고 독한 기재인도 어찌할 수 없는 감정이었다.

기재인은 제조상궁으로부터 태후전으로 급히 들라는 전갈을 받았다. 싸늘하게 돌아서는 제조상궁의 표정을 보니 뭔가 심상치 않은 일이 있는 것이 틀림없었다. 제조상궁은 타나실리의 심복 중에 심복이었다. 궁에 들어온 지 벌써 여러 날이 되었지만, 기재인과 좋은 낯으로 마주한 적이 없었다. 걸음을 서둘러 도착한 태후전에는 벌써 타나실리가 와 있었다.

황태후는 기재인을 보자마자 대노하여 나무랐다.

"기재인은 어찌하여 첫 내명부 교육에 참석하지 않았는가!"

보름에 한 번, 원 황실에서는 정실황후인 타나실리의 주관 하에 후궁들의 내명부 교육이 실시되었다. 타나실리의 말이 사실이라면 기재인은 후궁이 되어 첫 교육에 무단 불참했으니 황실의 법통을 무시한 처사였다.

하지만 기재인으로서는 금시초문이었다.

"송구하오나, 저는 그에 관해 전해 들은 바가 없습니다. 알았다면 어찌 참석지 않았겠사옵니까."

"제조상궁은 들라!"

타나실리가 제조상궁을 불러들였다. 제조상궁이 빠른 걸음으로 들어와 고개를 조아렸다.

타나실리가 그녀에게 물었다.

"자네, 기재인에게 내명부 교육에 참석하라 전했는가?"

"여부가 있겠사옵니까. 반드시 참석하겠다는 답까지 들었나이다."

제조상궁이 기재인의 두 눈을 똑바로 쳐다보며 대답했다. 기재인은 어이가 없었다. 하지만 증인까지 나선 마당에 부인을 거듭하는 것은 도리어 황태후의 노여움을 더 크게 할 뿐이라는 사실을 그녀는 잘 알고 있었다. 기재인은 몸을 낮추어야 할 때라고 판단했다.

타나실리가 황태후에게 고했다.

"마마, 교육에 무단으로 불참한 것도 모자라 저리 아무렇지도 않게 거짓을 고하니 이 노릇을 어찌하면 좋겠습니까. 부디 내명부의 기강을 바로잡아 주소서."

황태후가 명했다.

"기재인을 황실 서고에 감금하고, 황후가 지은 황실 여인의 내훈강령 백조를 일백 권 쓰게 하라. 다 쓸 때까지 서고에서 나올 수 없을 뿐만 아니라 한 모금의 물도, 음식도 들이지 말라."

대원제국의 진정한 여인으로 거듭나라고 내린 벌이었지만 이것은 왕고와 타나실리의 음모였다. 기재인이 서고에 있는 동안 반반한 궁녀들로 하여금 그녀에게 빠져 있는 순제의 마음을 돌리려는 의도였다. 또한 기재인이 가지고 있다는 현빈 박씨 사건의 증거를 찾기 위함이기도 했다.

기재인은 소복을 입은 채 서고에 갇혀 글씨를 쓰기 시작했다. 먹을 갈고 붓을 들어 글씨를 쓰고, 다시 먹을 갈고 글씨를 쓰는 동안 그녀의 온몸은 땀에 젖었다. 흰 소복은 온통 검은 먹이 흘러 흉물스럽기까지 했다. 빈 서고 안에서 기재인은 이를 악물고 글씨를 써 내려갔다. 극심한 탈수와 허기가 몰려왔지만 멈출 수가 없었다.

'이기리라, 끝내 이겨 내리라…'

밤이 지나고 다음 날 아침이 왔지만 기재인은 수많은 파지에 묻혀 글쓰기를 멈추지 않았다. 그 소식을 들은 순제가 안절부절못하며 걱정했지만 내명부의 일에 참견할 수는 없는 노릇이었다.

그 시각, 충혜왕은 덕령공주와 다과를 즐기고 있었다. 그녀는 수더분하고 조용조용한 여인이었다. 무엇보다도 충혜왕에게는 고려로 돌아갈 수 있다는 희망과도 같은 여인이었다. 하지만 그녀를 보고 있자니 자꾸만 기재인이 떠올랐다. 어려움 속에서도 자신에게 희망을 주려 애썼던 그녀가 자꾸만 생각났다. 충혜왕은 한 하늘 아래 있으나 만날 수 없는 기재인이 못 견디게 그리웠다.

덕령공주는 내심 충혜왕의 사내다운 풍모와 다정한 말씨가 마음에 들었다. 그녀는 지난밤 오늘의 만남을 그리며 잠까지 설친 터였다. 그래서일까 자꾸만 가슴이 뛰고 손이 떨려 자리에 제대로 앉아 있기가 힘들 정도였다.

이를 눈치챈 충혜왕이 살며시 물었다.

"혹, 어디가 불편하십니까."

덕령공주가 잠시 망설이다 어렵게 말을 꺼냈다.

"그리 말씀하시니 여쭙겠습니다. 송구하오나, 잠시 자리를 떠도 괜찮을지요. 맑은 바람을 좀 쐬고 오려 합니다."

충혜왕이 고개를 끄덕였다.

"그리하시지요. 긴긴 세월 함께할 것인데, 잠시 자리를 비운들 어떻겠습니까."

덕령공주가 수줍게 미소 지으며 자리에서 일어났다. 충혜왕이 멀어지는 그녀의 뒷모습을 바라보다 깊은 한숨을 내쉬었다.

충혜왕은 술잔을 채우며 곁에 섰던 호위무사 파천에게 말했다.

"어찌 또 그런 눈빛으로 나를 보느냐."

"송구하옵니다."

파천이 고개를 숙였다.

"긴긴 세월이라…."

충혜왕이 술잔을 비웠다.

"긴긴 세월 함께하고픈 이는 따로 있거늘, 내 어찌 저 사람에게 그런 말을 하는지 모르겠구나."

"소인이 한 잔 올리리까."

"그래. 한 잔 다오."

충혜왕이 술을 따르는 파천을 바라보며 물었다.

"너는, 하고 싶은 것을 다 하고 사느냐?"

파천이 잠시 생각에 잠겼다. 충혜왕은 파천이 답할 틈을 주지 않고 말을 이어 갔다.

"그래, 물론 아니겠지. 종일 내 그림자로 살아가거늘, 그것만이 네 세상이거늘. 그것이 평생의 꿈이 아닌들 어찌 하고픈 것을 다 할 수 있겠느냐."

"송구하옵니다."

"누군들 그렇지 않겠느냐. 사람이 어찌 제 하고픈 대로 다 하며 살 수 있겠느냐. 하물며 한 나라의 지존인 나도 그러한데 말이다."

충혜왕이 파천이 올린 술을 마신 뒤 말을 이었다.

"그 사람은, 그 사람은 제 하고픈 대로 다 하며 사는지 모르겠구나. 어찌 지내는지 모르겠구나. 지금 뭘 하고 있는지 모르겠구나…."

파천의 눈빛이 흔들렸다.

충혜왕이 이를 놓치지 않았다.

"아는 바가 있더냐?"

"그것이…."

"어서 말해 보라. 어서!"

덕령공주가 돌아오자, 충혜왕은 양해를 구하고 다과를 다음 기회로 미뤘다. 그리고 공주가 나가자마자 황급히 자리에서 일어섰다. 하지만 문을 나서자 밖에서 기다리고 있던 환관 방신우가 그의 앞을 막아섰다.

"폐하, 부디…."

"나는 확인해야겠다. 마음을, 그 사람의 마음을 말이다.

정말 원해서 그리 살고 있는 것인지 알아야겠다. 그리하지 않고서는 다른 어떤 일도 할 수가 없다. 혼인을 할 수도, 고려로 돌아갈 수도 없단 말이다. 그러니 나를 막지 말라."

충혜왕은 그길로 곧장 서고로 향했다. 방신우와 파천이 황급히 그의 뒤를 따랐다.

한편 순제는 타나실리가 보낸 궁녀들을 모두 내쳤다. 그 소식을 들은 타나실리는 자신의 두 귀를 의심했다.

'여인이라면 사족을 못 쓰던 폐하가 아니었던가. 다른 여인을 품지 못할 정도로 기재인에 대한 사랑이 깊어졌단 말인가…'

서늘한 바람이 타나실리의 가슴을 훑고 지나갔다. 자신을 사랑하지 않을 것이라면 세상 어느 여인도 마음에 담지 않기를 바랐다. 그렇게 만들려고 무던히도 애써 왔다. 두 손에 피를 묻히는 것도 마다하지 않았다.

'헌데, 헌데. 그 마음에 정녕 기재인을 담았다는 것인가…'

그때, 제조상궁이 들어와 알렸다.

"충혜왕이 기재인이 감금되어 있는 서고에 들어갔다 합니다."

타나실리가 분노에 찬 목소리로 명했다.

"지금 당장 황상을 서고로 뫼시어라."

방신우와 독만이 어렵게 주위의 눈들을 따돌린 사이, 충혜왕이 서고로 숨어들었다. 먹과 땀에 젖은 기재인의 모습은 참혹했다. 책장 뒤에서 잠시 그녀를 바라보던 충혜왕은 눈물을 삼키며 앞에 나섰다. 획을 긋던 기재인의 붓이 흠칫 놀라며 미끄러졌다. 그녀는 못쓰게 된 종이를 구겨 버리고는 새 종이를 앞에 펼쳤다. 하지만 떨리는 손으로 더 이상 글씨를 쓰지 못했다. 말없이 앞에 앉아 먹을 갈아 주는 충혜왕의 손 역시 떨리고 있었다.

 잠시 동안, 둘 사이에 깊고 깊은 침묵이 흘렀다. 그토록 그리워하던 사람이 바로 눈앞에 있었지만 어느 때보다 멀리 있는 듯 아득하게만 느껴졌다. 이대로 있으면 영영 알 수 없는 곳으로 사라져 버리고 말 것만 같았다. 충혜왕이 먼저 손을 내밀었다. 여전히 떨리고 있는 기재인의 손을 살며시 잡고는 쥐고 있는 붓에 먹을 묻혀 주려 했다. 하지만 그녀가 거칠게 손을 뺐다. 그 바람에 검은 먹물이 충혜왕의 옷에 튀고 말았다. 안 그래도 무거운 그의 마음에 돌덩이가 하나 더 얹어진 듯했다.

 충혜왕이 부러 원망스럽게 물었다.

 "왜 돌아왔느냐? 내가 이곳에 있기 때문이냐?"

 하지만 기재인은 아무런 대답도 하지 않았다. 이를 악문 채 여전히 떨리는 손으로 한 자 한 자 글씨를 써 내려갈 뿐이었다.

충혜왕이 종이를 잡아 찢으며 소리쳤다.

"네가 끝내 원하던 것이 고작 오랑캐 황제의 품속이었느냐!"

그를 노려보는 기재인의 눈에 눈물이 고이기 시작했다.

충혜왕이 울먹이며 애원했다.

"양이야, 한 번만 말해 다오. 네 마음은 내게 있다고, 고려에 있다고…. 내가 널 용서할 수 있게 한마디만 해 다오."

기재인이 울음을 삼키며 차갑게 말했다.

"제 마음 어디에도 전하는 없습니다. 저를 잊어 주십시오…."

그녀는 고려로 돌아가야만 하는 충혜왕의 절박함을 잘 알고 있었다. 그 때문에 비녀를 돌려주고 원나라 황실과 혼담을 추진해야 하는 심정을 이해했다. 그러나 야속하고 서러운 것은 어쩔 수 없었다. 아기 때문이었다. 기재인은 아기를 죽게 한 죄책감이 충혜왕에 대한 원망으로 이어졌다.

"고려로 돌아가 진정한 왕이 되십시오. 저는 이곳에서 고려인을 지킬 것입니다…."

"내 백성들을 너의 그 탐욕스런 입에 담지 말라!"

기재인의 눈물이 떨어져 글씨에 번졌다.

"고려의 왕이라면 무고하게 죽어 가는 백성들을 그리 바라보고만 있진 않습니다."

충혜왕은 돌처럼 굳었다. 문득 고려촌에서 무고하게 죽어가는 백성들을 맥없이 바라보고 서 있던 자신의 모습이 떠올랐기 때문이었다. 그들이 토해 내던 절규가, 아픔에 찬 비명이 아직도 귓가에 생생했다.

"그러면 너도 그곳에 있었던 것이냐?"

"전하께서 계신 곳엔… 늘 있었습니다."

기재인이 고개를 들어 충혜왕의 두 눈을 똑바로 바라보았다. 그리고 말을 이었다.

"전하께서는 어디에 계셨습니까. 유민들의 아픔조차 모르시면서 어찌 고려의 자주를 운운하십니까. 어찌하여 현실을 무시한 채 이상만 꿈꾸십니까. 국가의 힘은 백성에게서 나오는 법, 백성을 모르는 왕은 절대 강한 군주가 될 수 없습니다. 나약한 왕에게서 어찌 강한 고려를 기대할 수 있겠습니까."

충혜왕은 조용히 뒤돌아섰다. 더 이상 그녀 앞에 떳떳이 서 있을 수가 없었다. 그녀의 말이 모두 옳았다. 자신은 이상만을 꿈꾸는 더없이 나약한 왕이었다. 한 사람의 백성도 제대로 지켜 내지 못한 무능한 왕이었다. 그리고 자신의 여인을 보호하지 못한 비겁한 왕이었다.

기재인의 두 눈에서 검은 눈물이 흘러내렸다. 그녀는 잘 알고 있었다. 자신의 한마디 한마디가 비수가 되어 충혜왕의 가슴 깊은 곳에 박혔을 것. 숨을 쉴 수 없을 정도로 부끄러울 충혜왕의 마음이 고스란히 느껴지자 기재인의 마음 또한 찢어질 듯 아팠다.

"폐하, 폐하…."

잠시 넋을 놓고 앉아 있던 기재인이 충혜왕을 애타게 부르며 황급히 일어나다 그만 혼절하고 말았다.

놀란 충혜왕이 기재인을 품에 안은 채 외쳤다.

"양이야, 양이야! 여봐라, 밖에 아무도 없는가!"

하지만 아무도 달려오지 않았다. 방해받고 싶지 않은 마음에 주변을 모두 물리쳐 둔 탓이었다. 충혜왕은 다급한 마음에 그녀를 들쳐 안고 나왔다. 그런데 문 앞에는 순제와 타나실리가 나란히 서 있었다. 뜻밖의 일이었다.

타나실리가 충혜왕을 향해 회심의 미소를 지으며 말했다.

"폐하, 두 사람이 정인이라는 소문이 거짓이 아닌 듯싶사옵니다…."

충혜왕이 눈에 불을 켜고 타나실리를 노려봤다.

"황후마마께선 참으로 간계에 능하신 분이십니다."

"닥치시오. 감히 그 더러운 입으로 누굴 모함하는 게요."

충혜왕은 물러서지 않았다.

"지난번 현빈의 죽음은 막지 못했으나 이번에 기재인을

죽음으로 몰아넣는다면 내 목숨을 걸고서라도 막을 것입니다. 내 백성이 이 황궁에서 죽어 나가는 것을 더 이상 두고 보지만은 않을 것이란 말입니다!"

충혜왕의 말에 순제의 얼굴이 일그러졌다.

"짐의 여자니라! 그대의 백성이 아니라 짐의 여자란 말이다!"

충혜왕으로부터 거칠게 기재인을 빼앗아 든 순제가 성큼성큼 걸음을 옮겼다. 타나실리는 온몸에 소름이 돋을 정도로 분했다. 모멸감에 치를 떨었다. 그리고 화풀이를 하듯 충혜왕을 노려보다가 먼저 돌아섰다.

혼자 남은 충혜왕은 망연자실했다. 이 황궁 안에서 기재인을 지켜 줄 수 있는 사람은 자신이 아니라 순제였다. 그것이 현실이었다.

타나실리가 술잔을 기울이는데 왕고가 들어왔다.

"기재인의 숙소를 샅샅이 뒤졌으나 증거의 실마리를 찾을 수 없었습니다."

"더 이상 찾을 필요가 없습니다. 죽여 버리면 그뿐…. 쥐도 새도 모르게 그 계집을 죽일 것입니다. 왕대인께선 그 계집을 죽일 방도를 강구하세요."

"알겠나이다, 황후마마."

왕고가 뒷걸음으로 방에서 나간 뒤에도 타나실리는 연거푸 술잔을 비워 댔다. 그녀의 두 눈이 분노로 이글거렸다. 하지만 그것은 변해 버린 순제의 모습 때문이 아니었다. 바로 충혜왕 때문이었다. 목숨을 걸고서라도 기재인을 지키겠다고 일갈하던 충혜왕의 모습이 아직도 생생했다. 그 모습이 자꾸만 떠올라 견딜 수가 없었다.

'대체 그 하찮은 계집이 무엇이기에 고려의 왕이었던 자가!'

타나실리는 들고 있던 술잔을 던져 버렸다. 벽에 부딪힌 술잔이 산산이 부서져 내렸다. 자신도 모르는 사이에 타나실리의 질투는 순제가 아닌 충혜왕을 향하고 있었다.

## 폭풍 전야

 순제는 입에 직접 약을 떠 넣어 주며 기재인을 간병했다. 그녀가 받아먹기를 거부할수록 순제는 애간장이 녹아내렸다. 그녀의 오만한 태도에 화가 나기도 했지만, 지금 이 순간만큼은 기재인에 대한 연민을 숨길 수가 없었다. 순제는 자존심이 상했다. 허울뿐인 황제라고 뒤에서 비웃을지언정 앞에서 당당히 꾸짖는 사람은 없었다. 그런데 기재인은 달랐다. 처음 만날 때도 그랬고, 대청도에서도, 지금 이 황궁 안에서도 여전히 순제의 자존심을 건드렸다.
 황궁에서의 날들은 선왕의 복수를 잊어버리고 싶을 만큼 평온했다. 그러나 가슴속 저 깊은 곳에서 분노가 일기 시작했다. 순제는 그것이 기재인을 향한 것인지 연철을 향한 것인지 알 수 없었다. 그러나 분노가 일수록 그녀를 보고 싶은 마음이 간절해졌다. 그것만은 분명했다.

기재인이 계속해서 약을 거부하자 순제는 자신의 입에 약을 머금고 억지로 그녀의 입에 밀어 넣었다. 그러자 기재인이 눈을 치켜뜨며 순제를 노려봤다.

순제는 하소연하듯 그녀에게 말했다.

"살거라…. 내 가슴속에서 분노가 일고 있다. 그 분노를 키워 연철을 죽이려면 네가 살아 있어야 할 것이 아니냐."

순제의 말에 그녀의 태도가 누그러졌다.

"한 가지만 약조해 주십시오. 훗날, 이 나라의 진정한 황제가 되신다면 이 땅에서 고려인에 대한 차별을 없애 주십시오."

"그리하마."

기재인이 몸을 일으키더니 탕약을 직접 들고 마셨다. 그 모습을 보는 순제의 눈빛도 부드러워져 있었다.

그날 밤, 기재인은 전과 다르게 치장을 하고 처소에 들어섰다. 순제는 그녀의 아름다운 모습에 넋을 잃을 지경이었다. 그녀가 순제를 잡아끌며 마침내 두 사람은 하나가 되었다. 한바탕 격정이 지나간 후, 어둠 속에서 두 사람은 눈물을 흘렸다. 눈물의 시작은 달랐지만 그 끝은 같았다. 바로 복수였다. 마지막 승자가 되고자 하는 열망이었다. 기재인이 순제에게 처음으로 마음을 연 그 밤, 순제는 자신이 황제임을 자각했다. 용상에 오른 이후로 처음이었다.

기재인을 황궁에 들인 백안에게는 내심 계획이 있었다. 우선은 그녀가 황제의 아기를 수태하는 것이었다. 그러는 동안 백안은 연철의 비밀 자금을 찾아내서 그 힘을 무력화할 작정이었다. 연철의 막강한 힘은 수많은 사병들에게 있었다. 그들을 지탱하는 것은 돈이었다. 연철이 어딘가에 엄청난 비자금을 비치해 두고 있다는 것을 알 만한 사람들은 다 알고 있었다. 그런 다음에 기재인이 낳은 아들로 왕위를 잇겠다는 생각이었다.

그러나 기재인은 뜻밖에도 황제를 공부시키겠다며 나섰다. 백안으로서는 자다가 봉창을 두드리는 꼴이었.

펄쩍 뛰는 백안을 탈탈이 진정시켰다.

"어쩌면 우리들이 계획한 것보다 더 빨리 연철 일가를 몰아낼 수도 있을 것입니다."

탈탈의 뜻을 백안은 도무지 알 수가 없었다. 하지만 세상에서 가장 똑똑한 탈탈의 생각이니 믿고 따르는 수밖에 없었다.

기재인은 탈탈로부터 한 아름의 서책을 건네받았다. 몽골 초원에 뿌리를 둔 원나라 황제들은 대대로 글공부에 취약했다. 이름 석 자도 못 쓰는 황족들이 수두룩했다. 고려 출신 환관들을 선호하는 이유 중의 하나가 글을 잘 알고 유식하기 때문이었다. 힘 있는 황제가 되기 위해서는 직접 수많은 상소문들을 읽고 모든 나라의 일을 직접 관장해야 했다.

후궁전을 찾은 순제는 운우지정 대신 기재인과 함께 밤새 서책을 읽고 공부를 했다. 기재인 역시 황제와 함께 공부에 열중했다. 역사서에서부터 병서에 이르기까지 체계적인 학문 습득에 돌입했다. 그녀에겐 훗날 원나라를 경영하리라는 큰 뜻이 있었다. 그러자면 지혜만으로는 부족했다.

순제는 죽을 맛이었다. 글을 읽다가도 어느새 두 눈은 기재인의 흰 목덜미와 봉긋한 가슴에 가 있기 일쑤였다. 그러나 그녀는 어떤 스승보다도 엄하고 단호했다.

"황주에서 주자연이 올린 상소문이옵니다."

기재인이 상소문을 내밀자 순제는 거들떠보지도 않은 채 그녀를 응시했다.

"네 마음을 갖고 싶다. 어찌하면 짐에게 마음을 내주겠느냐?"

"황주에서 걷는 통행세의 대부분을 현감이 횡령하고 있다고 하옵니다."

순제가 상소문을 아예 걷어치우며 기재인을 끌어안았다.

"외롭구나. 너와 함께 있을수록 더욱 내 마음이 외롭다…."

기재인이 긴 한숨을 내쉬었다. 어리광을 받아 주는 어머니처럼 잠시 순제를 안고 토닥이다가 다시 상소문을 펼쳐 들었다. 순제 또한 긴 한숨을 내쉬어야만 했다. 늘 이런 식이었다. 더듬더듬 상소문을 읽는 순제의 목소리에 아쉬움이 짙게 묻어났다.

상소문을 보다 책상에 엎어져 잠이 든 순제를 침소에 누이며 기재인이 차갑게 그를 바라봤다. 순제가 몰락하면 자신도 죽을 것이고, 자신이 없으면 그도 절대 스스로 일어서지 못할 것이라 생각했다. 황제의 옥체를 돌보는 일에 그녀가 지극정성인 이유는 그것이었다. 그러나 기재인의 가슴속 깊은 곳에서는 자신도 모르는 사이에 순제에 대한 애틋한 마음이 자라나고 있었다.

한편 보이지 않는 곳에서 그들을 지켜보는 이가 있었으니, 탈탈이었다. 탈탈은 서책을 선택하고 계획을 세워서 그들의 학문을 소리 없이 도왔다. 그러나 탈탈조차도 황제가 공부에 열중하리라고는 생각지 못했다. 그렇게 만든 기재인의 능력이 놀라울 뿐이었다. 그러나 더욱 놀라운 것은 황제의 변화보다 기재인의 모습이었다. 책을 읽어 내려가는 속도며 이해하는 폭이 남달랐다. 법서와 역사서는 물론 병법서까지 섭렵하는 기재인을 보며 탈탈은 내심 두려운 생각까지 들었다. 그녀는 자신이 생각했던 것보다도 더 대단한 여인임이 틀림없다고 여겼다.

그러던 중 드디어 탈이 나고 말았다. 순제가 조정 대신들이 모인 조회 자리에서 코피를 쏟고 만 것이었다. 황궁 안에 무수한 말들이 돌기 시작했다. 일부 신료들은 주색에만 몰두한 황제를 비웃었고, 또 다른 일부에서는 후궁인 기재인에 대한 음담이 떠돌았다. 그러나 순제와 기재인의 일거수일투족을 감시하고 있는 타나실리만은 비웃을 수가 없었다. 뭔가 석연치가 않았다. 기재인의 처소로 은밀히 서책이 들어가고 있는 것을 알아낸 것이었다. 글자도 잘 모르는 순제가 책을 읽는다니, 타나실리는 두 사람이 뭔가 일을 꾸미고 있는 것이 분명하다고 확신했다. 그녀는 우선 순제가 기재인의 처소를 찾지 못하도록 하기 위해 황태후의 힘을 빌리기로 했다.

황태후전에 불려 간 순제는 호된 꾸지람을 들었다.

"구실을 못할지언정 손가락질을 받는 황제는 되지 말아야 하지 않겠습니까. 소문이 잦아질 때까지 당분간 후궁전 출입을 금하시는 것이 좋겠습니다."

순제는 아무 말도 못하고 물러났다. 자신을 친자식처럼

여기는 황태후에게조차 공부를 하고 있다는 사실을 알리지 못했다.

기재인을 불러들인 타나실리는 겉옷을 벗기고 회초리로 등을 수십 차례 때렸다. 황제의 옥체를 상하게 했으니 정실 황후로서는 정당한 체벌이었다. 기재인은 이를 악물며 아픔을 참아 냈다. 황제를 교육시키고 있다는 사실이 알려지는 것보다는 차라리 그런 오해를 받는 편이 훨씬 나았다.

그날 밤, 순제가 기재인을 찾았다. 출입을 금하라는 황태후의 명을 알고 있었기에 그녀는 의아했다. 그러나 순제는 또다시 책을 펼쳐 들었다.

"어차피 세상의 손가락질 따위는 무시하고 산 지 오래되었다. 풍문 따위가 무서워서 뜻한 바를 꺾는다면 아무것도 할 수 없을 것이다."

기재인은 새삼 변해 있는 순제의 모습에 놀랐다. 그리고 깊은 신뢰를 느끼기 시작했다. 어쩌면 순제는 자신이 원하는 황제, 그 이상이 될 수 있을지도 모른다는 생각이 들었다.

새벽 즈음에 서책을 덮은 순제가 다정하게 말했다.

"등을 한 번 보자꾸나."

기재인이 돌아앉아 조심스럽게 겉옷을 내렸다. 그녀의 등에 생긴 깊은 상처를 보니 순제의 마음은 찢어질 듯 아팠다. 그가 품에서 약을 꺼내 조심스럽게 발라 주었다. 이 세상에서 진정으로 자신을 도와주는 사람이 기재인 단 한 명뿐이라는 사실을 순제는 분명히 알고 있었다. 기재인은 자신을 위해 어떠한 고통도 감내할 수 있는 유일한 사람이라고 생각했다.

순제는 약을 다 바른 뒤에 기재인을 따뜻하게 안아 주었다.

"내 반드시 이 나라의 진정한 지존으로 우뚝 설 것이다. 그리하여 너를 지켜 줄 것이다. 세상 어느 누구도 네 몸과 마음에 상처를 내지 못하도록 할 것이다."

순제가 황태후의 말도 거역한 채 후궁전으로 향하는 발길을 멈추지 않자 연철 일가는 크게 당황했다. 원나라의 후계는 황제의 지목에 따라 결정되었다. 그러니 기재인이 황제의 아기를 갖게 되면 그야말로 큰일이었다. 순제의 결정에 따라 태자 책봉이 이루어질 터, 자신이 총애하는 후궁의 자식에게 마음이 쏠리는 것은 당연했다.

연철은 타나실리를 호되게 나무랐다.

"어찌하여 아직까지도 황제의 마음 하나 사로잡지 못한 것이냐. 이러다가 그년이 회임이라도 하는 날엔 큰일이 아니냐."

"그런 일은 절대 없을 것입니다."

타나실리가 연철을 안심시켰다.

왕고도 거들고 나섰다.

"그렇습니다. 그 약을 하루도 거르지 않고 석 달만 먹인다면 아예 회임할 수 없는 몸이 될 것입니다…."

아침 문후 때마다 흥성궁을 찾는 기재인에게 타나실리는 탕약을 한 종지 내놓았다. 오늘도 어김이 없었다.

"황제를 보필하느라 고생이 많은 듯하여 내리는 보약이니라. 남김없이 마시거라."

그것이 어떤 약인지 기재인은 알지 못했다. 마시는 즉시 피를 토하게 될지, 혹은 시름시름 앓다가 죽게 될지 알 수 없었다. 그러나 황후가 후궁에게 하사하는 보약을 거절하는 것은 곧 정실에 대한 모욕과도 같은 것이었다. 하여 기재인은 탕약 한 종지를 말끔히 비워 냈다. 그러고는 태연하게 예를 표했다.

"황후마마의 세심한 배려, 황감하나이다."

타나실리의 야릇한 웃음을 뒤로하고 돌아온 기재인은 자신의 몸을 살폈다. 그러나 아무런 증후도 없었다. 물론 타나실리가 내린 것이 진짜 보약일 리는 없다고 생각했다. 다음 날에도 어김없이 탕약이 나와 있었다. 그렇게 며칠을 먹었지만 기재인의 몸에는 아무런 증상도 생기지 않았다. 그것이 더욱 이상했다.

사실 그 탕약은 임신을 막는 약이었다. 먹는 동안은 물론 장복을 하면 영원히 불임이 될 수도 있었다. 당장 몸에 큰 지장을 주지 않으니 기재인으로서는 알 리가 없었다. 타나실리는 매일 아침 자신 앞에서 탕약을 비우는 기재인을 보며 안심했다.

며칠 뒤, 아침 일찍 일어난 기재인은 아침밥 대신 빈속에 물을 한 바가지 마셨다. 어김없이 타나실리 앞에서 약을 먹고는 숙소로 돌아와 작은 옹기 안에 모두 토해 냈다. 그 옹기는 고려촌의 촌장에게 보내졌다. 부용의 아버지는 원래 심마니 출신이었다. 산삼과 약초를 캐며 젊은 날을 다 보낸 덕에 한의학에 조예가 깊었다. 일전에 기재인이 임신한 채로 정신을 잃었을 때도 촌장은 특유의 솜씨로 약을 달여 그녀와 뱃속의 아기를 살려 냈다.

다음 날, 부용이 아비인 촌장의 소견을 전해 왔다.

"마마, 그것은 장복하면 위험한 불임약이라 하옵니다."

부용은 부들부들 떨고 있었지만, 기재인의 표정은 전과 다름이 없었다.

"부용아, 그리 분해 할 것 없다. 그럴 것이라 이미 예상하지 않았더냐."

"그러나 마마…"

"이제라도 분명히 알았으니 되었다. 아니, 오히려 잘 되었느니라."

"그것이 무슨…."

"그것이 말이다. 내 얼마 전에 손자병법이라는 서책을 읽었느니라. 그 책에 이리 적혀 있더구나."

부용이 눈물을 훔쳐 내며 귀를 쫑긋 세웠다.

"적이 품고 있는 계략만큼 적에게 사용하기 좋은 전략은 없다."

기재인이 두 눈을 반짝이며 말을 이었다.

"적이 약을 썼으니, 우리도 약을 쓰면 되지 않겠느냐."

부용의 얼굴이 어느새 환해졌다.

"예, 마마. 그보다 좋은 약은 없을 듯하옵니다."

"그래, 그럴 것이다. 그러니 날이 어두워지면 다시 한 번 아비에게 다녀오너라. 가서 나의 뜻을 전하거라."

"예, 마마. 그리하겠나이다."

며칠 후, 기재인에게 한 종지의 또 다른 탕약이 전달되었다. 부용의 아비가 보내온 것이었다. 그동안 그녀는 미리 물을 먹고 나중에 토하는 방법으로 타나실리의 약을 뱉어 내고 있었다. 이제 촌장의 약이 당도했으니 적의 계략을 적에게 사용할 때가 온 것이었다.

기재인이 몸이 아프다는 이유로 아침 문후에 나타나지 않자 타나실리가 후궁전으로 탕약을 보냈다. 제조상궁이 두 눈을 부릅뜨고 지켜보는 가운데 기재인이 천천히 탕약을 집어 들었다. 하지만 힘없이 사발을 놓치면서 그만 약을 다 쏟고 말았다. 제조상궁이 허둥지둥 약사발을 집어 들었다.

기재인이 짐짓 당황하며 제조상궁에게 부탁했다.

"미안하네만 다시 지어 주시게. 태후마마께서 정성으로 내리신 약인데 하루라도 거르면 되겠는가."

"예, 다시 지어 올리겠습니다."

"이런, 이런. 이보시게."

기재인은 문득 뭔가 생각난 듯 걸음을 서두르던 제조상궁을 불러 세웠다.

"그런데 황상 폐하의 명으로 내 곧 어전으로 들어야 하니, 그리로 약을 가져다 주시게."

"그리하겠사옵니다."

어전에는 벌써 황태후와 타나실리가 와 있었다. 최근 소원했다는 이유로 순제가 그들을 불러 작은 다과회를 벌이는 중이었지만 사실은 기재인의 부탁으로 자리를 만든 것이었다. 오랜만에 덕담과 아기 얘기가 오가며 화기애애한 그때, 기재인이 들어와 곁에 앉았다. 그리고 잠시 후, 제조상궁이 다시 달인 탕약을 들고 왔다.

황태후가 의아해 하며 물었다.

"황상, 저것이 무엇입니까?"

"글쎄요, 탕약인 듯싶사옵니다만…."

순제도 고개를 갸웃했다.

기재인이 자랑을 하고 나섰다.

"황태후 마마. 저 탕약은 황후마마께서 신첩에게 하사하시는 보약입니다."

모두의 시선이 황후에게 모였다.

황태후의 얼굴에는 어느새 미소가 번졌다.

"그래, 그래야지. 물도 위에서 아래로 흐르는 법 아닌가. 윗사람이 아랫사람을 보살펴야지. 그래야 물 흐르듯 궁 안의 일들이 평화로이 잘 풀려나갈 터. 황후, 참으로 잘하셨소."

"송구하옵니다."

황태후의 칭찬에 타나실리가 어색한 웃음을 지어 보였다.

분명 보기 좋은 모습이 눈앞에 펼쳐지고 있었으나 순제는 어쩐 일인지 불안하기 그지없었다. 기재인은 그들 앞에서 탕약을 말끔히 비워 냈다. 그리고 잠시 후, 먼저 자리를 뜨겠다고 일어서던 그녀는 눈을 부릅뜨고 혼절하고 말았다. 어전 안은 한바탕 소란에 휩싸였다. 누가 보아도 탕약이 문제였다.

대노한 순제가 타나실리를 추궁했다.

"태후는 기재인에게 대체 무슨 약을 먹인 것이오!"

황태후도 처음 보는 무서운 모습이었다. 타나실리는 크게 당황하며 말을 잇지 못했다.

황태후가 독만을 불러 엄명했다.

"당장 저 약의 성분을 밝혀내라."

타나실리는 하늘이 노래졌다. 아기를 못 낳게 하는 약임이 밝혀지면 제아무리 타나실리라도 엄벌을 피할 도리가 없었다.

어전에 오기 전에 기재인은 촌장이 보내온 약을 마셨다. 미량이긴 하나 독성이 강한 약이어서 자칫 큰 위험이 있을지도 몰랐다. 그러나 기재인에게 타나실리만큼 독한 독은 없었다. 그녀는 독은 독으로 다스려야 한다고 생각했다. 하여 죽지 않을 만큼의 독을 마신 뒤 어전에서 타나실리의 탕약을 마셨던 것이다.

이를 알 리 없는 타나실리는 안절부절못하며 불안해했다. 이번 일로 자신의 아들이 황태자 책봉에서 영영 밀려나게 될까 두려웠던 것이다.

마침내 독만이 들어섰다.

"다행히 기재인은 무사하옵니다."

"탕약의 성분이 무어냐."

황태후가 준엄하게 물었다.

어전의 이목들이 독만에게 쏠렸다.

"그것은…."

타나실리는 입을 앙다물며 각오했다.

"그것은 기를 보하고 혈을 돕는 보약이옵니다. 기재인이 쓰러진 것은 몸이 쇠한 상태에서 온 명현 반응이라 하옵니다."

타나실리로서는 참으로 뜻밖의 답변이었다.

순제가 점잖게 사과했다.

"잠시나마 황후를 의심했소. 미안하오."

황태후 또한 고개를 끄덕이며 웃는 낯으로 타나실리를 바라봤다. 타나실리로서는 어리둥절할 뿐이었다. 그 약이 보약일 리는 없었다.

따로 독만을 부른 타나실리가 물었다.

"거짓을 고한 연유가 무엇이냐."

잠시 머뭇거리던 독만의 말은 뜻밖이었다.

"그것이 기재인이 그리 해 달라고 간청하기에."

타나실리로서는 또 한 번의 충격이었다.

'기재인이 나를 구해 주다니. 절대, 절대 그럴 리가 없을 것이다….'

타나실리는 뭔가에 홀린 기분이었다.

타나실리의 발걸음이 후궁전으로 향했다. 겨우 기력을 회복한 기재인이 초췌한 모습으로 타나실리를 맞이했다.

타나실리가 물었다.

"어찌된 일이냐."

기재인이 또박또박 답했다.

"그 탕약이 임신을 막는 약임을 잘 알고 있습니다. 또한 그 약의 성분이 무엇인지도 어의를 통해 다 들었습니다. 그러나 저는 황후마마의 마음을 잘 알고 있습니다. 어느 여심에 질투가 없겠습니까. 더군다나 후계에 관한 문제라면 그 질투는 모성에 가까운 법…. 같은 황실의 여자로서 황후마마의 모성을 모른 척할 수가 없었습니다."

타나실리는 말문이 막혔다. 기재인의 말대로라면 자신을 불쌍히 여겨 살려 준 것이나 다름없었다. 수치심이 일었지만 지금은 어떠한 분노도, 항변도 해서는 아니 될 자리였다. 타나실리는 품격을 잃지 않으려고 애써 노력할 뿐이었다.

타나실리의 안색을 살피던 기재인이 말을 이었다.

"청이 있습니다. 제 주변의 나인과 환관들을 직접 선별하게 해 주십시오."

기재인 주변에 깔린 타나실리의 측근들을 내치고 고려인들로 채우겠다는 뜻이었다.

"그리하라."

타나실리는 웃는 낯으로 너그럽게 허락했다. 하지만 속에서 치미는 분노를 겨우 참아 내는 중이었다. 기재인이 이미 탕약의 성분까지도 다 알고 있는 터이니 약점을 단단히 잡힌 꼴이었다. 타나실리는 끝까지 고맙다는 말은 입에 담지 않았다. 품위만큼은 잃고 싶지 않았기 때문이다.

후궁전을 나서는 타나실리의 귓전에 기재인의 웃음소리가 들려왔다. 그것이 진짜 웃음소리인지, 그저 환청인지는 알 수 없었다. 하지만 타나실리는 자신을 조롱하는 기재인의 잔인한 웃음소리가 두 귀와 궁 안을 가득 채우는 듯했다.

'졌다…. 이번에도 패하고 말았다.'

마침내 기재인은 주변의 나인들과 환관들을 고려인으로 채우기 시작했다. 부용이 곁에서 보필을 하게 되었고, 박불화와 고용보를 좌우에 두었다. 그녀는 많은 고려인들을 안팎에 세우고 독만까지 끌어들여 액정궁 전체에 자신의 입지를 다졌다. 훗날 천하를 움켜쥘 포석이 시작된 것이었다.

온통 고려인들로 측근을 세운 기재인은 후궁전에서 거리낄 것이 없었다. 더 이상 황제와의 일을 고해바칠 염탐꾼도 없었고 음해에 휘말릴 일도 없었다. 기재인은 고려 옷을 입고 황제를 맞이했다. 그리고 나인들도 고려 옷을 입기 시작했다. 기재인의 반상에는 고려 음식들이 올라오기 시작했다. 그렇게 황궁 가장 깊숙한 곳에서 자연스럽게 '고려양'이 퍼지고 있었다. 고려양이란 원나라 내의 고려 풍속을 일컫는 말이었다.

액정궁 내의 원나라 궁녀들조차 고려 식으로 옷을 입자 타나실리는 크게 진노했다. 당장 황태후를 찾아간 타나실리가 강변했다.

"원나라 황궁 안에 요사스런 풍속을 퍼뜨리는 기재인을 처벌해야 합니다."

그러나 황태후의 반응은 뜻밖이었다.

"대도는 본래가 국제도시이지 않소. 고려뿐만 아니라 먼 서역의 풍속까지 다채롭게 혼재되어 있소. 이미 황궁 안에도 다른 나라의 풍속들이 있는데 굳이 고려 풍속이라고 막을 이유가 없지 않겠소."

타나실리가 뾰로통해서 태후전을 나서자 황태후는 옷 한 벌을 꺼내서 흡족하게 펼쳐 봤다. 그 문양이며 자태가 너무도 곱고 예쁜 고려의 궁중 예복이었다. 일전에 기재인이 선물로 보내온 것이었다. 이미 기재인은 그렇게 황태후의 환심을 사 둔 터였다.


고려 옷을 입으면 살갗을 찢어 놓겠다고 한 타나실리의 엄명을 기재인은 보란 듯이 어기고 있었다. 기재인이 황제 집무실에 있다는 소식에 타나실리가 걸음을 서둘렀다.

'황태후가 나서지 않으면 내 직접 가서 그년의 옷을 벗기리라.'

어전으로 가는 길에 타나실리는 기재인과 딱 마주쳤다. 그녀는 다짜고짜 기재인의 뺨을 때리며 불같이 화를 냈다.

"당장 그 옷을 벗어라!"

기재인이 호락호락 물러서지 않자 또다시 타나실리의 손이 올라갔다.

"저년의 옷을 벗겨라. 내 당장 찢어발길 것이니!"

타나실리의 환관들이 달려들자 고려 출신 나인들이 몸을 던져 기재인을 막았다.

"대체 이 무슨 소란인가!"

격노한 순제의 목소리였다. 일순간 소란이 멈췄다.

순제와 충혜왕을 비롯한 몇몇 대신들이 다가오자 타나실리가 분을 누그러뜨리지 못하고 항변했다.

"폐하, 기재인의 요상한 고려 옷이 내명부의 기강을 흔들고 있습니다."

뺨을 맞은 기재인은 동요하지 않고 차분히 헝클어진 옷을 가다듬었다.

타나실리가 더욱 목소리를 높였다.

"그러니 엄벌로 다스리는 것이 마땅할 것입니다!"

"체통을 지키시오!"

순제가 추상같이 소리쳤다.

일순간 주변이 조용해졌다.

"고려의 옷이 아름다워 내가 입으라고 했소. 황실의 체통과 법통은 옷이 아니라 품행에 달려 있거늘. 황후는 어찌 그리 경박하시오."

타나실리는 자신의 두 귀를 의심했다. 자신을 남겨 둔 채 기재인을 데리고 가는 순제를 보며 두 눈까지 의심해야 했다. 그녀로서는 처음 당해 보는 치욕이었다. 그런 굴욕이 없었다. 부들부들 떨며 남겨진 타니실리의 눈에 눈물이 가득 고였다.

그때 순제와 기재인의 모습을 지켜보는 또 다른 눈이 있었으니, 충혜왕이었다. 집무실에서 장기를 두면서도 순제는 줄곧 기재인을 입에 올렸다. 자신에게서 이미 떠난 여인이라 해도 충혜왕은 마음속에서 기재인의 흔적까지 온전히 지워 내지는 못했다. 아니, 시간이 지날수록 그 흔적이 오히려 또렷해지는 듯했다. 아프고 힘겨웠던 순간들은 점점 희미해졌으나 어쩐 일인지 아름답고 소중했던 순간들은 마치 어제 일처럼 선명하기만 했다. 점점 멀어지는 순제와 기재인, 두 사람의 다정한 모습이 가시처럼 충혜왕의 두 눈에 박혔다.

멀뚱히 태액지의 수면을 바라보고 서 있는 타나실리에게 충혜왕이 다가왔다. 두 사람이 맨 처음 스치듯 만난 장소도 이곳 광한전 전각 위였다. 충혜왕은 타나실리의 망연자실한 모습을 처음 보았다. 직접 보지 않았다면 상상조차 할 수 없을 만큼 초라한 모습이었다. 타나실리는 충혜왕을 보자 애써 감정을 가다듬으며 다시 도도한 표정으로 돌아갔다.

충혜왕이 먼저 말을 건넸다.

"참으로 불쌍하신 분입니다."

"대원제국 황제의 정실황후이자 최고의 권력자 연철의 딸인 내가 불쌍하다…."

타나실리는 충혜왕의 말이 옳다고 느꼈다. 정실황후나 후궁만큼 사랑받지 못하고, 최고 권력자의 딸이나 권력을 위한 수단으로 여겨질 뿐이었다.

"내 아무리 불쌍하다 한들, 힘없는 나라의 권좌마저 빼앗긴 그대만 하겠소."

"예, 그렇지요. 그러나 울고 싶어도 울 수 없는 사람만큼 불쌍한 사람이 어디 있겠습니까."

그렇다면 타나실리 자신은 세상에서 가장 가여운 사람임이 분명했다. 그녀는 그동안 누구에게도 눈물을 보일 수 없었다. 보이기 싫었다. 자신은 세상에서 가장 아름답고 강한 사람이어야 했다. 모두가 그렇게 알고 있었다. 그런 그녀에게 눈물은 최고의 적이었다. 눈물이란 가장 추하고 약한 순간의 다른 이름이었다. 그런데 요즘 타나실리는 자꾸만 눈물이 고였다. 알 수 없는 일이었다. 또다시 그녀의 두 눈에 갑자기 눈물이 왈칵 돌았다.

타나실리는 그 모습을 숨기려고 부러 화를 냈다.

"참으로 딱하시오. 날 욕하시던 분이 이리도 어설픈 감언이설을 늘어놓으시다니…. 그리도 내 환심을 사고 싶은 것이오? 그렇게라도 다시 힘없는 나라 고려의 왕좌에 오르고 싶은 것이오?"

"고려로는 돌아갈 수 없습니다."

의아한 대답이었다. 타나실리는 안간힘을 쓰며 눈물을 참았다.

"허락하겠습니다. 내 앞에선 마음껏 눈물을 흘리십시오…."

타나실리는 기가 막혔다. 자신 앞에서는 마음껏 울 수 있도록 허락하겠다는 말에 예전의 타나실리라면 화가 나서 펄펄 뛰었겠지만 이상하게 그녀는 자꾸 가슴이 뛰었다. 화가 났다가 기가 막혔다가 눈물이 났다. 타나실리는 지금껏 누군가에게 이토록 감정을 휘둘린 적이 없었다. 어느 누구에게도 느껴 보지 못한 감정이었다. 충혜왕은 타나실리에게 사내였던 것이다. 그러나 이 또한 그녀는 드러낼 수 없는 감정이었다. 아니 드러내서는 안 될 일이었다.

타나실리가 충혜왕을 노려봤다.

"더 이상 날 능멸한다면 그대를 죽일 것이오…."

충혜왕은 타나실리의 말에 아랑곳하지 않았다. 그저 눈물로 얼룩진 타나실리의 얼굴을 손으로 닦아 줄 뿐이었다. 마치 주술에라도 걸린 듯, 타나실리는 그 손길을 마다하지 않았다. 충혜왕은 그렇게 타나실리의 심장 한복판으로 들어왔다. 그러나 충혜왕의 감정은 타나실리의 감정과는 사뭇 달랐다. 자신과 꼭 닮은 모습으로 사랑하고 질투하고 눈물을 삼키는 타나실리에게서 동변상련을 느낄 뿐이었다. 가여웠을 따름이었다.

기재인과 충혜왕, 순제와 타나실리의 애증은 그렇게 서로 다른 화살표를 그리며 알 수 없는 길로 들어서고 있었다.

# 친정권 회복

충혜왕은 상인으로 변복을 한 채 방신우와 함께 고려촌으로 암행을 나갔다. 일전에 서고에서 만났던 기재인의 충언은 참으로 뼈아팠다. 그녀의 말대로 백성을 모르는 왕이 강한 군주가 될 리 없다고 생각했다.

고려촌의 현실은 충혜왕의 생각보다 더 암담하고 처절했다. 그들은 전쟁 포로로 끌려왔거나 학정(가혹한 정치)에 못 이겨 스스로 고향을 등지고 떠나온 사람들이었다. 정착하기 위해 빌린 돈은 그대로 노예 문서가 되어 그들의 발목을 잡았다. 거대한 암염 광산에서 소금을 캐내며 죽도록 일을 했지만 불합리한 계약으로 빚만 늘어 갔다. 그 돈을 갚지 못해 자식들까지 광산에 뼈를 묻어야 했다. 대를 이은 노예 계약이었다. 어느 누구도 고려인들을 보호하거나 도와주지 않았다.

충혜왕이 주막에서 귀동냥으로 듣는 유민들의 불만은 대단했다. 그들이 입에 담는 고려와 고려의 국왕은 철천지원수나 다름없었다. 그러한 고려촌이 심양에서 양자강 유역까지 백여 개나 되었다.

돌아오는 길에 충혜왕은 눈물을 흘리고 말았다. 무엇을 위해, 누구를 위해 고려로 돌아가려는지 끝없이 반문하며 무력한 자신을 책망했다.

왕고는 충혜왕이 고려촌을 방문했다는 염병수의 보고를 받고 연철에게 고해바쳤다. 연철은 의아했다. 사내답고 영민한 충혜왕과 사냥도 함께 나가며 연철은 내심 호감을 보이는 중이었다. 왕고의 우려가 있었지만 인재를 곁에 두고 싶어 하는 연철에게 충혜왕은 매력적인 사냥개였다.

연철이 충혜왕을 불러 그 속마음을 떠봤다.

"내 그대를 곧 고려로 보내 주겠소."

충혜왕의 눈빛이 번뜩였다.

연철이 그의 표정을 살피며 덧붙였다.

"대신 고려의 국왕이 되려면 입성론에 찬성을 해야 할 것이오."

순간 충혜왕의 얼굴이 굳어졌다.

'입성론! 원나라의 야욕을 막기 위해 왕권에 복귀하려는 나에게 입성론에 찬성을 하라니….'

하지만 그 자리에서 거절한다면 속마음을 들킬 것이었다. 그러면 영영 고려로 돌아갈 길이 막힐 뿐만 아니라 원나라에서의 입지도 좁아질 것이 불을 보듯 뻔했다. 충혜왕은 차분히 대응하기로 마음먹었다.

"굳이 다짐을 받겠다는 것은 믿지 못한다는 것. 왕이 되어 고려로 돌아가 의심을 받을 바엔 차라리 이곳에 남아서 충성을 보이겠습니다."

연철로서는 흥미로운 제안이었다. 입으로는 얼마든지 찬성을 할 수 있었다. 입성론을 제안한 것으로 이미 충혜왕을 의심했으니 차라리 충성할 기회를 달라는 말이었다. 연철은 그 대답이 싫지 않았다.

연철의 마음을 간파한 충혜왕이 재빨리 말을 이어 갔다.

"도성수비대를 맡겨 주십시오. 대인을 위한 충성이 무엇인지 보여 드리겠습니다."

좌중이 잠시 술렁거렸다.

"도성수비대라니?"

"그것은 군대를 달라는 말이 아닌가?"

대도를 지키는 도성수비대는 동서남북, 네 개의 부대로 이루어져 있었다. 많은 녹봉을 받으며 위세가 등등한 황궁수비대에 비해 도성수비대는 춥고 배고프고 열악하기 그지없었다. 또한 군사들도 대부분 고려와 한족을 비롯한 이민족들로 구성되어 있었다. 때문에 당연히 크고 작은 사건들이 끊이지 않았고 군기가 문란했으며 사기는 말이 아니었다. 충혜왕은 그 네 개의 수비대 중 한 곳을 맡아 강군으로 만들어 보이겠다며 나선 것이었다.

당기세와 탑자해, 왕고가 만류했다. 군대를 맡기기에는 아직 충혜왕을 믿을 수 없다는 이유에서였다. 그러나 연철의 생각은 사뭇 달랐다. 고려의 국왕이었던 자가 말단 한직을 맡겠다고 나선 것도 의외였고, 설령 다른 뜻을 품었다 해도 오합지졸인 군대를 움직여 할 수 있는 일은 아무것도 없다고 판단했다. 연철은 오히려 훗날 충혜왕을 제거할 수 있는 명분이 될 것이라 여겼다.

"잊으셨습니까? 고려는 무려 사십 년 동안 몽고의 군대를 막아 냈습니다. 고려 군대의 그 철통 같은 방위력을 실현시켜 보이겠습니다."

충혜왕의 도발적인 말이 연철의 마음을 결정적으로 움직였다.

'그래, 고려의 수비력은 참으로 대단했지. 오죽하면 원나

라가 먼저 화친을 제의하지 않았던가. 이 넓고 넓은 세상에서 유일무이하게 말이지….'

그 수비력이라면 대도 밖의 제후들도 거뜬히 막아 낼 수 있을 터, 호시탐탐 반란을 일으켜 도성을 넘어올 기회만 노리는 그들이었다. 충혜왕의 말대로라면 연철은 이제 두 다리를 쭉 뻗고 잠잘 수 있을 것이었다.

마침내 연철이 승낙했다.

"단, 두 달 내에 강군으로 만들어야 할 것이다. 그렇지 못하면 다시 불러들이는 것은 물론 나를 능멸한 죄를 묻겠다."

충혜왕이 머리를 조아리며 다시 한 번 연철에게 충성을 맹세했다. 예상치 못한 충혜왕의 행동에 방신우는 입을 다물지 못했다.


충혜왕과 함께 거소로 돌아온 방신우가 황망히 연유를 물었다. 하루바삐 돌아가야 할 판에 충혜왕이 한직을 자처하며 눌러앉았으니 방신우는 속이 터질 지경이었다. 그러나 충혜왕의 결심은 이미 확고했다.

"입성론에 찬성하고 고려로 돌아가면 아무런 의미가 없네. 그럴 바엔 차라리 이곳에 남아 나의 군대를 가지는 편이 나을 것이야."

"그럼 왜 하필 도성수비대를 택하셨나이까."

"성문 밖에 있는 고려촌을 보호하기 위함이 첫 번째 이유였네. 두 번째는 춥고 배고픈 곳을 선택해서 연철의 의심을 벗어나기 위함이고, 마지막은 최후의 거사를 도모하기 위함이지."

"최후의 거사라니, 그 무슨 말씀이십니까?"

방신우가 반문하자 충혜왕이 대답 대신 눈을 지그시 감았다.

그 모습이 비장하여 방신우가 또 다시 물었다.

"전하, 이곳은 대원제국의 심장부이옵니다. 설마…."

"그 심장부에 내가 와 있네. 이 손에 칼이 쥐어졌어."

방신우가 숨을 몰아쉬었다.

충혜왕이 말을 이었다.

"언제고 단 한 번의 기회가 올 것이네. 그때, 적의 심장을 찌르고 나 또한 죽을 것이야."

원나라 황궁을 불태워 버리면 사방에서 제후들이 들고 일어날 테고, 대원제국은 망할 것이었다. 그 뒤에 누가 고려의 국왕이 되는지는 중요치 않았다. 중요한 것은 그 혼란이 고려에게 더없이 훌륭한 기회가 된다는 사실이었다. 충혜왕은 죽음도 불사한 비장한 각오였다.

방신우가 소리 죽여 우는 내내 충혜왕은 무서운 얼굴로 허공을 응시했다. 충혜왕의 결심 한가운데에는 기재인의 질책이 깊이 뿌리내리고 있었다. 그는 고려촌의 참혹한 현실을 보며 자신의 이상이 얼마나 허황된 것이었는가를 절실히 깨달았다.


충혜왕이 도성수비대 북문대장에 취임했다는 소식에 말들이 넘쳐 났다. 도성수비대는 탑자해의 직할 부대였다. 국왕을 지낸 충혜왕이 탑자해 밑에 들어간 형국이었으니 세상의 비웃음은 당연했다.

누구보다도 놀란 사람은 기재인이었다. 충혜왕이 연철에게 충성을 보이기 위해서 자임했다는 소문을 믿을 수가 없었다. 영문을 파악해 보고자 했지만 충혜왕은 굳게 입을 다물었다. 누가 보아도 소문은 진실인 듯싶었다. 기재인은 혼란에 빠졌다. 도대체 무엇이 그를 변하게 했는지 알 길이 없었다.

연철은 예전부터 도성수비대가 마음에 들지 않았다. 그러나 자신의 사병을 양성하는 데 엄청난 자금을 쏟아붓고 있어서 수비대에까지 돈을 댈 형편도 되지 못했다. 아들 탑자해의 능력으로는 강군을 육성할 수가 없었다.

이런 때에 충혜왕이 나섰으니 잘되면 그보다 좋을 것이 없었고, 실패하더라도 잃을 것이 없었다. 연철은 충혜왕에게 오합지졸을 강군으로 만드는 데 두 달의 말미를 주었다. 강군을 양성하기에는 턱없이 부족한 시간이라며 모두가 입을 모았다. 하지만 연철은 자못 흥미롭게 지켜보고 있었다.

도성수비대의 실상은 생각보다 엉망이었다. 군기는 형편없고 환경은 열악했다. 가장 놀라운 점은 병사들의 개인 병기가 없다는 사실이었다. 병사들이 자신의 무기를 모두 뒷구멍으로 팔아 버렸기 때문이었다. 충혜왕이 판매를 주도한 병사들을 잡아 엄중히 문초하자 그들은 죄를 뉘우치기는커녕 오히려 고개를 빳빳이 들며 대들었다.

"몇 달째 녹봉을 받지 못했습니다. 병장기라도 팔아야 도성 밖 처자식을 먹여 살리고 병든 부모의 약값을 마련할 수 있단 말입니다."

기가 막힐 노릇이었다. 분명 그들의 녹봉은 나라에서 지급되고 있었다. 충혜왕은 당장에 부장들을 모아 놓고 어찌된 일이냐고 호되게 다그쳤다. 하지만 그들은 오히려 여유만만했다.

북문의 부대장이란 자가 나서더니 말했다.

"이곳에 와 계신 동안 한몫 단단히 챙겨 드릴 터이니 너무 빡빡하게 그러지 마십시오."

부대장 이하의 군관들은 모두 탑자해의 심복이었다. 지금까지 병사들의 녹봉을 갈취하며 자신들의 배를 불리고 있었던 것이다. 그 먹이사슬의 맨 위에 탑자해가 있었으니 그들은 무서울 것이 없었다.

충혜왕은 북문의 전군을 소집했다. 남루한 군복에 병장기도 변변히 갖추지 못한 병사들이 하나둘 모여들었다. 그 모습이 난민과 다를 바 없었다. 부장과 군관들도 투덜거리며 도열했다. 충혜왕이 북문의 부대장을 결박한 채 그들 앞에 나섰다. 이미 그는 코뼈가 주저앉고 입가가 터져 있었다. 군관들과 병사들이 모두 그 모습에 아연실색했다. 충혜왕은 녹봉을 지급하지 않은 것을 비롯하여 부대장의 죄를 하나하나 열거했다.

그러자 부장들이 나서며 협박했다.

"당장 부대장을 풀어 주시오! 그렇지 않으면 우리도 가만히 보고만 있지는 않을 것이니!"

순간, 충혜왕이 칼을 뽑아 부대장의 목을 내리쳤다. 이내 피가 솟구치더니 목 없는 몸뚱이가 힘없이 땅바닥으로 쓰러졌다.

"하극상은 절대 용서하지 않을 것이다! 어느 놈이 나설 것이냐!"

좌중에 찬물을 끼얹은 듯 조용해졌다.

충혜왕이 준엄하게 명했다.

"부대장의 목을 북문에 걸고 군량 창고를 열어라. 그동안 밀린 병사들의 녹봉을 지급할 것이다!"

병사들의 환호에 북문이 떠나갈 듯했다.

충혜왕의 개혁은 여기에 그치지 않았다. 그동안 녹봉을 가로챈 부장들을 몽땅 옥에 가두고 가산을 몰수하여 그 돈으로 병장기를 구입하게 했다. 병사들은 충혜왕의 명령이 떨어지기가 무섭게 신바람이 나서 따랐다. 셋 이상만 모이면 충혜왕의 이름을 부르며 만세를 불렀다. 충혜왕의 서슬에 놀란 군관들은 한마디도 못한 채 명을 따라야만 했다. 그렇게 단 십여 일만에 썩은 기강을 도려내고 병사들의 마음을 사로잡는 데 성공했다.

부대장은 탑자해가 가장 아끼던 심복이었다. 북문에 걸려 있는 심복의 머리를 확인하고는 탑자해가 눈이 뒤집혀 충혜왕을 찾아 나섰다.

탑자해가 고래고래 소리를 질러댔다.

"성문을 열어라, 이놈들아!"

그러나 병사들은 당당히 버텼다.

"대장의 명령 없이는 성문을 열 수 없습니다!"

다혈질의 탑자해는 동문의 군사들을 몽땅 이끌고 다시 북문으로 들이쳤다.

"당장 성문을 열지 못할까!"

"아직까지 대장이 당도하지 않았습니다. 그러니 어찌 성문을 열겠습니까."

병사들은 이번에도 꿈쩍하지 않았다. 탑자해가 분통을 터뜨리며 밀어붙이려 하자 성벽에서 수백 개의 화살들이 그를 겨누었다. 탑자해는 그만 화들짝 놀라고 말았다. 어찌나 놀랐던지 하마터면 말에서 떨어질 뻔했다. 자신의 엄포 한 방이면 대문을 활짝 열 줄 알았던 오합지졸들이 전투를 불사한 것이었다.

탑자해가 이를 갈며 공격을 명하는 순간 북문이 열리며 충혜왕이 나왔다.

탑자해가 이를 바득바득 갈았다.

"내 저놈을 단칼에 베어 버릴 것이다!"

말을 마치자마자 칼을 휘두르며 나서던 탑자해가 그만 자리에 멈추어 섰다. 충혜왕 뒤로 아비인 연철이 나오고 있었기 때문이었다. 탑자해의 얼굴이 이내 밝아졌다. 그는 뽑았던 칼을 얼른 집어넣고 한걸음에 달려갔다. 그러고는 뭔가를 고해바치려는 순간, 연철이 탑자해의 뺨을 후려쳤다.

어안이 벙벙해진 탑자해가 북문에 내걸린 목을 가리키며 읍소<sub>눈물을 흘리며 간절히 하소연함</sub>했다.

"아버님, 고려의 왕이었다는 저놈이 제 심복을 죽여 북문에…."

탑자해의 말이 채 끝나기도 전에 이번에는 연철이 아예 채찍을 꺼내 후려치기 시작했다. 연철의 분노는 극에 달했다. 탑자해는 병사들 앞에서 모진 매를 맞고 물러나야만 했다.

 탑자해가 오기 전, 충혜왕은 연철을 찾아가 부대장을 참수한 사실을 알렸다. 도성수비대의 비리 혐의를 전혀 모르는 바가 아니었지만 그 자리에 임명된 어느 누구도 충혜왕처럼 과감하게 해결한 자는 없었다. 연철 자신도 그러한 충혜왕의 돌출 행동을 칭찬해야 할지 문책해야 할지 갈피를 잡지 못했다.

 그러나 직접 와서 두 눈으로 북문을 확인한 연철은 내심 쾌재를 불렀다. 대장의 명령 없이 문을 열지 않겠다며 감히 도성수비대 총사령에게 화살을 겨눈 모습은 참으로 장관이었다. 두 달은커녕 단 열흘 만에 충혜왕은 북문을 도성수비대의 최강 군대로 만들었던 것이었다. 연철이 원하는 수비대는 바로 이러한 모습이었다. 이 정도의 기강과 군율이라면 연철은 두 다리를 뻗고 잠을 잘 수 있을 것 같았.

 반면 연철의 눈에 제집 대문을 여느라 군사들까지 동원한 자신의 아들 탑자해가 그렇게 못나 보일 수가 없었다. 따지고 보면 이 모든 분란의 원인 제공자는 탑자해였다. 심복이 죽었다며 일러바치는 모습에 부아가 치밀어 연철은 그만 채찍까지 휘두르고 말았다. 아들이 못나 보일수록 연철에게 충혜왕은 더 커 보였다. 연철은 충혜왕의 충성 맹세가 진심이라면 천군만마를 얻은 것이나 다름없다고 생각했다.

그날 밤, 연철은 충혜왕에게 친히 술을 따라 주며 자신의 단검을 건넸다.

"젊은 시절, 변방에서 숱한 전투를 치르는 동안 공을 인정을 받아 나의 주인에게 받은 검이다."

충혜왕을 심복으로 두겠다는 뜻이었다. 충혜왕은 예를 갖추어 검을 받아들었다. 이로서 충혜왕은 확실하게 연철에게 인정받은 셈이었다. 단검을 품은 충혜왕의 눈빛이 매섭게 빛났다. 그때까지는 충혜왕의 뜻대로 되어 가고 있었다.

다음 날부터 도성수비대 북문 군사들이 체계적인 훈련에 들어갔다. 충혜왕은 군율에는 엄한 대장이었지만 훈련이 끝나면 막사까지 시찰하며 군사들의 잠자리와 먹을 것을 살폈다. 새로운 대장 밑에서 병사들의 사기는 하늘을 찌를 듯했다. 어느덧 군관들도 대장의 명을 충실히 따르며 동화되어 갔다.

그러는 사이, 충혜왕은 고려 출신 군사 일천 명을 따로 뽑아 관리했다. 그리고 호위무사 파천으로 하여금 그들을 이끌게 했다. 충혜왕은 파천이 이끄는 일천의 군사들에게 '별초대'라는 이름을 내렸다. 하지만 별초대가 고려의 삼별초에서 유래했음을 아는 이는 없었다. 몽고 항전에서 마지막 한 명까지 장렬히 싸우다 죽은 삼별초를 원나라 한복판에서 양병하겠다는 충혜왕의 의지였으니 참으로 대담무쌍했다.

어느덧 순제의 학문은 깊어져 있었다. 국정에 관한 전반적인 지식을 쌓았으며, 나랏일에 관한 상소를 전부 읽고 판단할 수 있는 능력을 갖추었다. 기재인이 그런 순제에게 새로운 서책을 한 권 내밀었다. 이를 펼쳐 본 순제가 의아한 표정을 지었다. 아무것도 없는 빈 서책이었기 때문이다.

기재인은 붓을 건네며 입을 열었다.

"그 서책 안에 황궁 안에서 믿을 만한 자들의 이름을 적어 보세요."

순제는 망설임 없이 기재인이라 적어 넣었다. 그다음 잠시 머뭇거리더니 황태후를 적었다. 거기까지였다. 더 이상 적을 이름을 찾지 못한 순제는 붓을 든 채 망연해 했다.

기재인이 두 번째 서책을 순제 앞에 내밀었다. 그 안에는 연철과 당기세, 탑자해를 비롯하여 무수한 대신들의 이름으로 가득 차 있었다. 모두 순제가 이겨 내야 할 반대파들이었다.

기재인이 결연한 표정으로 말했다.

"황제로서의 권한을 되찾기 위해선 이들보다 많은 이름을 첫 번째 서책 안에 적어 넣으셔야 합니다."

순제가 놀라며 되물었다.

"친정권을 되찾다니, 그 무슨 말씀이오?"

기재인이 거침없이 생각을 전했다.

"더 이상 이 나라의 국정을 연철에게 맡겨서는 아니 될 줄로 아옵니다. 황제의 권위를 되찾고 직접 나라를 다스리셔야 합니다. 더 늦어진다면 영영 기회를 잃게 될 것입니다."

순제도 모르는 바가 아니었다. 그러나 조당의 신료들뿐만 아니라 각 제후들도 모두 연철의 인맥이었다. 순제는 어디서 무엇부터 해야 할지 막막했다. 아니, 용기가 나지 않았다. 순제는 섣불리 연철과 맞섰다가 그나마 유지하고 있는 용상조차 잃을까 두려웠다.

"당장 빈 서책 한 장을 채울 이름조차 없는데 친정권을 되찾다니?"

"돌아가신 부왕께서도 그러셨을 것입니다…."

기재인의 말 한마디가 순제의 가슴을 후벼 팠다. 순제의 아버지인 명종 역시 황제로서의 지위를 누리기엔 믿을 만한 신하들이 터무니없이 적었다. 살아서도 외로웠고 죽어서도 그 사인조차 밝히지 못한 채 외로워야만 했다. 순제는 자신도 언제 아버지처럼 비명에 죽을지 몰랐다. 어차피 싸워야 한다면 지금부터 시작해야 옳았다.

그러나 끝내 순제는 더 이상의 이름을 찾지 못한 채 붓을 놓고 말았다.

"일 할의 가능성이라도 있는 자라면 반드시 황제의 사람으로 만드셔야 합니다. 하나하나 새로 시작하세요."

대청도에서 목숨만 부지하던 순제가 지금 황제가 되어 여기까지 왔다. 순제는 돌을 쌓아 태산을 세우는 마음으로 한 사람 한 사람 등을 돌려세우리라 마음먹었다. 그날부터 그는 기재인과 함께 밤마다 빈 공책에 이름을 적기 시작했다.

순제가 맨 처음 적은 이름은 백안과 탈탈이었다. 그리고 파헤치기 시작하자 연철을 싫어하는 사람들이 하나둘씩 모습을 드러냈다. 연철 일가와 악연이 있는 자들, 타나실리에게 모욕을 당했던 자들, 그리고 돌아가신 부왕을 따랐던 신료들까지…. 지금은 비록 연철의 그늘에 있지만 충분히 자신의 사람이 될 만한 이들이 눈에 보이기 시작했다. 그렇게 빈 서책이 한 장 한 장 채워져 나갔다.

원나라는 연철의 섭정을 받고 있었다. 순제가 옥새를 되찾고 권한을 행사하려면 조당 대신들의 상소와 동의가 필요했다. 그 수가 절반을 넘으면 연철의 섭정은 더 이상 불가능했다. 원나라의 법령이었기에 제아무리 연철이라도 거역할 수가 없었다. 문제는 연철이 조당 신료들을 모두 장악하고 있다는 것이었다.

순제는 서책에 이름을 적은 대신들을 조심스럽게 불러내어 차나 술을 마시기 시작했다. 겉으로 보면 그저 풍류나 즐기는 모습이었지만 그들은 내심 놀라고 있었다. 천하의 멍청이인 줄만 알았던 순제가 다방면에 깊은 관심과 조예를 지니고 있었던 것이었다. 순제가 적당한 순간, 황제로서의 권한을 되찾겠다고 말했을 때는 입을 다물지 못했다. 신료들은 마치 공범이라도 된 듯 깊은 비밀을 품고 돌아가야만 했다. 연철에게 내심 반감을 지니고 있던 그들에겐 두렵지만 가슴 떨리는 비밀이었다. 순제는 그렇게 한 명씩 자기 사람으로 만들어 갔다. 하지만 그들끼리는 서로 몰랐다. 연철이 눈치 채지 못하게 하려면 어느 순간 한 번에 터뜨려야 했다.

백안과 탈탈도 행동을 개시했다. 혈연과 지연은 물론 수단과 방법을 가리지 않고 황제의 뜻을 알리며 동지들을 늘려 갔다.

기재인이 연회를 베푼다는 말에 타나실리가 진상을 조사하라고 일렀다.

제조상궁이 들어 상황을 보고했다.

"후궁전에는 지금 조당 신료들의 첩실들이 모여 있습니다. 그들은 모두 고려의 여인들이라 하옵니다."

타나실리가 코웃음을 쳤다.

"고려 풍속을 퍼뜨리는 것도 모자라 이제는 아예 잔치까지 벌이는 모양이구나."

하지만 왕고는 왠지 느낌이 이상했다. 황제가 예전과 다르다는 소문을 들은 터였다. 황제를 칭찬하는 신료들의 목소리도 심심치 않게 들렸다. 이런 와중에 기재인이 고려 출신 첩실들을 불러들여 연회를 벌이는 것이 왠지 꺼림칙했다.

왕고의 느낌대로 그 연회는 향수병이나 달래자는 향우회가 아니었다. 신료들의 많은 첩실들 중에 으뜸은 고려 여인들이었다. 미모와 지모(슬기로운 꾀)가 뛰어나 다른 원나라 출신이나 한족들보다 더 많은 총애를 받고 있었다. 고려 첩실을 얼마나 두고 있느냐에 따라 그 사람의 지위가 나타날 정도였다.

기재인이 자리에 모인 여인들을 따뜻하게 바라보았다.

"먼 땅에서 참으로 고생이 많으시오. 짐작하겠지만, 내 그대들의 노고를 누구보다 잘 아오."

"황공하옵니다."

여인들이 모두 고개를 조아렸고, 더러는 눈물을 글썽이는 이들도 있었다. 파란만장했던 세월이 마치 한순간처럼 스치고 지나갔기 때문이었다. 그 세월을 따뜻하게 보듬어 주는 기재인의 목소리가 그들에게는 마치 고향에 두고 온 어미의 음성처럼 들렸다.

"내 그대들에게 청이 있어 이리 자리를 마련했소."

여인들이 눈물을 거두고 한목소리로 말했다.

"예. 무엇이든 말씀하시옵소서. 저희들 기재인 마마의 뜻을 한마음으로 받들 것입니다."

기재인의 눈빛이 반짝였다.

"그대들이 가진 강한 힘을 내게 빌려 주시오."

"강한 힘이라 하시면…"

기재인이 나지막이 얘기했다.

"본디 가장 큰 권력은 이불 밑에서 생겨나는 법. 황상 폐하의 친정권 회복을 위해 그대들이 애써 주시오."

원나라 신료들은 특히 학력이 높은 고려 첩실의 말에 귀를 기울였다. 그들의 한마디가 어떤 정치적인 포섭보다 큰 효과를 발휘할 것이 틀림없었다. 기재인도 여인들도 이러한 사실을 누구보다 잘 알고 있었다.

여인들이 다시 한 번 입을 모았다.

"기재인 마마의 뜻, 받잡겠나이다."

황후 타나실리와의 싸움에서 기재인이 어떻게 이 자리까지 왔는지, 그 또한 속속들이 아는 그녀들이었다. 하여 원나라에 끌려와 험한 세월을 감내하고 살아온 자신들의 아픔과 회한을 기재인이 한 번에 날려 줄 것이라 믿고 있었다.

그렇게 백안과 기재인은 음과 양으로 정면 대결을 준비하고 있었다. 겉으로는 평온한 날들이었지만 폭풍 전야와도 같은 고요함이었다.

"친정권을 회복하시겠다니요?"

순제의 말에 황태후는 크게 놀라며 만류했다. 선대 황제들의 가혹한 죽음을 직접 겪은 터라 그녀는 더 이상의 불행을 원치 않았다. 그저 순제가 용상이나 지키며 지금의 이 평화를 유지해 주길 바랐다. 하지만 순제는 단호했다.

"도대체 무얼 믿고 연철과 정면 대결을 하려 하십니까?"

그때, 순제가 명부를 내밀었다. 어느새 명부 안에는 황제의 친정권 회복을 찬성하겠다는 이름들로 가득 차 있었다. 황태후는 놀라서 숨이 막힐 지경이었다.

그런 황태후에게 순제가 꺼낸 말은 치명적이었다.

"제 아버님이 어찌 돌아가셨는지, 태후마마께선 아시지요?"

황태후는 온몸에 소름이 돋았다. 친정권을 회복하겠다는 순제의 말은 단지 황제로서의 권리만을 되찾겠다는 것이 아니었다. 아버지의 죽음을 파헤쳐 그 복수를 하겠다는 뜻이었다. 남들이 주색에 빠져 있다고 손가락질을 할 때 순제는 칼을 갈며 조용히 준비해 온 일이었다. 황태후의 눈앞에 펼쳐진 두툼한 명부가 순제가 쥔 시퍼런 복수의 칼날과 다름없었다.

"곧 어전 회의에서 친정권 회복의 가부 결정이 있을 것입니다. 태후마마께서 든든하게 저를 지지해 주실 것이라 믿겠습니다."

황태후가 가만히 순제를 바라봤다. 눈빛과 말투, 굳은 심지가 황태후가 알던 그 불쌍하고 어린 순제가 아니었다.

황태후가 가만히 고개를 끄덕였다.

"나야 늘 황상 편인 것을…."

그녀는 순제에게 뜻을 같이할 것을 약속했다. 그러나 그것은 거짓이었다.

늦은 밤, 타나실리의 처소로 황태후전 궁녀가 찾아와 순제의 계획을 알렸다.

"이런, 이런…."

타나실리는 말을 잇지 못했다. 그녀는 어리석은 순제가 일을 벌여도 너무 크게 벌렸다고 생각했다. 만에 하나 이 일이 어설프게 성공해서 친정권을 되찾아 온다 해도 그녀의 아버지 연철은 쉽게 물러날 사람이 아니었다. 오히려 역모를 꾀해 순제를 죽여 버릴 것이었다.

타나실리로부터 순제의 계획을 전해 들은 연철은 대노했다.

"무어라? 친정권!"

무력하기만 한 줄 알았던 순제의 도발이 연철에게는 충격적이었다. 하지만 연철을 더욱 분노하게 만든 것은 이에 동조한 대신들이 있다는 사실이었다.

"당장에 찬성파 놈들을 잡아들이소서!"

당기세와 탑자해도 펄펄 뛰었다.

그러자 왕고가 조용히 만류했다.

"힘으로 제압하기에는 그 수가 너무도 많습니다. 섣부른 진압은 오히려 그들의 단결을 공고히 만들 뿐."

연철은 고개를 끄덕였다. 왕고의 말대로 이런 일은 신중에 신중을 기해야 했다. 왕고의 계략이 시작되는 자리 말석에 충혜왕이 앉아 있었다.

거소로 돌아온 충혜왕은 심각하게 고민했다. 그는 순제의 안위 따위야 어찌 되든 상관없었다. 하지만 문제는 기재인이었다. 멍청한 순제가 친정권을 회복하겠다고 나선 데에는 분명 그녀의 배후 조종이 있었을 것이라는 생각이 들었다. 충혜왕은 기재인이 원나라에 있는 고려의 유민들을 보호하겠다고 한 말뜻을 그제야 알 것 같았다.

'황궁은 곧 파국에 휩싸이게 될 것이다. 그 불똥이 기재인에게 옮겨붙는 것만은 막아야 한다.'

충혜왕은 마침내 밀지를 적어 기재인에게 보냈다. 그녀에 대한 미움 저변에 남아 있는 미련의 잔재였다. 그러나 그 밀지는 기재인에게 당도하기도 전에 방신우의 손에서 소각되었다. 어렵게 말을 갈아타는 데 성공한 주군이 말머리를 돌리는 것을 두고 볼 수만은 없었다. 목적지는 오직 한곳이어야만 했다.

이제 모든 준비가 끝났다. 다가올 어전 회의 때 명부에 적힌 이름들이 찬성을 하면 근소한 차이로 황제의 친정권 회복은 가결될 것이었다. 그때까지 한 표도 이탈하지 않도록 찬성파들을 독려하고 감독하는 일은 백안이 맡기로 했다.

그러나 그 시각, 백안은 당기세의 집에 감금되어 온몸이 떡이 되도록 매를 맞고 있었다. 배신에 대한 체벌이었다. 백안은 끝까지 모르쇠로 일관했다. 어디서부터 잘못되었는지 그는 알 수가 없었다. 그러나 끝까지 부인해야만 목숨을 부지할 수 있음을 백안은 누구보다 잘 알고 있었다.

당장 내일로 다가온 어전 회의를 앞두고 백안이 행방불명되었다는 소식에 순제와 기재인은 불안했다. 그때, 또 하나의 불길한 소식이 전달되었다. 황궁수비대가 비상 훈련을 소집한다는 것이었다. 황궁수비대는 당기세의 직할 부대였다. 훈련에 관해서 황실이 왈가왈부할 수는 없는 문제였다. 그러나 전시가 아닌 상황에서의 비상 훈련은 납득할 수 없는 일이었다. 기재인과 순제는 직감적으로 연철의 방해 공작임을 알아챘다. 그렇다고 이미 통보한 어전 회의를 취소하기에는 시간이 촉박했다. 그렇게 긴박한 하루가 지나가고 있었다.

다음 날, 마침내 황제의 친정권을 결정하는 어전 회의가 시작되었다. 대명전에 들어선 순제와 기재인은 긴장할 수밖에 없었다. 의제가 의제인 만큼 황태후와 충혜왕, 타나실리를 망라한 대신들이 집합해 있었지만 한쪽 석상이 텅 비어 있었다. 명부에 이름이 적혀 있던 찬성파들이 단 한 명도 오지 못한 것이었다.

비상 훈련을 이유로 당기세와 탑자해가 수비대 군사들을 황궁 앞에 전면 배치했다. 마병과 궁수들까지 갖추어 전시를 방불케 하는 위용이었다. 입궁을 시도하던 몇몇 대신들이 훈련을 방해했다는 이유로 심한 매질을 당했다. 이후 나머지 신료들은 겁을 먹고 발길을 돌려야 했다. 황궁에 들어가 연철에게 반기를 드느니 섶을 지고 불에 뛰어드는 게 나을 듯싶었던 것이다. 그들로서는 새삼 연철의 위세만을 확인한 꼴이었다.

대명전 안을 무겁게 짓누르던 침묵을 깨고 순제가 자리에서 일어섰다. 그리고 자신이 친정권을 가져야만 하는 이유를 일목요연하게 발표했다. 기재인의 얼굴은 시종 굳어 있었다. 이를 보는 충혜왕의 표정 또한 무거웠다.

연철이 나서서 회의를 주재했다.

"그럼 이제 거수로 결정하겠습니다. 황상 폐하의 뜻에 찬성하는 신료는 손을 올려 주십시오."

대명전 안에 적막이 감돌았다. 연철이 안에 모인 신료들의 얼굴을 하나씩 살폈다. 누구 하나 감히 손을 들어 찬성을 표하지 못했다. 연철의 얼굴에 보일 듯 말 듯 미소가 비쳤다.

"자, 그럼 이번에는 반대하는 신료들께서 손을 올릴 차례입니다."

연철의 말이 끝나기가 무섭게 모든 신료들이 손을 들어 올렸다. 이로서 모든 것이 끝이었다. 황제의 권한을 되찾아 복수의 불씨를 살리려는 순제와 기재인의 반란은 연기만 잔뜩 피운 채 사그라지고 말았다. 연철이 당장 잡아먹을 듯 순제를 노려봤다. 그러나 순제는 그 시선에 주눅 들지 않았다. 다만 분할 뿐이었다.

타나실리가 입가에 웃음을 머금은 채 기재인을 노려봤다. 하지만 기재인은 타나실리의 비웃음 따위에 신경 쓸 겨를이 없었다. 그녀는 깊은 생각에 잠겨 있었다. 조용히 지난날을 돌아보며 반성을 거듭하고 있었다.

'역시 연철은 쉬운 상대가 아니었다. 좀 더 신중하고 집요했어야 했던 것을….'

입을 앙다문 기재인 옆에 앉아 있던 황태후가 지그시 눈을 감으며 되뇌었다.

"나무아미타불…."

기재인의 완패였다. 다시 기재인과 순제의 운명은 연철의 손아귀에 쥐어졌다.

백안이 초주검이 되어 탈탈에게 업혀 들어왔다. 겨우 목숨을 건지긴 했지만 끝내 친정권 회복이 좌절됐다는 소식이 뼈아팠다. 연철을 등지고 황제의 편에 선 것을 만천하에 알린 꼴이 되었으니 그는 앞으로가 걱정이었다. 그러나 처음부터 죽기를 각오하고 뛰어든 일이었다. 이왕지사 이렇게 되었으니 백안은 끝까지 가는 수밖에 없었다. 문제는 순제와 기재인이었다. 백안은 연철이 절대 그 두 사람을 두고만 보지 않을 것이라는 생각이 들었다. 만에 하나 순제나 기재인에게 무슨 일이 생긴다면 연철을 몰아내고 그 자리에 대신 들어서고자 하는 자신의 계획은 물거품이 되고 말 터, 무슨 수를 써서라도 두 사람을 제대로 보필해야 했다. 하지만 지금 백안의 힘으로는 어림도 없는 일이었다. 밤이 깊도록 백안의 신음은 잦아들 줄을 몰랐다.

 연철은 신료들과 영주들을 모아 놓고 한바탕 연회를 베풀었다. 매를 맞았던 대신들까지 망라했다. 주눅이 든 채 눈치를 보던 그들에게 연철이 뜻밖의 선언을 했다.
 "내 자네들이 빌려 간 돈을 모두 탕감해 주겠네."
 좌중은 술렁거리기 시작했다. 연철이 권력을 장악하고 이를 유지하는 데에는 강력한 군권과 더불어 돈의 힘이 있었다. 그는 어딘가에 모아 둔 엄청난 비자금을 기반으로 많은 신료들과 영주들에게 돈을 꿔 주었다. 그 빚을 다 탕감해 주겠다고 하니 신료들의 입이 떡 벌어질 수밖에 없었다. 여기저기서 연철의 은공을 칭송하며 무병장수를 기원하는 소리가 높아졌다.
 이번 일로 연철은 세상에 자신의 힘을 다시 한 번 과시했다. 황제의 친정권 회복을 단숨에 무력화시킨 연철의 기상이 사방의 제후들에게 바람처럼 전달되었다. 소문은 멀리 갈수록 몸집이 불어나는 법, 대도 밖에서 어떠한 역모가 일어날지 몰라 걱정했던 연철에게 이번 일은 전화위복과도 같았다. 이제 어느 누구도 연철에게 반기를 들지 못할 것이었다.

그러나 연철은 뒷맛이 영 개운치 않았다.

'도대체 멍청한 순제에게서 어찌 그런 무모한 용기가 났던 것일까?'

아무리 생각을 해 봐도 알 수가 없었다. 그렇다면 칼을 뽑은 김에 썩은 무라도 잘라야 했다. 이 기회에 연철은 순제의 그 알량한 용기를 뿌리째 뽑을 요량으로 황제의 거소로 향했다.

연철은 전포 차림에 칼까지 차고 황제를 알현했다. 비상훈련을 이유로 들었지만 그만이 가능한 일이었다.

순제는 혼자 술을 마시고 있었다. 마치 기다리기라도 한 듯, 연철의 무장에 동요하지 않고 맞이했다.

"어서 오세요."

연철은 황제 앞에 놓인 술을 병째 들고 들이켰다. 그러고는 술이 뚝뚝 떨어지는 수염을 움직이며 말문을 열었다.

"용상에 오르시기 전, 고려에서 소신에게 무릎을 꿇었던 사실을 잊으셨습니까?"

단도직입적이었다. 연철은 자신이 황제의 머리 위에 있음을 노골적으로 내세운 것이었다.

순제가 병을 들어 남은 술을 털어 넣었다. 그러고는 연철의 눈을 똑바로 쳐다보며 말했다.

"그 말만은 승상의 입에서 나오지 않길 바랐습니다. 그 사실이 조당에 퍼졌을 때 과연 누가 타격을 받겠습니까? 무릎을 꿇은 황제겠습니까? 아니면 황제를 무릎 꿇게 만든 승상이겠습니까?"

연철은 순간 입안의 취기가 달아났다. 지금 순제는 자신에게 눈을 부릅뜨고 협박을 하고 있다고 여겨졌다.

"짐이 친정권을 포기한 것은 조당의 부결 때문이 아닙니다. 승상의 충정을 믿기 때문입니다. 그러니 그만 돌아가세요. 가서서, 어전 회의에 참석 못한 신료들이 왜 친정권 회복에 찬성했는지 잘 생각해 보세요."

연철이 술상을 내리쳤다. 그렇지 않았으면 그 손으로 칼을 잡았을지도 몰랐다. 전포 소리를 요란하게 내며 연철은 황제의 처소에서 나왔다. 돌아보는 연철의 얼굴이 벌겋게 상기되어 있었다.

밖에서 기다리던 왕고가 조용히 간언했다.

"친정권 회복은 황제의 머리에서 나온 것이 아닙니다. 기재인⋯. 양이란 년의 머리에서 나온 것입니다. 그년을 죽여야 합니다. 그래야만 황제의 치기를 잘라 낼 수 있을 것입니다."

연철은 고개를 끄덕였다. 고려 황실에서 두 눈 부릅뜨고 연철과 맞서던 기재인, 그녀를 먼저 죽여야 했다. 연철은 늦기 전에 황제의 날개를 꺾어 놓으리라 다짐했다.

# 사냥 대회

 이제 곧 중추절이었다. 중추절이면 해마다 대규모 사냥 대회가 열렸다. 초원을 떠도는 유목 부족에 뿌리를 둔 원나라에서는 가장 큰 연중행사였다. 사냥의 획득물로 한 해의 농사를 점칠 뿐만 아니라 하늘에 제를 지내며 국태민안<sub>나라가 태평하고 백성이 편안함</sub>을 빌었다. 사냥 대회에는 황족과 대신들뿐만 아니라 황후와 액정궁의 후궁들까지 참가했다. 그중에서 가장 크고 많은 사냥감을 손에 넣은 한 사람에게는 큰 상까지 주어졌다. 당연히 최고의 사냥꾼이 되기 위한 경합이 치열했고 그 경쟁은 후궁들 사이에서도 예외가 아니었다. 몽골의 후손답게 원나라에서는 여자들도 일찍부터 말을 달리고 활을 쏘아야 했다.

왕고는 바로 이 점에 주목했다.

"그날, 기재인을 제거하는 겁니다. 칼과 창, 화살들이 난무하며 전쟁터를 방불케 하는 사냥터에서 크고 작은 사고는 불가피한 일. 고의라는 증거가 없는 한, 후궁 하나가 화살에 맞아 죽는다고 치명적인 죄를 뒤집어씌울 수는 없을 것입니다."

연철은 무릎을 쳤다.

"그렇지, 황제를 부추기는 요사스런 기재인이야말로 이번 대회의 최대 사냥감이 아닌가."

왕고의 주도하에 세부 계획들이 세워지기 시작했다. 기재인과의 관계를 알고 있는 왕고였기에 처음부터 충혜왕을 철저히 배제했다. 기재인은 이제 꼼짝없이 사냥감 신세가 될 판이었다.

"무어라, 황상께서 기재인과 함께 사냥을 나가셨다 했느냐?"

타나실리가 크게 분개했다. 그녀 앞에 머리를 조아리고 서 있는 제조상궁이 안절부절 어쩔 줄을 몰랐다. 황제가 대회를 앞두고 연마를 위해 사냥을 나가는 일은 종종 있었다. 그러나 정실황후를 놔두고 후궁을 데리고 나갔으니 세간의 이목들을 아예 신경 쓰지 않겠다는 뜻이었다.

"알았느니, 고려 전왕에게 함께 사냥을 나가자고 전하거라."

타나실리의 말이 끝나기가 무섭게 제조상궁이 밖으로 나갔다. 연철의 수하가 된 충혜왕의 의중을 떠본다는 명분으로 불렀지만 사실은 구실에 불과했다. 타나실리는 어느덧 순제보다는 충혜왕의 일거수일투족을 궁녀들에게 묻고 있었다. 몰래 충혜왕을 지켜보러 가기도 했다. 초라한 군관이 된 충혜왕의 모습은 통쾌하리라는 예상과는 달리 그녀의 가슴을 아프게 했다. 하지만 타나실리는 절대 자신의 감정을 인정할 수 없었다. 가슴이 아파 올수록 오히려 충혜왕에 대한 적개심을 불태웠다.

친정권 회복에 실패한 후로 기재인은 부쩍 말수가 줄어들었다. 이번 거사의 실패에는 연철의 비자금이 한몫했다는 것을 잘 알고 있었다. 하지만 이후에 연철을 상대할 방도를 아직까지 찾아내지 못한 상태였다. 순제는 그런 기재인의 기분을 풀어 주기 위해 함께 사냥을 나가자고 제의했다. 중추절 사냥 대회를 앞두고 있던 그녀로서는 미리 활시위를 점검하는 것도 나쁘지 않을 듯싶었다.

오랜만에 들판에 나온 두 사람은 숨통이 트이는 듯했다. 순제와 기재인은 미친 듯이 말을 달렸다. 사냥감을 뒤쫓는 척했지만 사실은 수행 무사들을 따돌리기 위한 것이었다. 일행과 멀어진 두 사람은 예전에 대청도에서 그랬던 것처럼 마음껏 자유를 만끽하며 말달리기 시합을 벌였다. 어느새 두 사람은 황제와 후궁도, 순제와 기재인도 아닌 타환과 양이가 되어 있었다.

막상막하의 상태로 목적지에 도착한 순간, 기재인이 달리는 말 위의 순제를 향해 몸을 던졌다. 그리고 그대로 순제를 끌어안은 채 풀섶 위로 쓰러졌다. 부둥켜안고 뒹굴던 두 사람은 어느새 서로를 깊이 포옹하고 있었다. 친정권을 회복하려던 계획은 수포로 돌아갔지만 이를 계기로 두 사람의 신뢰는 더욱 깊어져 있었다. 두 사람은 그렇게 오랫동안 하나가 되었다.

과연 초원의 딸답게 타나실리의 말 타는 실력과 활솜씨는 대단했다. 타나실리가 말을 달리며 목표물에 활을 쏘아 맞히면 충혜왕의 화살이 어김없이 그 옆에 박혔다. 반대로 충혜왕의 화살이 표시해 둔 과녁에 꽂히면 타나실리의 화살이 그 옆에 박혔다. 지기 싫어하는 타나실리의 악착스러움이 오히려 충혜왕을 미소 짓게 했다.

하지만 타나실리가 충혜왕을 이길 수는 없었다. 충혜왕에게 뒤지지 않기 위해 무리하게 속도를 내던 타나실리가 그만 말에서 떨어지고 말았다. 충혜왕이 되돌아와 손을 내밀었지만 단단히 화가 난 타나실리는 매몰차게 내치며 일어섰다. 그러나 그사이 타고 있던 말이 사라지고 없었다. 어쩔 수 없이 타나실리는 충혜왕의 말에 올랐다. 그리고 충혜왕이 고삐를 잡은 말 위에 몸을 맡겼다.

타나실리는 여인으로서 처음으로 사내의 온기를 느꼈다. 그녀는 그동안 자신이 마음속 깊은 속에 단단히 품고 있었던 독기가 어디론가 빠져나가는 듯했다. 그리고 잠시마나 평범한 여인으로 돌아가 아이를 낳고 밭을 일구며 한평생 살아가는 모습을 꿈꾸었다. 하지만 이 또한 자신에게는 허락되지 않은 삶이라는 것을 그녀는 누구보다 잘 알고 있었다. 그것은 오직 기재인을 위한 자리였다. 타나실리는 서고에 갇혀 있던 기재인을 안고 나오며 충혜왕이 했던 말을 떠올렸다. 기재인을 살리기 위해서라면 자신의 목숨도 내놓겠다고 했던 그의 말을.

타나실리는 문득 기재인이 부럽다는 생각이 들었다. 이토록 따뜻한 품을 가진 사내의 사랑을 독차지한 기재인이 몹시 미웠다. 그녀는 천하를 품었으나 한없이 외롭고 쓸쓸하기만 한 자신의 처지가 뼛속 깊이 서늘하게 느껴졌다. 연철의 딸로 태어나 원하는 것은 모두 손에 넣고 살아왔지만 진정 자신이 원했던 사랑만은 가지지 못했던 타나실리였다.

또한 아버지와 오라비들조차 그녀를 오직 권력의 도구로만 여겼다. 그러나 충혜왕은 달랐다. 사랑을 위해서라면 모든 걸 버릴 수 있는 사내였다.

'헌데, 이런 사내가 제 발로 아버지 수하로 들어갔다면….'

타나실리는 충혜왕에게 분명 다른 목적이 있을 것이라 여겼다. 그 순간, 타나실리의 눈매가 사나워졌다.

"참으로 간악한 분입니다. 내 아버지를 속여 도성수비대장까지 되다니요…."

타나실리가 떠본 말에 충혜왕은 가슴 한복판을 찔린 듯이 뜨끔했다. 그러나 침착하게 응수했다.

"이미 충성을 약조한 몸…. 고려의 사내는 한 입으로 두말을 하지 않습니다."

"입으로만 논하는 충정이 어찌 진정한 충정이겠습니까."

충혜왕은 말없이 앞만 바라보았다. 타나실리도 그가 바라보는 곳을 응시했다. 두 사람의 눈앞에는 굽이굽이 우거진 산길이 펼쳐져 있었다. 때마침 불어온 큰 바람에 나무들이 우우우 소리를 냈다. 충혜왕과 한곳을 바라보고 있다는 것이 타나실리는 믿기지 않았다. 한뜻으로 한곳을 바라보면 좋으련만, 부질없는 생각이 스치기도 했다. 하지만 그것도 잠시였다.

타나실리가 다시 말을 이었다.

"보여 주셔야지요."

충혜왕이 외면했다. 무시하겠다는 뜻이었다.

"기재인을 죽이세요."

충혜왕이 눈을 부릅뜨고 타나실리를 쳐다봤다.

"전왕께서 직접 기재인을 죽여 없앤다면 아버님도 크게 기뻐하실 것입니다. 충정은 그리 보여 주셔야지요."

충혜왕은 대꾸도 하지 않고 말고삐를 거칠게 잡아챘다. 그렇게 한동안 두 사람은 말이 없었다. 얼마나 지났을까. 굽이굽이 이어지던 산길 끝에 휘날리는 깃발이 나타났다. 그것은 황제가 사냥터에서 머무는 행궁임을 알리는 표식이었다.

행궁 막사 안에 술상이 차려져 있었다. 순제와 기재인, 타나실리와 충혜왕이 마주하고 있는 식탁에 어색한 기운이 흘렀다. 황제가 우연한 만남을 기뻐하며 술을 따랐다. 속마음을 감춘 말들이 술상 위에 가득했다. 그러나 서로를 보는 시선들은 뜨겁거나 서늘했다. 넘쳐 나는 말들은 거짓이었고 조심스런 시선들은 진실이었다.

타나실리가 기재인의 잔에 술을 따르자 기재인이 단숨에 마시고 그 잔을 다시 타나실리에게 건넸다. 타나실리 역시 한 번에 비우더니 다시 기재인에게 잔을 넘겼다. 곧 다가올 사냥터에서의 대결이 그렇게 술상에서 먼저 시작됐다. 지기 싫어하는 두 사람의 잔은 공허한 말 속에서 춤을 추었다. 타나실리의 고개가 먼저 꺾이며 치열한 공방전은 끝이 났다.

기재인이 타나실리를 부축해 행궁 안의 처소로 데려갔다. 막 자리에 눕히는데 타나실리의 손이 기재인의 멱살을 잡아당겼다.

"너를 바라보시더구나. 내게는 단 한 번도 주지 않았던 눈빛으로 말이다. 그분에게 너는 여인이더구나. 어찌하면 그런 눈빛을 받을 수 있는 것이냐, 어찌하면 그런 사랑을 받을 수 있는 것이냐. 어찌하면 나도, 그런 여인이 될 수 있는 것이냐. 어찌하면…."

스르르 손을 놓고 잠이 든 타나실리의 눈에서 맑은 눈물이 흘러내렸다. 여자로서 기재인은 그런 타나실리의 마음을 모르지 않았다. 타나실리와 자신과의 차이점은 분명했다. 자신은 순제에게 그런 시선이 오도록 만들었고, 타나실리는 그러지 못했다. 자신은 그 눈빛을 받아 내야 살 수 있었고, 타나실리는 황제의 사랑 없이도 모든 것을 다 가질 수 있었다.

"너도 그럴 수 있어. 얼마든지…. 나처럼 죽음을 바로 눈앞에 둔다면…."

기재인은 차갑게 중얼거리며 돌아섰다.

충혜왕과 단둘이 술을 마시던 순제가 뜬금없이 물었다.

"전왕은 기재인을 어찌 생각하는가."

기재인은 충혜왕을 위기에서 구해 준 장본인이었다. 원나라의 후궁이 되어 있는 그녀를 보는 느낌을 묻는 것이 겉으로는 이상할 것이 없었다. 그러나 순제의 내심에는 두 사람에 대한 의심이 깔려 있었다. 사랑이 깊어질수록 순제는 기재인의 가슴 깊숙한 곳에 자리한 벽을 느껴야 했다. 그 마음의 장막 뒤에 혹시 충혜왕이 있지 않을까 하여 떠보는 중이었다.

충혜왕은 순제의 물음 끝에 묻어오는 차가운 기운을 놓치지 않았다.

"소신과 함께 있었던 사람은 황후마마이시옵니다. 어찌해서 황후마마가 아니라 기재인에 대해 물으십니까?"

잠시의 침묵 뒤에 순제는 뜻밖의 답을 내놓았다.

"그대 덕분에 황후의 잔소리가 줄었으니 고마울 뿐이오. 허허허."

호탕하게 웃는 순제를 보며 충혜왕은 마음이 더욱 무거워졌다. 기재인에 대한 그의 사랑이 얼마나 두터운지를 알 수 있었기 때문이다. 행궁 막사 밖에서 두 사람의 이야기를 듣고 있던 기재인의 마음도 편치 않았다. 대업을 위해 가야 할 길에 흔들리는 마음이 방해를 하고 있었다.

사냥 대회는 넓은 산악 지대에서 열흘 동안 치러졌다. 황제의 행궁을 중심으로 수십 개의 막사가 세워지고 깃발들이 휘날렸다. 흡사 전쟁을 앞둔 엄숙한 모습과 같았다.

출정 직전 타나실리가 충혜왕을 찾아와 알렸다.

"서쪽 협곡입니다."

충혜왕이 무슨 말인지 몰라 고개를 갸웃하자 타나실리가 힘주어 말했다.

"기재인을 죽일 장소 말입니다."

타나실리의 말이 허언이 아니었음을 안 충혜왕은 내심 크게 놀랐다. 이제 기재인을 살릴 사람은 충혜왕 자신밖에 없다고 생각했다.

고각군중에게 호령할 때 쓰던 북과 나팔 소리가 높게 울려 퍼지며 마침내 사냥이 시작되었다. 충혜왕과 타나실리의 수하 몇 명이 서쪽 협곡으로 이동했다. 으슥한 오솔길에서 기재인 일행을 기다리고 있던 충혜왕은 잠시 이상한 생각이 들었다. 약속 시간이 지났지만 기재인 일행이 보이질 않았던 것이다. 무리를 이탈하려는 충혜왕을 타나실리의 수하들이 칼을 뽑아 들고 막아섰다. 충혜왕이 배신을 하면 그 자리에서 죽이라는 타나실리의 명이 있었던 것이다. 문득 충혜왕은 자신이 속았음을 깨달았다. 그렇다면 적당히 그들에게 호응하다가 기회를 엿보는 수밖에 없었다.

동쪽 협곡에서 한창 사냥에 열중한 기재인의 화살은 정확했다. 벌써 여러 마리의 토끼와 꿩을 잡았지만 그것으로는 성에 안 찼다. 좀 더 크고 대단한 놈을 잡기 위해 박불화와 고용보의 만류에도 불구하고 깊은 숲 속으로 나아갔다. 눈앞의 노루를 쫓아서 말을 달리던 기재인 앞에 흥성궁 소속 환관이 나타났다.

그가 다급히 알렸다.

"기재인마마, 협곡 안쪽의 고려 촌락에 대피하지 못한 양민들이 있습니다. 곧 사냥대의 공격을 받게 될 듯합니다."

이대로 가다가는 고려인들이 무고하게 죽게 될지도 몰랐다. 기재인은 그들을 대피시키기로 마음먹었다.

기재인이 환관에게 명했다.

"뒤에 오는 박불화와 고용보를 데리고 따라오거라."

기재인은 쏜살같이 협곡 안쪽으로 말을 달렸다. 뒤이어 나타난 박불화와 고용보 일행을 협곡 반대쪽으로 안내한 환관의 입가에 회심의 미소가 흘렀다.

협곡 안쪽에 있는 서너 채의 민가는 산적들의 산채였다. 그곳에는 이미 왕고의 사주를 받은 산적들이 기재인을 기다리고 있었다.

드디어 도착한 기재인이 다급히 외쳤다.

"어서 피하시오! 사냥대가 들이닥칠 것이오!"

하지만 그녀를 반긴 것은 고려 양민이 아닌 쏟아지는 화살이었다. 사방에서 화살이 날아들었다. 기재인이 칼을 뽑아 가까스로 화살을 쳐내다 말에서 떨어지자 숨어 있던 산적들이 일제히 달려 나와 주위를 에워쌌다. 기재인이 황급히 정신을 차리고 그들을 쏘아봤다. 산적들에게서 서늘한 살기가 느껴졌다.

함정이었다. 기재인은 단숨에 두어 놈을 베어 내며 활로를 찾으려 애썼다. 하지만 혼자 몸으로 감당하기에는 역부족이었다. 칼날이 기재인의 한쪽 팔을 스쳐 지나갔다. 그리고 또 다른 칼날이 기재인의 목을 겨누며 날아들던 그 순간, 강력한 화살 하나가 칼을 든 자를 쏘아 맞혔다. 충혜왕이었다. 기회를 엿보다가 함께 있던 놈들을 없애고 서쪽 협곡을 빠져나온 것이었다. 바람처럼 달려온 충혜왕이 단숨에 몇 놈을 베어 내더니 기재인을 잡아끌며 말에 태웠다. 그때, 숨어 있던 타나실리가 기재인을 향해 활시위를 당겼다. 하지만 충혜왕 때문에 쏠 수가 없었다. 타나실리는 아예 충혜왕을 향해 화살을 겨눴지만 차마 죽일 수 없었다. 자신의 감정에 당황한 타나실리의 눈에 눈물이 가득 고였다.

그 순간, 산적 한 명이 쏜 화살이 충혜왕의 등에 박혔다. 말에서 떨어진 충혜왕이 칼을 뽑아 산적들과 맞섰다. 기재인이 울음 섞인 목소리로 소리치며 구하려는데 충혜왕이 말의 엉덩이를 때려 달리게 했다. 그녀를 살려 보내기 위함이었다.

기재인이 말 위에서 외쳤다.

"사람들을 데려올 때까지 견디셔야 합니다!"

돌아보는 기재인의 눈에 충혜왕의 칼날에 쓰러지는 산적들의 모습이 보였다. 부상을 당한 몸이었지만 그의 용맹은 대단했다. 어서 가서 지원군을 청해야 했다.

누군가가 급히 말을 타고 기재인의 뒤를 쫓아왔다. 타나실리였다. 반가운 마음에 기재인은 손을 들어 보이며 외쳤다.

"사냥감이 아니라 사람입니다! 충혜왕이 위험합니다. 그를 구해야 합니다!"

하지만 타나실리는 다짜고짜 기재인을 향해 화살을 날렸다. 그제야 기재인은 타나실리가 자신을 죽이려 한다는 사실을 깨달았다. 말머리를 돌려 도망치는 기재인과 이를 악물고 뒤쫓는 타나실리…. 쫓고 쫓기는 추격전 끝에 기재인의 말이 돌부리에 걸려 넘어졌다. 죽은 듯이 쓰러진 기재인에게 타나실리가 칼을 뽑아 들고 다가왔다.

두 사람 외에는 아무도 없는 깊은 숲 속. 타나실리는 이 기회에 기재인의 심장에 칼을 꽂아 넣을 참이었다. 칼을 들어 찌르려는 순간, 기재인이 그녀의 발을 낚아채 넘어뜨렸다. 기재인의 눈빛은 어느새 분노로 이글거리고 있었다. 타나실리 역시 독기를 뿜으며 기재인에게 칼을 겨누며 다가섰다.

법도와 형식으로 가득한 황궁을 벗어난 두 사람에게 이곳 첩첩산중은 전장이나 다름없었다. 누가 죽든, 협곡 아래로 던져지면 산짐승의 밥이 될 것이었다. 또 누가 죽이든, 목격자가 없는 이상 죄를 물을 아무런 증거도 없었다. 오직 목숨을 건 사투가 있을 뿐이었다. 어쩌면 두 사람 모두 바라던 일이었을지도 몰랐다.

타나실리의 매서운 공격이 시작되었다. 칼을 받아넘기는 기재인의 팔뚝에서 피가 흘렀다. 초원의 딸답게 타나실리의 무예는 대단했다. 그러나 남장을 하고 어린 시절을 보낸 기재인의 칼솜씨 또한 그에 못지않았다. 쉽게 승리하리라 예상했던 타나실리는 내심 놀랐다. 그럴수록 더욱 악에 받쳤고 공격은 무지막지해졌다. 질투에서 비롯된 여인들의 사투는 어느 용맹한 장수들의 싸움보다도 치열했다.

마침내 기재인의 칼이 두 동강이 나자 타나실리가 괴성을 지르며 회심의 일격을 가했다. 칼날은 기재인의 머리를 스치고 나무에 가 박혔다. 순간, 칼을 빼지 못해 당황하는 타나실리의 얼굴에 기재인의 주먹이 꽂혔다. 타나실리가 나가떨어지자 기재인이 나무에 박힌 칼을 빼냈다. 넘어진 채 엉덩이로 뒷걸음질 치는 타나실리에게 기재인이 칼을 겨누며 다가왔다.

기재인의 두 눈은 이미 짐승처럼 변해 있었다. 산속의 어떤 짐승도 그런 살기를 내뿜진 못할 것이었다. 그 눈빛에 타나실리는 비로소 두려움을 느끼기 시작했다. 그러나 이미 뒤로 물러설 힘조차 남아 있지 않았다.

"나, 나는 이 나라의 황후니라…."

이성을 잃은 기재인의 칼날이 타나실리의 코끝까지 다가갔다.

"살려줘, 부탁이야…. 제발, 제발 살려줘…."

더 이상 타나실리는 대원제국의 황후가 아니었다. 죽음 앞에 선 나약하고 초라한 여인네에 불과했다. 기재인의 독기 어린 두 눈에 눈물이 고이기 시작했다. 수많은 고려 여인들이 공녀로 끌려오면서 그렇게 애원했었다. 살려 달라고…. 임신한 채 칼날을 온몸으로 받아 낸 현빈 박씨와 억울하게 누명을 쓰고 죽어 간 동무들의 비명이 아직도 귀에 선했다. 강물에 떠내려간 무덤 앞에서 통곡하던 그날이 아직도 어제 일처럼 생생했다. 그들을 죽이고 황궁이 떠나가도록 웃었던 타나실리가 지금 두 손을 비비며 눈물을 흘리고 있었다. 비굴하게 목숨을 구걸하고 있었다.

'절대 용서할 수 없다….'

처지가 바뀌었다면 타나실리는 지체 없이 기재인의 가슴에 칼을 꽂아 넣었을 것이었다. 마침내 자비로움을 거둔 기재인의 칼날이 타나실리의 목을 향해 번뜩였다. 순간 타나실리의 날카로운 비명이 텅 빈 산중에 울려 퍼졌다. 그리고 잠시 깊고 깊은 정적이 온 산을 휘감았다.

타나실리는 생각했다. 이것이 이승과 저승을 가르는 정적이라면, 저승으로 이어진 길이 이토록 고요하다면, 천천히 걸어가는 것도 나쁘지 않을 듯싶었다. 타나실리가 가만히 눈을 떴다. 안개가 포근히 내려앉은 산길이 그녀를 향해 걸어오라 손짓하는 듯했다. 그녀는 그 길이 참으로 따뜻하게 느껴졌다. 마치 충혜왕의 품처럼. 그녀는 걸어가려 했지만 어찌된 일인지 몸이 말을 듣지 않았다. 그렇게 영원과도 같은 찰나가 흐른 뒤 천금과도 같은 정적을 깬 것은 뜻밖에도 사람들의 목소리였다. 산길을 따라 수많은 사람들이 달려왔다. 순제 일행이었다.

기재인이 휘두른 칼은 타나실리의 등 뒤에 있는 살모사의 목에 꽂혀 있었다. 놔두었다면 타나실리는 기재인의 칼이 아닌 독사의 이빨에 목이 물렸을 것이었다. 탈진하듯 쓰러지는 기재인을 순제가 꼭 끌어안았다. 만신창이가 된 타나실리가 순제의 눈에 보일 리 없었다. 순제는 독사에 물릴 뻔한 타나실리의 목숨을 구해 주었다며 기재인을 데리고 숲을 빠져나왔다. 제조상궁의 부축을 받으며 뒤를 따르는 타나실리의 눈빛에 다시 독기가 흘렀다. 하지만 그것도 잠시였다. 타나실리는 말의 방향을 틀어 일행에서 이탈했다. 그리고 정신없이 숲 속으로 말을 달렸다. 그녀의 말이 멈춘 곳에 충혜왕이 쓰러져 있었다. 그의 등에는 여전히 화살이 박힌 채였다. 다행히 아직 목숨은 붙어 있었다. 타나실리는 충혜왕에게 손을 대려는 순간 분노가 치밀었다. 그만 아니었다면 기재인을 죽일 수 있었을 것이었다. 그러나 충혜왕은 끝내 자신의 호의를 저버리고 기재인을 택했다.

타나실리는 이를 악물며 칼을 뽑아 들었다. 그녀는 충혜왕의 목숨을 단번에 끊어 내고 싶었다. 그리고 그를 향한 알 수 없는 자신의 감정도 그만 끊어 내고 싶었다. 그러나 타나실리는 끝내 충혜왕을 죽일 수 없었다. 그에 대한 분노보다는 그를 향한 연모가 더 컸던 것이다. 그녀 스스로도 어찌할 수 없는 감정이었다.

순제의 막사 안에서 정신을 잃은 기재인이 꿈을 꾸고 있었다. 충혜왕이 칼을 맞고 죽는 꿈이었다. 기재인이 애타게 누군가를 찾으며 손을 휘젓자 순제는 자신을 부르는 줄 알고 안타까운 눈빛으로 그녀의 손을 잡았다.

그 시각, 타나실리의 막사 안에는 충혜왕이 있었다. 의식이 돌아온 충혜왕은 자신을 구한 사람이 타나실리라는 사실에 놀라지 않을 수 없었다.

"어찌해서…. 황후마마께서 절 살리신 것입니까."

"이 타나실리가 전왕을 가슴에 품었다면 믿으시겠습니까?"

"그 무슨…."

"전왕께서 기재인을 가슴에 품었듯이 말입니다."

타나실리의 말에 충혜왕은 어떤 말도 할 수 없었다.

잠시 충혜왕을 차갑게 바라보던 타나실리가 밖으로 나가며 한마디 툭 던졌다.

"아버님께는 아무것도 몰랐다고 하십시오. 전왕께서는 산적에게서 기재인을 구했을 뿐입니다…."

자칫 기재인을 구한 충혜왕이 연철의 의심을 받을 수 있었다. 타나실리는 충혜왕이 궁지에 몰리는 것을 원치 않았고 충혜왕 역시 타나실리의 그러한 마음을 충분히 짐작할 수 있었다.

타나실리는 이번 거사에 기재인을 죽이지 못한 것이 끝내 한스러웠다. 그녀는 심장을 토해 낼듯 울며 다짐했다.

'이보다 더한 고통을 네년에게 줄 것이다. 내 반드시 그리 할 것이다.'

기재인을 향한 충혜왕의 사랑을 다시 확인한 만큼, 그녀에 대한 타나실리의 증오는 더욱더 커지고 있었다.

기재인 역시 타나실리를 죽이지 못한 것이 뼈에 사무치도록 아쉬웠다. 하지만 연철 일가를 물리치고 원나라에 강력한 세력을 구축하는 일이 급선무였다. 당장의 앙갚음에 만족하는 대신 대업을 위해 복수의 칼을 잠시 접어야 했다.

순제가 상처투성이가 된 기재인의 두 손을 꼭 잡은 채 물었다.

"그대가 이리된 것이 혹 황후 때문이오?"

잠시 기재인의 눈빛이 흔들렸다. 하지만 이내 마음을 다잡았다.

"그리 생각하셨습니까."

순제가 애틋한 눈빛으로 고개를 끄덕였다.

기재인이 순제를 향해 가만히 미소 지었다.

"아닙니다. 그저 산적들의 공격을 받았을 뿐입니다. 그러니 염려 마세요."

순제가 어린아이처럼 환하게 웃었다. 그런 순제를 보고 있자니 기재인은 마음이 아팠다. 이 모든 상황을 사실대로 말할 수 없어 너무나도 미안한 마음이 드는 그녀였다. 하지만 자신을 구해 준 충혜왕이 이번 일의 증인이 되는 일만은 막아야 했다. 그러자면 어쩔 수가 없었다.

충혜왕이 고려로 돌아가기 위해 연철 일가와 가깝게 지내면서 기재인과는 자연스럽게 정적 관계가 된 터였다. 그러나 목숨을 던져 산적들을 막는 모습에서 기재인은 충혜왕의 진심을 보았다. 등에 화살을 맞은 채 산적들과 싸우던 충혜왕의 모습이 기재인을 혼란스럽게 만들고 있었다.

예상치 못한 기재인의 방문에 충혜왕은 한동안 말을 꺼내지 못했다.

"상처는 어떻습니까. 깊지는 않은지요."

하지만 충혜왕은 아무 대답도 하지 않았다. 기재인이 그의 눈을 가만히 바라보았다. 얼음처럼 차가운 충혜왕의 눈빛이었지만, 그 안에는 불보다 뜨거운 마음이 깃들어 있음을 알 수 있었다.

"참으로, 고맙습니다."

기재인이 진심을 담아 말했다.

하지만 충혜왕은 차갑게 응수했다.

"기재인이 아닌 다른 사람이었어도 그리했을 것이오."

"고려로 돌아가세요. 덕령공주와 혼인할 수 있도록 황제께 주청을 드리겠습니다."

기재인의 말이 충혜왕의 마음을 아프게 했다.

"그대가 상관할 바가 아니오. 난 고려로 돌아가지 않을 것이오."

충혜왕의 말은 여전히 건조했다.

기재인은 원망 섞인 목소리로 말했다.

"고려의 왕께서 어찌 원나라의 도성을 지키고 계십니까? 어서 고려로 돌아가셔야 합니다."

"그대는 원 황제의 후궁이 되었소. 내 여인 하나를 지키지 못하는 왕이 어찌 고려로 다시 돌아간단 말이오."

"못나셨습니다. 참으로 못나셨습니다…."

서로를 애타게 그리워하면서도 두 사람은 마음과 다른 말들을 쏟아 내고 있었다.

막사 밖에서 두 사람의 대화를 듣고 있던 사람이 있었다. 바로 순제였다. 순제는 그때야 비로소 알게 되었다. 정신을 잃은 기재인이 그토록 애타게 찾던 사람이 자신이 아닌 충혜왕이었다는 사실을.

기재인과 순제, 충혜왕과 타나실리 사이에 각기 다른 모습의 사랑이 불타오르고 있었다. 사랑과 증오가 깊어진 만큼 앞으로의 정쟁 속에서 서로에게 겨눈 칼은 더욱 날카로워지고 치명적일 것이었다.

〈기황후〉 2권에서 계속

copyright©2013 장영철·정경순

**장영철·정경순 장편소설**

1판 1쇄 발행 2013년 10월 21일
1판 3쇄 발행 2013년 12월 04일

**대표** 권대웅
**편집** 박희영 김지인 하별
**디자인** 여만엽
**마케팅** 노근수 서동민

**발행인** 신혜경
**발행처** 마음의숲
**출판등록** 2006년 8월 1일(105-91-03955)
**주소** 서울시 마포구 서교동 463-32번지 명지빌딩 2층
**전화** (02) 322-3164~5 | **팩스** (02) 322-3166
마음의숲 페이스북 http://facebook.com/mindbook
값 13,000원  ISBN 978-89-92783-78-1 (04810)
              ISBN 978-89-92783-77-4 (세트 전2권)

저자와 협의하여 인지를 생략합니다.
저자와 출판사의 허락 없이 내용의 일부를 인용, 발췌하는 것을 금합니다.
잘못 만들어진 책은 구입하신 곳에서 교환해 드립니다.

마음의숲에서 단행본 원고를 기다립니다.
따뜻하고 생동감 넘치는 여러분의 글을 maumsup@naver.com으로 보내 주세요.

## 마음의숲 베스트 도서

# 그 사람 더 사랑해서 미안해
고민정 글·사진 | 320쪽 | 값 12,000원

### 고민정 아나운서의 '존경'할 수 있는 사랑 이야기!

가난한 시인과 결혼한 아나운서 고민정. 그녀의 사랑은 그리 평탄하지 않았다. 연애 시절, 고민정 아나운서는 여러 차례 흔들려야 했다. 자신이 그려 가야 할 불투명한 미래에 대한 고민이었다. 강직성 척추염을 앓고 있던 자신의 사랑을 버리고 떠날 수 없었기 때문이다. 결국 그녀는 쉬운 사랑보다는 조금 느리더라도 함께 갈 수 있는 사랑을 택했다. 그리고 이 책을 통해 그녀는 전한다. 물질에 끌려다니는 사랑이 아닌, 진정 가슴이 움직이는 사람을 쫓아가라고.

# 달의 뒤편
조기영 지음 | 352쪽 | 값 12,000원

### 시인 조기영의 장편소설!

또 하나의 소설이 온다! 시인과 아나운서의 사랑 이야기를 바탕으로 한 실화 소설. 희귀병인 강직성 척추염이라는 소재를 통해 시대의 어두운 단면을 예리하게 드러낸 장편소설!

## 지지 않는다는 말

김연수 지음 | 300쪽 | 값 12,000원

**소설가 김연수의 삶, 사랑, 문학 이야기!**

소설가 김연수가 어린아이였을 때부터 중년이 될 때까지 체험한 사랑, 자연, 문학, 사람 그리고 달리기를 하면서 쓴 소설과 읽은 책에 관한 이야기를 담았다. 이 책에서는 소설 속에서는 찾아볼 수 없는 김연수만의 새로워진 문장들을 만날 수 있다.

## 느림보 마음

문태준 지음 | 400쪽 | 값 13,000원

**2009 문화관광부 선정 우수교양도서
2009 대한출판문화협회 선정 올해의 청소년 도서**

**미당문학상, 소월시문학상 수상 문태준의 유일한 산문집!**

느림에 대해 끊임없이 생각하고, 세상을 세밀하게 들여다보는 문태준 시인이 우리 주변에 흩어진 소중한 아름다움을 이 책에 모아 놓았다. 본래 아름다운 것을 더 크게 사랑하도록 이끌고 삶의 결핍과 고통으로 외로워진 현대인들에게 아름다운 울림을 전한다.

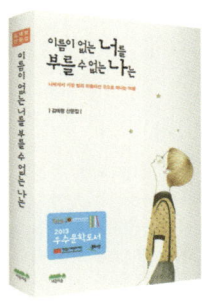

## 이름이 없는 너를
## 부를 수 없는 나는

김태형 지음 | 352쪽 | 값 13,000원

**김태형 시인이 고비사막을 두 번째 다녀와서 쓴 첫 산문집!**

사막 한가운데 텐트를 치고 밤을 꼬박 새우며 작가는 그곳의 별과 구름, 낙타와 지평선, 무지개 등 너무 아름다워서 기억나지 않던 것들을 생포해 왔다. 그리고 자신만이 보고 느낀 그 아름다움을 독자에게, 사랑하는 사람들에게 보여 주고 들려준다.

## 당신을 위해 지은 집

함성호 지음 | 284쪽 | 값 12,800원
**2012 문학나눔 선정 우수문학도서**

**함성호의 시와 자연이 사는 집 이야기!**

시인이자 건축가인 함성호의 인생미학을 담은 이 책은 인문, 역사, 신화, 공간을 통해 바라보는 집과 사람에 대한 이야기이다. 깊고도 방대한 미학과 지식 산책은 우리 삶에 대한 답사기이자 새로운 제안이다.

# 오직 희망만을 말하라

엄홍길 지음 | 280쪽 | 값 13,000원

**엄홍길의 아주 특별한 희망 메시지!**

산악인 엄홍길은 그동안 히말라야 8,000미터를 등정하며 만난 소외된 사람들을 위해 남은 인생을 살아가고 있다. 대자연의 정기가 준 긍정과 희망의 에너지를 전하고 사랑의 나눔을 실천하는 데 앞장서고 있다. 또한 우리에게 남은 것은 이제 마음을 나누고 희망을 말하는 것이라고 전한다.

# 당신이 행복입니다

황중환 글·그림 | 232쪽 | 값 12,000원

**마음을 위한 카툰레터!**

10년 넘게 동아일보에서 카툰을 연재하며 수십만 독자들의 사랑을 받고 있는 황중환은 하루하루 마음을 닦고 성장시키는 법을 가르쳐 주는 카툰에세이를 통해 우리가 왜 행복한 존재인지, 그리고 왜 행복해야 하는지를 일깨워 준다. 삶의 애환과 마음 이야기, 웃음이 가득한 '생활 밀접형' 카툰에세이는 마치 행복 표지판을 손으로 가리키듯 우리를 행복의 길로 안내한다.